U0118529

詩經

中文經典100句

台灣師範大學國文系季旭昇教授 總策畫
文心工作室 編著

〈出版緣起〉

站在文化巨人的肩膀上

季旭昇

「犁明即起，灑掃庭廚。忘著窗外，一片籃天白雲，令人腥情振忿。隨便灌洗一下，整理遺容之後，走到客聽，粘起三柱香，拜完劣祖劣宗，希望祖宗給我保屁。然後勿勿敢往朋友的壽宴，為朋友舉殤祝壽，大家喝的慾罷不能。談到朋友的事葉出現危機，我就建議他要摒持理念、拿出破力。朋友也免勵我要多用功，才能寫出家譽戶曉、躑地有聲的文章。晚上我開始發糞讀書，日以繼夜的終於寫完這一篇文章。」

這是用現在見怪不怪的錯字集錦而成的一篇小文，果然可以「擲地」，但是未必「有聲」。近年來，這種錯字太多了，老師開始憂心、家長開始憂心、社會賢達開始憂心，只有學生和教育主管當局不憂心，教育主管當局甚至於還要進一步削減中小學的國語文授課時數。終於，社會的憂心迸發了，由各界組成的「搶救國文聯盟」日前已起來呼籲教育主管當局要正視這個問題，不要坐視國家競爭力一日一日的衰落。

身為文化事業一份子的商周出版，老早就在正視這個問題了，所以洞燭機先地策畫了「中文可以更好」系列，為文字針砭、為語文把脈，希望把這些年語文界的毛病治好。各界反應還不錯。

語文的毛病治好了，體質還是不夠強壯。商周出版認為進一步要熬十全大補湯，讓我們的語文更強壯。這「十全大補湯」就是「中文經典一〇〇句」系列。

《荀子・勸學篇》說：

「吾嘗終日而思矣，不如須臾之所學也。吾嘗跂而望矣，不如登高之博見也。登高而招，臂非加長也，而見者遠；順風而呼，聲非加疾也，而聞者彰。假輿馬者，非利足也，而致千里；假舟楫者，非能水也，而絕江河。君子生非異也，善假於物也。」

學畫一定要先從芥子園畫譜學起。芥子園畫譜是初學者的「經典」。

張大千的畫藝要更上層樓，所以要去千佛洞臨壁畫。千佛洞是張大千的「經典」。

學書法的人要學二王顏柳，二王顏柳是書法界的「經典」。經典是古代聖賢才智的結晶，是民族文化的源頭。

多認識經典可以讓我們站在巨人的肩上，長得更快、更高。多認識經典可以讓我們的思想、文字帶有民族智慧、民族風格。

《論語》、《史記》、《古文觀止》、《孟子》、《詩經》、《莊子》、《戰國策》、《唐詩》、《宋詞》、《紅樓夢》等，這十本書應該是現代國民的「最低限度必讀經典」，做為這個民族的一份子，沒有讀過這十本書，就稱不上這個民族的「知識分子」。但是，現代人實在太忙了，大人忙著五光十色、小孩忙著被教改、社會忙著全民英檢、國家忙著走出去，人人都在盲茫忙，商周出版因此為忙碌的人們燉一鍋大補湯，用最活潑簡明的文句，把經典的精粹提煉出來，讓大家可以在「三上」（馬上、枕上、廁上）閱讀。在做完文字針砭、為語文把脈、把病痛治好後，讓我們來培元固本，增強功力，站在文化巨人的肩膀上，看得更高，飛得更遠！

《詩經》文短意繁，自古訓解多途。本書為了普及化，多採用近人較為淺白的說法，並不代表這是《詩經》唯一的解釋。

（本文作者現為台灣師範大學國文系教授）

〈專文推薦〉

與生命結為一體的文化

余培林

唐柳宗元在〈答韋中立論師道書〉一文中說：「本之《詩》以求其恆。」他認為《詩經》的特色是「恆」，並要求自己的文章也能「恆」。所謂「恆」，就是恆久，永久不變的意思。《詩經》所收集的詩篇，是周代初、中期時代的作品，離唐代一千五百多年，柳宗元認為如同唐代新作；柳宗元離今天又一千多年，換言之，這些詩篇離現在近三千年，我們讀起來，覺得這些詩篇生命鮮活依舊，這不就是「恆」嗎？不僅此也，其中有些名句，如〈周南・關雎〉的「窈窕淑女，君子好逑。」〈衛風・碩人〉的「巧笑倩兮，美目盼兮。」等，已深入我們的心底，融入我們的血液，和我們的生命結為一體。

《詩經》三百篇，到今天依然有鮮活的生命，文字華美固是其原因之一，但並非是主要的原因。主要的還是因為這些作品具有雅正的內含，孔子「思無邪」（《論語・為政》）一語，可以道盡其義。韓愈〈進學解〉稱「《詩》正而葩」，也是先言雅正，後言筆美。惟其雅正，所以學《詩》能「邇之事父，遠之事君」

（《論語．陽貨》）；惟其雅正，所以春秋時代列國貴族聘問，往往賦《詩》見志；惟其雅正，所以戰國以下諸子、文人論理、為文，無不引詩文以壯其聲勢。

所謂雅正的內含究竟何指，答案是「德」與「禮」而已。茲分述於下：

《詩經》中，「德」字到處可見，今不列舉，而舉季札觀周樂一事為例。《左傳．襄公．二十九年》吳公子季札訪魯，請觀周樂。魯人「使工為之歌〈邶〉、〈鄘〉、〈衛〉，曰：『美哉……吾聞衛康叔、武公之德如是……』為之歌〈魏〉，曰：『美哉……以德輔此，則明主也。』為之歌〈唐〉，曰：『思深哉……非令德之後，誰能若是！』為之歌〈小雅〉，曰：『美哉……其周德之衰乎！』為之歌〈大雅〉，曰：『廣哉……其文王之德乎！』為之歌〈頌〉，曰：『至矣哉……盛德之所同也。』」季札所論，幾乎都與德有關。最近上海博物館出版《戰國楚竹簡》，第一冊中有〈孔子詩論〉一篇，其中載孔子論詩，與季札所言若合符節。如云：「〈頌〉，坪德也……至矣！〈大雅〉，盛德也……〈小雅〉……衰矣、少矣！」其他以德論單一詩篇者極多。於此足可見雅正之義了。

《詩經》中言吉、凶、軍、賓、嘉五禮之文具備，此當以專文論之，於茲不贅。《詩》、禮、樂三者是一體的，所以孔子說：「興於《詩》，立於禮，成於樂。」（《論語．泰伯》）孔子到武城，聽到弦歌之聲，遂「莞爾而笑曰：『割雞焉用牛刀？』子游對曰：『昔者偃也聞諸夫子曰：「君子學道則愛人，小人學道則易使也。」』」（《論語．陽貨》）「道」字的意思，自何晏以下，皆解為「禮樂」，這個解釋極為正確。事實上，《詩經》三百篇中凡完樂者，皆必及於禮，只是一般人不甚明白而已。即以〈關雎〉篇為例，詩中言君子寤寐求淑女而不得，後以「琴瑟友之」、「鐘鼓樂之」，終成室家之好。詩中好像只言樂，並未言禮，直到〈孔子詩論〉問世，才真相大白。〈詩論〉說：「〈關雎〉之改也。」又說：「〈關雎〉以色俞於禮。」又說：「〈〈關雎〉〉好反內於禮，不亦能改乎！」最後說：「其四章則俞矣，以琴瑟之悅，㤅好色之忨；以鐘鼓之樂……」這是說琴瑟、鐘鼓是樂，也是禮。樂在其文，禮在其義；樂在其表，禮在其裡。〈關雎〉篇如此，其他言樂的詩篇也無不如此。明乎此，則知禮在三百篇中，無處不有。這也就是子夏因「巧笑倩兮，美目盼兮，素以為絢兮」（〈衛風．碩人〉）之問，而悟及「禮後」，孔子讚嘆的說：「起予者商也，始可與《詩》已矣。」（《論語．八佾》）其原因所在了。

德與禮本是一體之兩面，德蓄於內，禮現乎外。所以孔子說：「人而不仁，如禮何？人而不仁，如樂何？」（《論語．八佾》）仁是諸德之一，沒有仁，禮樂只剩下玉帛鐘鼓軀殼而已。《左傳．僖公．二十七年》說：「禮樂，德之則也。」〈僖公．三十三年〉又說：「敬，德之聚也。能敬，必有德。」恭敬，是禮的具體表現。能恭敬，必有德，也可以說有禮，必有德。於此可見德與禮關係之密切。

商周出版要刊印《中文經典一〇〇句》的《詩經》部分，這是一件極有意義的工作。積極方面有助於發揚中國文化，消極方面可促使那些用盡心力去中國文化的人知所警惕、反省。去中國文化是自絕於日月，這對日月毫無傷害，只是顯現其不自量力而已。

（本文作者現爲玄奘大學中國語文學系教授）

詩，可以興，可以觀

Contents／目錄

詩，可以群，可以怨

邇之事父，遠之事君

多識於鳥獸草木之名

Contents／目錄

思無邪

詩經100

詩，可以興，可以觀

昔我往矣，楊柳依依；今我來思，雨雪霏霏

名句的誕生

昔我往矣，楊柳依依[1]；今我來思[2]，雨雪霏霏[3]。行道遲遲，載渴載飢。我心傷悲，莫知我哀。

～小雅・采薇

完全讀懂名句

1. 依依：枝葉柔弱的樣子。
2. 思：語助詞，無義。
3. 霏霏：雨雪盛密的樣子。

語譯：昔日我離去時，楊柳搖曳；現在我回來了，大雪紛飛。一路上又餓又渴，走得好辛苦。我心裡多麼傷悲，可是無人瞭解。

文章背景小常識

「昔我往矣，楊柳依依；今我來思，雨雪霏霏。」這千古名句的背景在西周中期，征人為了保衛家園到北方對抗玁狁，全詩記敘途中辛勞以及歸來後物換星移的感慨。

古代中國，為了對抗北方外患，歷代都修築防禦工事，成果便是「上下兩千多年，縱橫十萬餘里」的萬里長城，如今已成世界奇景。

從〈采薇〉中可略知西周對抗玁狁的情況。詩中提到「靡室靡家，玁狁之故；不遑啟居，玁狁之故」（沒了妻室沒了家，無法休息無法歸，都因玁狁來犯），有今天所說「沒有國哪有家」的意思。為求安定征人要出戍，但是戰爭的痛苦讓人「曰歸曰歸，心亦憂止」，多麼

想回家啊！然而一路上無法收到家鄉的訊息，因為「我戍未定，靡使歸聘」，軍營一直換地方，所以也無法聯絡家人。幸而戰事還算順利，「豈敢定居，一月三捷」，之所以無法定下戍守的地方，也是因為戰爭常有捷報。最後士兵耗盡了心神氣力，「載飢載渴，我心傷悲」回到家鄉，猶記當初楊柳依依、春和景明，如今雨雪霏霏，不知經歷了幾個寒暑，人事全非了吧！好似美國作家查爾斯．佛雷澤在小說《冷山》（*Cold Mountain*）中所描述的場景，最後英曼和艾達雪地重逢，近鄉情怯加上「縱使相逢應不識」，中外文學中相似的情節教人感傷。

名句的故事

謝玄是東晉名相謝安的姪子，《晉書．謝玄傳》記載，謝安經常教導子姪，有一天他問道：「子弟亦何豫人事，而正欲使其佳？」（你們要如何將謝家發揚光大啊？）大家都悶不吭聲，只有謝玄說：「譬如芝蘭玉樹，欲使其生於庭階耳。」芝、蘭是兩種香草，用來比喻人節操、才性的美好；玉樹形容少年的材質或面貌的優秀。謝玄暗引《孔子家語》：「芝蘭生於深林，不以無人而不芳。君子修道立德，不謂窮困而改節。」他說要讓深林裡的芝蘭、玉樹生長在謝家庭院，就是以芝蘭玉樹比喻自己跟兄弟們。謝安聽了十分滿意。

不過謝玄個性優柔、氣質偏向文藝化，《晉書》記載他小時喜歡帶紫羅香囊，大概謝安不欣賞，但又不想傷他自尊心，所以就在遊戲時打賭，趁機取了香囊並把它給燒了。謝玄也很聰明，知道謝安不喜歡，也就不再戴了。

《世說新語．文學》提到：「謝公（謝安）與子弟集聚，問毛詩何句為佳。遏（謝玄）稱曰：『昔我往矣，楊柳依依；今我來思，雨雪霏霏。』公曰：『訏謨定命，遠猷辰告。』謂此句偏有雅人深致。」這段描述謝安問子姪，詩經裡哪一句最好？謝玄就說〈小雅．采薇〉「昔我往矣，楊柳依依；今我來思，雨雪霏霏」最好，這個答案顯然不投謝安所好，他讚賞的是衛武公的座右銘〈大雅．抑〉的「訏謨定命，遠猶辰告」（以宏偉的謀略決定國家政令，把遠大的計畫按時布告天下）。這一方面顯示謝安名相的風範，另一方面也是他想引導謝玄朝政治發展。果然，謝玄後來成為東晉傑出的軍事家，在淝水之戰中，與謝安合作，大敗符堅，寫下一段光榮歷史。

歷久彌新說名句

楊柳是春的象徵，也是情的化身。楊和柳是兩種不同的植物，但古代都指垂柳。柳條搖曳的姿態，加上「柳」與「留」諧音，從詩經「楊柳依依」開始，便成為詩人筆下的意象。

古代有「折柳贈別」的習俗，據說源於漢代長安的灞柳，《三輔黃圖．橋》記載：「灞橋在長安東，跨水作橋，漢人送客至此橋，折柳贈別。」經歷了冬天的嚴寒，春天開始遠行，而柳樹生長水邊，正是送別依依不捨的盡頭，也許因此有折柳贈別的傳統吧！北朝樂府《鼓角橫吹曲》中有〈折楊柳枝〉：「上馬不捉鞭，反拗楊柳枝。下馬吹橫笛，愁殺行客人。」

隋煬帝楊廣下令開鑿通濟渠，虞世基建議在堤岸種柳，隋煬帝認為這個建議不錯，就下令在新開的大運河兩岸種柳，還御書賜柳樹姓楊，享有與他同姓的殊榮，從此柳樹便有「楊柳」的美稱。但人民很快就受不了隋煬帝的窮奢亟欲，一時群雄並起，代隋得天下的就是唐代的李家，當時民間有歌謠：「河南楊柳謝，河北李花榮；楊花飛去落何處，李花結果自然成。」

不過，對於「折柳」的傳統，也有人為柳樹抱屈，唐宋的民間詞有一首〈望江南〉便說：「莫攀我，攀我太心偏，我是曲江臨池柳，這人攀了那人攀，恩愛一時間。」這約莫是一位歡場女子的心聲，以柳自況，發出不平之鳴。再看辛棄疾的〈水調歌頭〉，開頭兩句便是「折盡武昌柳，挂席上瀟湘」，讓人心有不忍，要為千百年來一再被攀、折、拗的柳樹說聲：「真的好痛喔！」

摽有梅，其實七兮。求我庶士，迨其吉兮

名句的誕生

摽[1]有[2]梅，其實七兮。求我庶士[3]，迨[4]其吉兮！摽有梅，其實三兮。求我庶士，迨其今兮！摽有梅，頃筐[5]塈[6]之。求我庶士，迨其謂之[7]！

～召南・摽有梅

完全讀懂名句

1. 摽：音ㄆㄧㄠˇ，piǎo，落下。
2. 有：此作語助詞，無義。
3. 庶士：眾男士。庶，眾也。
4. 迨：此作介詞用，趁著。
5. 頃筐：淺筐。
6. 塈：音ㄒㄧˋ，xì，拾取。
7. 謂之：此指不用備禮，立刻成親。謂，通「會」。

語譯：梅子剛剛成熟落下，還有七成掛在樹上，想要追求我的眾男士們，趁著吉日來提親啊！梅子多已成熟落下，只剩三成掛在樹上，想要追求我的眾男士們，趁著今朝來提親啊！梅子全都成熟落到地上，要用淺筐來拾取，想要追求我的眾男士們，不用準備聘禮，馬上答應跟你成親啊！

文章背景小常識

梅子從初熟時期，果實纍纍掛在樹上，到過於成熟散滿一地，詩人由此見物起興，喻意女子的青春，一如梅樹的生長過程，有其時序，實不容蹉跎。

一開始詩中女子懷著待嫁心情，希望完成終身大事，但等到最後，她已顧不得男女婚嫁必須備齊大禮的習俗，只要追求男子願意前來，立即可以成親。〈摽有梅〉生動而俏皮地描寫女子內心的曲折遞變，她原本對明媒正娶的婚姻，仍有一番高度期待，但經過歲月流逝，年華衰去，女子似乎察覺自身條件已大不如前，就像散落滿地的梅子乏人問津，因急於婚事而發出焦慮與感慨。

名句的故事

〈摽有梅〉末段「求我庶士，迨其謂之」，提到男女可直接求愛，不必循禮而婚的風俗，可見《周禮．地官．媒氏》的記載：「令男三十而娶，女二十而嫁……中春之月，令會男女，於是時也，奔者不禁，若無故而不用令者，罰之。」說明我國古代禮制，嚴格規定男女有結婚義務，但對於那些沒有雙方家長同意，或沒有結婚對象的人，也為他們開一扇方便之門，就是在仲春之月，男女可自由的尋求伴侶，這是官方核准的求愛集會，到達年齡的未婚男女，若無故不參加，還必須受罰。

〈摽有梅〉中的女主人翁，即是那年齡即將屆滿二十的心急女子，在等不到有情人提親的情況下，將前往參加仲春之月的求愛大會。只有在這一年一度所允許的集會裡，她可與看上眼的男子共相奔之，完成延宕許久的終身大事。

《左傳．襄公八年》（西元前五六五年）記載一則史事：晉國大夫范宣子出使魯國，目的是希望魯國能協助晉國，共同討伐鄭國。范宣子想要先探聽魯國對於伐鄭的態度，於是當場吟誦〈摽有梅〉一詩，暗示魯國，此時正是伐鄭的大好時機，魯、晉兩國應聯手出擊。

魯國的執政大臣季武子，一聽完范宣子的吟唱，便心領神會，立刻回賦了〈小雅．角弓〉：「騂騂角弓，翩其反矣。兄弟婚姻，無胥遠矣。」意思就是，鬆緊度適當的角弓，一旦鬆弛就會反向彎曲。兄弟與親戚，彼此不要互相疏遠啊！此詩原在強調兄弟親戚之間彼此相親相愛，不可疏遠，因此季武子的吟唱已明白意指，魯、晉兩國是兄弟之邦，一方有事，另一方絕不會袖手旁觀。一場政治交易，在兩國使者各以賦詩互通款曲之下，順利完成。所以「摽梅」除了比喻女子出嫁當及時之外，也可引申為決定事情，必須把握時機，並且要盡早行動。

歷久彌新說名句

唐朝詩人孟浩然，寫過一首五言律詩〈送桓子之郢成禮〉，這是一首賀祝友人及時成婚的詩，其中兩句為：「摽梅詩有贈，羔雁禮將行。」意思是，將贈寫摽梅之詩，作為新婚賀禮，羔雁等禮物也將隨行。同是唐代詩人，年代較孟浩然稍後的權德輿，在七言古詩〈妾薄命篇〉寫道：「韶光日日看漸遲，摽梅既落行有時。」這是詩人目睹「摽梅」之景，興起對時光消逝的感嘆。

明末進士李清所著《折獄新語》一書，是作者任職推官時期，所寫的結案判詞實錄，在〈婚姻卷〉出現「迨夭桃之佳期已過，摽梅之晚感漸生」一語，即是運用詩經的〈桃夭〉與〈摽有梅〉兩詩，轉寫而成的文句。後人多以「摽梅之感」四字，形容女子晚而未婚的焦慮心情，或解釋為對歲月匆匆的喟嘆，進而勸人及時把握光陰。

另外，古詩十九首中的〈冉冉孤生竹〉，是漢朝無名詩人，描寫一婦人因丈夫在外工作，長期獨守空閨，而抒發寂寞幽怨的詩作。其中的「傷彼蕙蘭花，含英揚光輝，過時而不采，將隨秋草萎」，便是以蕙蘭花到秋天的凋零謝去，比喻紅顏易老。這與〈摽有梅〉有異曲同工之妙，同是利用植物由盛而衰的自然消長，示意歲月對青春年華的殘酷、不留情。

南有喬木，不可休思。漢有游女，不可求思

名句的誕生

南有喬木[1]，不可休思[2]。漢有游女[3]，不可求思。漢之廣矣，不可泳思。江之永[4]矣，不可方[5]思。

～周南．漢廣

完全讀懂名句

1. 喬木：枝幹上聳的高樹，不利於蔭下。
2. 思：為語尾助詞，無義。
3. 游女：出遊的女子。
4. 永：長的意思。
5. 方：筏也，動詞，指用竹筏渡江。

語譯：南方有高大的樹木，不可在樹下休息呀！漢水上有出遊的女子，不可以求得呀！漢水寬又敞，無法泅泳越渡啊！江水漫又長，不能用竹筏渡過啊！

文章背景小常識

這是一首愛慕女子卻不可求得的情詩，故事發生於江漢流域。詩人以喬木起興，喬木高聳、較少橫枝，不利於涼蔭，比喻對方高不可攀。「漢有游女，不可求思」是本詩起因，以下的譬喻皆以此為核心，敘述女子高潔美麗卻不可追求，男子只能在心中想著對方的美好，不敢造次。

〈漢廣〉共分三章，本篇擷取第一章，敘述故事的緣起，後兩章道出將來女子出嫁，男子希望能替子女餵好馬駒，可看出他一往情深。三章反覆吟詠「漢之廣矣，不可泳思。江之永

矣，不可方思」，以層累的「不可」吐露私心愛戀不得如願。三章為一律，不斷詠嘆愛慕者心中無可奈何的愁緒，「不可」通貫整篇，將愛情的曖昧與患得患失點綴十足。

名句的故事

《詩經》可說是中國最早的情詩集，〈漢廣〉描寫了墜入愛河忽喜忽悲、江迴轉折的情緒變化。中國愛情鉅作《紅樓夢》，主角賈寶玉看似顛傻實而細膩癡情，因年紀漸長，寶玉頓然察覺不可再似過去與自幼攜手相知相惜的林黛玉耳鬢廝磨、坦然以對，因此常常以試探來取代真情。聰慧的林妹妹認為寶玉虛情假意，那她也要隱藏真心。明明過去是「人居兩地，情發一心」，如今兩人卻都認為對方應該清楚自己的心意，苦於言語矯情，為此而鬧彆扭、不理睬對方。「兩個人原本是一個心，但都多生了枝葉，反弄成兩個心了」。倒是苦了古今讀者們在一旁看得乾著急啊！

歷久彌新說名句

隔水興歎的有情人，還有千古不墜的情侶檔牛郎織女。東漢〈古詩十九首〉其中之一即以兩人為主角：「迢迢牽牛星，皎皎河漢女。纖纖擢素手，札札弄機杼。終日不成章，泣涕零如雨。河漢清且淺，相去復幾許。盈盈一水間，脈脈不得語。」牽牛星與織女星隔著銀河互望相對，河水看似清且淺，卻無法橫越，隔著盈盈一水，彼此不得訴衷情。

唐代才女魚玄機風流貌美，工書善詩，年輕時遇人不淑，愛上有婦之夫李億。在李億南下接原配時，她含情脈脈寫道：「憶君心似西江水，日夜東流無歇時。」（〈江陵愁望寄子安〉）以江河來比喻相思情。然而這段感情不受李妻接納，魚玄機遭拋棄，空將一腔情意付之東流。最後魚玄機以年輕貌美的女道士身分，享樂縱情，周旋於京城名公子間，不再輕易交付真心了！

未見君子，惄如調飢

名句的誕生

遵[1]彼汝墳[2]，伐其條枚[3]。未見君子[4]，惄[5]如調[6]飢。遵彼汝墳，伐其條肄[7]。既見君子，不我遐[8]棄。魴魚赬尾[9]，王室如燬[10]。雖則如燬，父母孔邇[11]。

～周南・汝墳

完全讀懂名句

1. 遵：循，沿著。
2. 汝墳：汝水的堤岸。汝，水名，位於河南省境，淮河的支流；墳，堤岸。
3. 條枚：樹枝與樹幹。
4. 君子：此指婦人的丈夫。
5. 惄：音ㄋㄧˋ，nì，憂傷，憂思。
6. 調：音ㄓㄡ，zhōu，早晨。
7. 肄：音ㄧˋ，yī，枝幹被砍後再生的嫩枝。
8. 遐：遠，疏遠。
9. 魴魚赬尾：魴魚疲勞時，白尾會變成紅色，用來比喻生活非常勞苦。魴，音ㄈㄤˊ，fáng，形體扁，刺多肉嫩；赬，音ㄔㄥ，chēng，赤色。
10. 燬：焚燒，形容戰事之亂。
11. 父母孔邇：孔，甚；邇，近也。此指父母是最親近的人。

語譯：沿著汝水堤岸走，砍伐枝條和樹幹。沒有見到丈夫，憂思如清晨的飢餓般難熬。循著汝水堤岸走，砍伐新生的嫩枝。既已見到丈夫，知道他不會把我遠遠捨棄。魴魚的尾巴發紅，如同周王室形勢如火在燒。雖然形勢如火在燒，但父母才是我們最親近的人啊！

文章背景小常識

〈周南．汝墳〉的故事背景，發生在西周末年，當時正值周王室動亂不安、戰事頻頻之際。全詩分為三章，第一章先描述婦人一邊砍伐柴木，一邊思念為國出征、久而未歸的丈夫，直陳自己對丈夫的思念，有如晨起的飢餓，痛苦難捱。第二章則寫樹木經過一年，已長出嫩枝，婦人終見丈夫歸來，可暫時平緩長期掛念的情感。到了末章，婦人一改先前的大膽表意，轉以含蓄委婉的方式提醒丈夫，王室安危固然重要，但父母更需要為人子的奉養。婦人巧託丈夫父母為由，希望藉此留住丈夫，讓他不再遠離家園，而常伴自己身邊。此詩對已婚女子的細膩心思，有入木傳神的詮釋。

名句的故事

〈周南．汝墳〉中的「汝墳」，原指河南的汝水岸邊，但在往後的歷史紀錄中，「汝墳」卻演變成侯名（汝墳侯），以及地方（河南汝州）的別稱。東周初，周平王遷都洛邑（即今河南洛陽），封少子姬烈采邑於汝墳（即今河南葉縣之東），直至後代子孫姬邕。秦統一天下後，這些居住汝墳封地的姬姓子孫，遂改姓「周」。西漢時期，漢武帝因周仁是先帝景帝重用的大臣，又是周王室的後裔，所以封周仁為「汝墳侯」，並給予他豐厚的食祿歸老。從此這支曾被皇帝封侯的周姓家族，便以汝南地域為核心，迅速播遷，子孫蔓延中國各地，形成日後周姓宗族的最大支派。

唐朝詩人李白，在五言古詩〈送張秀才從軍〉中寫下：「長策掃河洛，寧親歸汝墳。當令千古後，麟閣著奇勛。」李白以詩送別即將從軍的友人，勉勵對方為國立功，衣錦榮歸汝州故鄉，既可安寧父母之心，又可揚名後世。另外孟浩然的五言律詩〈行至汝墳寄盧徵君〉前四句寫道：「行乏憩予駕，依然見汝墳。洛川方罷雪，嵩嶂有殘雲。」這是孟浩然從洛陽返襄陽故居，途經汝州，即興而發的詩作，他描述所見的汝州美景，寄予友人。以上兩詩出現的「汝墳」，都是指河南汝州，與《詩經．周南》中「汝墳」的意義不同。

歷久彌新說名句

《詩經》〈曹風．候人〉的末句「婉兮孌兮，季女斯飢」，描述的是年輕漂亮的少女思念情郎，而那相思之情猶如飢渴的煎熬般難忍，此與〈汝墳〉的「未見君子，惄如調飢」相似，都是女子想念心上人，抒發情感的詩作。

西漢劉向彙編《楚辭》一書，在屈原所著〈天問〉中，藉由南方先民所提一百多個疑惑，抒發自身的愁悶，其中有：「閔妃匹合，厥身是繼，胡維嗜不同味，而快朝飽。」意思是，禹憂心無妃匹合，而絕其後嗣，所以與眾人一樣飽於一朝之情，使自己後繼有人。文中「朝飽」為夫妻匹合之意，而〈周南．汝墳〉的「調飢」指的是夫妻不得相聚之苦，兩相對比之下，「朝飽」與「調飢」都有以人的口腹滿足或飢渴，隱指夫妻匹合一事。

三國時代魏國的文學家曹植，在〈洛神賦〉中寫下「華容婀娜，令我忘飡」，後人多認為賦中那位體態高雅、容貌美麗的洛神仙子，即喻指曹植兄長曹丕的妻子甄宓。此句描寫對於洛神的愛慕迷戀，已到了忘餐飯的地步。南朝文學家沈約〈六憶詩．其一〉有「相看常不足，相見乃忘飢」，對於戀人相見的時刻永嫌不夠，兩人繾綣纏綿，也能忘卻肚腸之飢，做了最貼切的描述。至於五代南唐詞人李煜，在〈昭惠周后誄〉中寫下詩句「信美堪餐，朝飢是慰」。這位天生多情的帝王詞人，懷念他所寵愛的大周后，形容她堪比一頓秀色餐餚，令他有飽足慰藉之感。以上三位文學大家，都藉由口腹欲望，書寫對心儀女子的情感想望，將「食」與「色」作一饒富興味的聯結。

瞻望弗及，泣涕如雨

名句的誕生

燕燕[1]于飛，差池[2]其羽。之子于歸，遠送于野。瞻望[3]弗及，泣涕[4]如雨。燕燕于飛，頡之頏之[5]。之子于歸，遠于將[6]之。瞻望弗及，佇立以泣。

～邶風．燕燕

完全讀懂名句

1. 燕燕：在此表示對燕子親切的暱稱。
2. 差池：參差不齊的樣子。
3. 瞻望：遠望的意思。
4. 泣涕：悲傷而流淚。
5. 頡之頏之：上下翻飛的意思。頡，音ㄒㄧㄝˊ，xié，向下飛；頏，音ㄏㄤˊ，háng，向上飛。
6. 將：送的意思。

語譯：燕子飛啊燕子飛，展開如剪般的尾翼。這個人兒要歸去，遠遠送她到郊外。直到眺望看不見她身影，悲傷的淚水如雨下。燕子飛啊燕子飛，一會向下一會向上。這個人兒要歸去，遠遠送她走一程。直到眺望看不見她身影，站立久久淚流滿面。

文章背景小常識

〈邶風．燕燕〉歷來認為是《詩經》中相當感人的篇章，清代推崇為「萬古送別之祖」。依據《詩序》，此詩的歷史背景是春秋時，衛國莊公的夫人莊姜送別丈夫妾室戴媯返回陳國的故事。由於莊姜沒有子嗣，於是以戴媯子

「完」為己子，即後來的衛桓公。但由於兄弟相殘，弟弟弒桓公繼位，桓公之母戴媯於是被遣送回國。〈燕燕〉即是記載莊姜送戴媯歸返這件事情。莊姜與戴媯兩人間的情感深厚，共養戴媯之子，後來夫死子亡，兩人悲患同當。此時戴媯又遭新君遣送回國，往後兩人恐怕再也難以相見。

此外，關於〈燕燕〉還有一說，是衛君遠送妹妹出嫁的詩。然而不管二者何者為真，從詩中推測送別的時間大約在春夏之際，燕兒們隨著季節遷徙飛翔，〈燕燕〉一詩見物託興，將今生永別的莫大悲哀傾訴詩中；〈燕燕〉又從景入情，栩栩描繪出離別場面以及心緒的流轉，作為千古送別詩歌之祖，可謂實至名歸。

名句的故事

東漢末年由於戰亂，喪夫的蔡文姬（本名蔡琰，是東漢著名文學家蔡邕之女）遭賊人擄走，輾轉流落胡人之地，被迫嫁給南匈奴左賢王。曹操掌權後，念及蔡邕無後嗣繼承，唯一愛女又淪落異地，於是重金贖回蔡文姬。然而蔡文姬已於當地生下二子，卻不能攜子返鄉，心中陷入兩難掙扎，一邊想返回故鄉漢地，一邊卻也割捨不掉親子之情，但情勢上不容她選擇。其詩作〈胡笳十八拍〉對返鄉之際與子痛苦別離有感人的描述：「不謂殘生兮卻得旋歸，撫抱胡兒兮泣下沾衣。漢使迎我兮四牡騑騑，號失聲兮誰得知？與我生死兮逢此時，愁為子兮日無光輝。焉得羽翼兮將汝歸？一步一還兮足難移，魂消影絕兮恩愛遺。十有三拍兮弦急調悲，肝腸攪刺兮人莫我知。」蔡文姬將身為母親別離子女，心如刀割之情景刻印如實。

〈燕燕〉與〈胡笳十八拍〉都有相同主題，就是「歸」。在〈燕燕〉的「之子于歸」與今天常見稱女子出嫁的「之子于歸」有何關係？歸字的使用，常見有回、返之意，衍生義與女子出嫁後的行為有關聯，例如出嫁歸於夫家，稱為「于歸」；古代已嫁婦女返回娘家探親，稱為「歸寧」，這種說法今日仍普遍可見。但若丈夫逝世，寡妻歸返娘家，或是婦人離婚後回娘家則稱為「歸宗」。最後，還有一種特殊用法「大歸」，包括由於政治等特殊因素，使得已婚婦女被遣送回祖國，永歸娘家，這通常也意味著今生難以再相聚，莊姜與戴媯是如此，蔡文姬與二子也是處於這般情境。

歷久彌新說名句

生離死別歷來是人類難以逃脫的情障，古今文學也常援引這個主題抒發內心難忍之悲，由此也創造了許多經典名句，傳頌後世。這裡要提到對於「送別」相當特殊的詮釋方式。在錢鍾書的《圍城》中，主角方鴻漸因為與校方權力糾葛的問題，沒有得到接續的聘任，當他要離開執教的學校，曾經心有所感地說道：「離開一個地方就等於死一次，自知免不了一死，總希望人家表示願意自己活下去……有人送別，彷彿臨死的人有孝子順孫送終，死也安心閉眼。」方鴻漸擔心離開時若沒有學生送行，場面將有點難堪與落寞，宛如沒有子孫送終般淒涼。這種文學筆調扭轉了「別」之痛苦，以現實面子作為考量基準，也是一番體會。

期我乎桑中，要我乎上宮，送我乎淇之上矣

名句的誕生

爰[1]采唐[2]矣？沫[3]之鄉矣。云誰之思[4]？美孟姜[5]矣。期[6]乎桑中[7]，要[8]我乎上宮[9]，送我乎淇[10]之上矣。

～鄘風．桑中

完全讀懂名句

1. 爰：疑問代詞，何處、哪裡的意思。
2. 唐：女蘿，蔓生植物。
3. 沫：衛邑名，位於商代朝歌之郊，今河南淇縣南方。
4. 誰之思：同「誰是思」，即思念著誰。
5. 孟姜：女子名，此處僅為託言，並未指明哪位女子。
6. 期：約會。
7. 桑中：桑樹林中。
8. 要：邀約。
9. 上宮：樓台。
10. 淇：淇水，河名，位於河南淇縣。

語譯：女蘿哪裡採喲？在衛國的沫鄉喲！心中想著哪個人呀？美麗的孟姜呀！她約我在桑樹林中相見，她邀我到樓台上會面，她還送我到淇水之邊。

文章背景小常識

〈鄘風．桑中〉是一首情人幽會的詩，內容分為三章，皆以植物展開歌詠，並以「期我乎桑中，要我乎上宮，送我乎淇之上矣」作結。前四句一問一答，顯現民歌淳樸的特色，抑揚

頓挫更添趣味。至於文中的孟姜、孟弋、孟庸等女子名，僅是為了諧韻，並非指個別不同的女子，因此無須將男主角視為朝秦暮楚之輩，女子名可為美人、愛人的代稱。

〈桑中〉層次分明地描寫約會過程，「期我乎桑中，要我乎上宮，送我乎淇之上矣」，刻畫出墜入愛河的男子，對於日前約會的陶然沉醉，反覆回味再三。這一方面展現戀愛的纏綿，另一方面也留下悠悠餘韻，是愛情詩歌最動人之處。

名句的故事

「期我乎桑中，要我乎上宮，送我乎淇之上矣」，將情侶約會甜在心頭的私密感受，動人地描繪出來。含蓄溫厚中帶有些許遐思，也能讓讀者心領神會。南唐李後主著名的〈菩薩蠻〉也與男女幽會有關，不過撰寫背景與情愛的表達方式迥然不同。李後主先娶大周后為妻，傳言周后是當時舉世無雙的美女，兩人結褵以來相知相惜，度過一段美好歲月。然而隨著周后的妹妹長大成熟，姿色不但不輸給姊姊，並也傾心於李後主，兩人背著大周后，於夜半時分幽會，李後主因而寫下〈菩薩蠻〉：「花明月暗籠輕霧，今宵好向郎邊去。衩襪步香階，手提金縷鞋。畫堂南畔見，一晌偎人顫。奴為出來難，叫君恣意憐。」陷入「不倫之戀」的男女花前月下私會，幽微緊張的情緒就這樣一股腦兒全傾洩於文字當中。

對於男女約會的期盼心態，漢朝詩歌〈鳳求凰〉中有一番熱切的描述：「有美人兮，見之不忘。一日不見兮，思之如狂。鳳飛翱翔兮，四海求凰。無奈佳人兮，不在東牆。將琴代語兮，聊寫衷腸。願言配德兮，攜手相將。何時見許兮？慰我徬徨。不得于飛兮，使我淪亡！使我淪亡！」詩人已心有所屬，但礙於對方尚未表明心意而寢食難安，因此以鳳求凰暗喻自己尋求伴侶的急迫心情，且以琴聲聊表衷情，希望對方允肯攜手相伴。最後詩人坦言若求愛不成功，自己將陷於淪亡、徬徨無依的慘境。〈鳳求凰〉淋漓展現對愛情的期盼與思念若狂，成為後世示愛的代表作之一。

歷久彌新說名句

〈桑中〉裡提到「孟姜」一詞，或許會令人錯以為是哭倒長城的那位奇女子。其實她並非單指特定人物，而是對美人、心上人的代稱，與哭倒長城的「孟姜女」是八竿子打不著關係的。事實上孟姜女的故事在詩經的年代尚未出現，要到唐代才有完整的長篇，歷經宋元明清的發展才構成體系，成為今日通曉的千里尋夫、哭倒長城、控訴秦始皇暴政、以身殉夫的故事內容。

孟姜女故事的原型最早可溯於《左傳》杞梁妻，到唐代始將時間定於秦始皇築長城之際，且男主角由春秋時的貴族戰將降為戍守役人。唐代詩人貫休也對這個典故加以記載，〈杞梁妻〉詩言：「築人築土一萬里，杞梁貞婦啼嗚嗚。上無父兮中無夫，下無子兮孤復孤。一號城崩塞色苦，再號杞梁骨出土。」貫休對杞梁妻的描述已經加入千里尋夫、哭倒長城才見得丈夫骨骸的情節，因此也有學者認為孟姜女即是杞梁妻。這種意象的變化與當時社會背景有著必然的關係，古代為了防範北方外族的入侵，因此常常調動百姓屯戍邊塞，造成骨肉分離、行役思鄉的現象，文人因而藉秦始皇築長城一事來發洩不滿。

孟姜女的故事到唐代大體發展完全，進入宋代以後，多於細節上增補，例如將孟姜女的出身由平民妻改為知書達禮的儒生之妻，結合宋代「萬般皆下品，唯有讀書高」的風氣，也強化秦王政焚書坑儒的暴政色彩，增加故事張力。到了明代又重修邊城（即目前所存的內長城），孟姜女的造廟運動於各地如雨後春筍般出現，但其意義已經轉化，主要是宣揚孟姜女的貞烈賢孝，而非嘲諷當政了。時至今日，孟姜女的故事雖漸為人遺忘，由電視廣告中的詼諧效果可知，她仍為後現代人們的集體記憶呢！

自伯之東，首如飛蓬。豈無膏沐，誰適爲容

名句的誕生

伯[1]兮朅[2]兮，邦之桀[3]兮。伯也執殳[4]，為王前驅[5]。自伯之東，首如飛蓬[6]。豈無膏沐[7]，誰適[8]為容？

～衛風・伯兮

完全讀懂名句

1. 伯：兄弟中排行最大者。此指婦人丈夫。
2. 朅：音ㄑㄧㄝˋ，qiè，雄壯威武的樣子。
3. 桀：通「傑」，英傑。
4. 殳：音ㄕㄨ，shū，古代兵器，長一丈兩尺，有稜而無刃。
5. 前驅：驅馬在前的先鋒將士。
6. 飛蓬：被風吹亂的蓬草。此指婦人頭髮散亂不整齊的樣子。
7. 膏沐：潤澤頭髮所用的油脂。
8. 適：音ㄉㄧˊ，dí，專意於一。

語譯：哥哥真是英武啊！他是全國的英雄豪傑！哥哥手拿兵器，為君王擔任開路先鋒。自哥哥向東出征，我的頭髮如被風吹散的蓬草般，並非缺少潤髮的油膏，而是有誰能讓我專一為他妝扮？

文章背景小常識

此為〈衛風・伯兮〉的前兩章。首先描寫婦人對其出征在外、保國衛民的丈夫，充滿驕傲自豪。然後娓娓訴說她終日蓬頭散髮的原因，在婦人的心目中，唯獨她的丈夫，才值得自己

悉心梳理容妝。表面雖說她對丈夫在前線作戰，感到無比光榮，實際卻是任由自己蓬頭亂髮，一心期待丈夫歸來。對婦人而言，一邊是攸關國家社稷存亡，一邊是人間至性的夫妻之情，使她的人生出現兩難的矛盾。〈伯兮〉的前兩章，傳遞的是一個丈夫在外征戰的妻子，面對公理與私情的內心交戰。

名句的故事

飛蓬，原指一種遇風拔起、隨即飛揚的草本植物，在〈衛風．伯兮〉中，詩人見女子頭髮不梳理的混亂，宛如飛蓬乘風而散，所以稱「首如飛蓬」。飛蓬除可形容飛亂的頭髮之外，也因它四處飄散，令人產生不確定前往何處、距離有多遠的意象，故也可引申為無根、飄泊之意。

唐代詩人李白，其五言律詩〈魯郡東石門送杜二甫〉末四句為「秋波落泗水，海色明徂徠。飛蓬各自遠，且盡手中杯」。此詩是李白於玄宗天寶四年（西元七四五年）秋天，在山東送別杜甫而作。詩中李白以飛蓬為喻，意指兩人將要天涯各一方，勸進杜甫飲盡杯中酒。據說李白與杜甫在此分別後，彼此就不曾再見過面，但杜甫其後一生，仍對李白心存思念，不管置身何處，常留下想念或關心李白安危的詩作。至於李白，除〈魯郡東石門送杜二甫〉之外，另確定可考寫給杜甫僅〈沙丘城下寄杜甫〉一首五言律詩。詩仙李白的豁達，詩聖杜甫的重情，由此亦可觀之。

南宋愛國詞人辛棄疾，其〈醉翁操〉上片最末「送子東，望君之門兮九重。女無悅己，誰適為容」，巧妙借用〈伯兮〉中「誰適為容」四字，將女人不知為誰妝扮的話，暗喻自己空有滿腔熱血，卻無可發揮的處境。

歷久彌新說名句

《戰國策．趙策》其中一篇〈晉畢陽之孫豫讓〉，記載豫讓忠於人生知己的故事。

豫讓是春秋晉國人，當時晉國六大家族爭奪政權，豫讓曾在范氏、中行氏底下工作，但並未受到重視，直到投靠智伯，始被智伯所重用。在西元前四五三年，趙襄子與智伯之間宿怨極深，趙襄子聯合韓、魏二家，消滅智伯，三分晉國的土地，戰國時代，自此展開。趙襄子為消心頭之怨，還把智伯的頭骨拿來當作酒杯，豫讓得知智伯為趙襄子所殺，便說：「士為知己者死，女為悅己者容。」他認為一個有志之士，應為賞識自己的人，不惜犧牲生命，如同女子想為喜歡她的人妝扮一樣，於是決心為智伯報仇。豫讓最後雖行刺失敗，自殺而死，但他所留下的千古名句，一直為後人所傳誦。

〈衛風．伯兮〉中原寫婦人怨嘆無人欣賞妝容的「誰適為容」，到了晉國烈士豫讓所言的「女為悅己者容」，將女人為心上人妝扮的話，比喻自己只有得到知音賞識，才能有所發揮。故後人多藉「誰適為容」、「女為悅己者容」之語，表示懷有雄才壯志，卻無處可伸，或暗示正在靜待知音。

北、南宋之交的女詞人李清照，在她的作品中也出現「首如飛蓬」之貌，如〈鳳凰臺上憶吹簫〉上片有：「香冷金猊，被翻紅浪，起來慵自梳頭。」大意是說，銅製的獅形薰爐冷了，掀開紅色的被子，人雖已起床，卻什麼事都不想做，甚至連剛睡醒的一頭散髮，也不願梳理。這闋詞是李清照與丈夫趙明誠短暫分別時所作。夫妻兩人不僅趣味相投，情感也極為恩愛，所以只是一次暫時的小別，詞人心中的思念，是相當沉重的。古代婦女講究梳理頭髮，詩歌中也常見描寫女子頭髮的文句，可見梳頭一事，是當時女子每天一早的必備功課，女子若連頭髮都無心梳理，其情緒之低落，可想而知。

知我者謂我心憂，不知我者謂我何求

名句的誕生

彼黍[1]離離[2]，彼稷[3]之苗。行邁[4]靡靡[5]，中心搖搖[6]。知我者謂我心憂，不知我者謂我何求？悠悠[7]蒼天，此[8]何人哉！

～王風．黍離

完全讀懂名句

1. 黍：穀類植物名稱。
2. 離離：下垂的樣子。
3. 稷：穀類植物名稱，即小米。
4. 行邁：行走。
5. 靡靡：遲緩的樣子。
6. 搖搖：心神不安的樣子。
7. 悠悠：遙遠的樣子。
8. 此：指使我憂傷者，或在斥責「不知我者」。

語譯：那黍子已經沉甸甸而下垂，那稷子才長著苗。我的步履蹣跚，我的心神不安。瞭解我的人，知道我心中有無盡的憂愁；不瞭解我的人，說我為什麼還苦苦的追求？仰望高高在上的蒼天，這到底是什麼人啊？

文章背景小常識

此詩描寫一懷憂之人，藉詩抒發滿腔的憂傷情感。全詩共有三章，各章之末，皆以相同文字作結，詩人一而再、再而三，重複吟誦同樣話語，除了表達內心剪不斷的愁緒之外，更透過仰問蒼天，強調對人間充滿難解的困惑。西漢毛亨作《毛傳》詩序，他認為〈黍離〉是周朝東遷之初的作品，詩人行役西周舊都鎬京，映入眼簾盡是一片禾黍，令他撫今追昔，不忍離去，留下這一懷古傷時的詩篇。

名句的故事

〈王風．黍離〉堪為一千古絕唱，詩人如此深遠憂嘆，實有一段歷史緣由。西元前七八一年，周幽王即位，他是西周最末一任君王，不但終日沉溺淫樂，任用姦邪臣子，更不顧民生疾苦。後又黜罷申后，廢太子宜臼，改立褒姒為后，以及另立褒姒之子伯服為太子。各國諸侯皆冷眼旁觀周王室的腐敗行徑，私下謀地建國，各自擴展實力。經隔數年，周幽王欲殺宜臼，申后之父申侯向犬戎借兵，攻打鎬京，幽王死在驪山之下，結束西周王朝三百五十一年的歷史。

周幽王死後，諸侯擁立幽王之子宜臼為周平王，但西周首都鎬京經過這場烽火戰役，已成殘敗廢墟，平王選擇東遷洛邑，此為東周之始。周平王仰賴晉文侯、鄭武公、秦襄公等諸侯輔助，完成遷都工程，於是他大封諸侯、賜賞土地，使諸侯權力日漸擴大，威勢更凌駕天子之上，周王室淪為名義上的共主。〈王風．黍離〉就在這樣背景下產生，當東周大夫行役鎬京，見昔日繁華舊都，已夷為農田黍稷，興起今非昔比的感慨！詩中所言「知我者」，即指瞭解西周從文武鼎盛到走向滅亡，以及對東周王室的衰微，皆能與他感同身受的人。

歷久彌新說名句

在明代羅貫中所著《三國演義》第一百二十回，也是小說最末一回，記敘西晉武帝太康元年（西元二八〇年）大舉伐吳的一段史事。當年，吳主孫皓投降，消息傳回西晉首都洛陽，君臣皆喜而互賀，但驃騎將軍孫秀，卻在退朝之後，面向南方哭道：「昔討逆壯年，以一校尉創立基業；今孫皓舉江南而棄之，悠悠蒼天，此何人哉？」孫秀是吳國開國始祖孫策幼弟孫匡的孫子，曾以宗室身分，任職吳國將軍，並掌有兵權，吳主孫皓對他一直心存疑忌。孫秀為避免惹禍上身，於吳主孫皓建衡二年（西元二七〇年）投奔晉國，當時晉武帝司馬炎急於拉攏人心，遂命孫秀為驃騎將軍、儀同三司，封會稽公，給予高規格禮遇。

孫秀出走吳國，奔向晉國，實是處境上的不得已，所以當他一聽到吳國滅亡，不禁悲從中來。其言「昔討逆壯年」指的是孫策在東漢獻帝興平二年（西元一九五年），只是一校尉身分，卻在短短數年，打下江東一片江山，為孫吳立國奠定基礎，直到吳主孫皓即位，為人驕奢淫逸，又喜濫殺無辜，才使吳國逐步走向衰亡。「悠悠蒼天，此何人哉」，原是〈王風．黍離〉東周大夫感慨西周滅亡之語，孫秀在此表達的是他對孫吳亡國的沉痛哀傷！

到了宋神宗熙寧四年（西元一〇七一年），蘇東坡因上書反對王安石新法，結果被外放杭州任通判，在宴飲場合認識輕盈曼舞的女子王朝雲，其後，蘇東坡對王朝雲產生情愫，並娶她為妾。蘇東坡的性格豪放，經常在官場不加隱諱的暢論己見，以至得罪當朝權貴，一生數度遭到貶官。在他的眾妻妾中，王朝雲算是最瞭解他的女人。蘇東坡一日退朝回家，心血來潮指著自己腹部，問侍妾們裡頭裝了什麼？有人回答文章，有人說是見識，蘇東坡都搖搖頭，這時，王朝雲則笑說他一肚子裝的都是不合時宜。蘇東坡聞言，便說：「知我者，唯有朝雲也。」

等到蘇東坡年近花甲，元配妻已逝，身邊姬妾陸續散去，唯有王朝雲始終一路相隨，後因生產導致身體虛弱，死時僅三十四歲。蘇東坡將她葬在廣東惠州西湖，並在墓地築亭紀念，亭柱鐫有一副楹聯，刻寫：「不合時宜，惟有朝雲能識我；獨彈古調，每逢暮雨倍思卿。」在蘇東坡的心目中，認為一生的「知我者」，就是對其內心世界瞭如指掌的王朝雲。由此可見識到這位滿腹不合時宜的大文豪，遭逢仕途不遂之際，其情感慰藉的所在。

冬之夜，夏之日，百歲之後，歸于其室

名句的誕生

夏之日，冬之夜，百歲之後，歸于其居[1]。冬之夜，夏之日，百歲之後，歸于其室[2]。

～唐風・葛生

完全讀懂名句

1. 居：這裡指墳墓。
2. 室：這裡指墓穴。

語譯：夏天白日長，冬天夜漫漫，等到百年之後，我也要葬入他的墳墓。冬天夜漫漫，夏天白日長，等到百年之後，我也要葬入他的墓穴。

文章背景小常識

根據《詩序》記載：「葛生，刺晉獻公也。好攻戰，則國人多喪矣。」這裡認為〈葛生〉是因丈夫前去參戰，妻子吐露心聲，並突顯晉獻公的好戰性格。《毛詩正義》進一步解釋：「喪，棄亡也。夫從征役棄亡，不反，則其妻居家而怨思。」丈夫從軍打仗，結果一去不復返，妻子只能獨守空閨，哀怨自憐要經過多少日夜寒暑，熬到百年之後，兩人才能夠埋葬在同一個墓穴。

〈葛生〉的第一章、第二章都說草木有寄託的對象，只有獨守空閨的婦人，因為丈夫出外打仗無法回家，所以沒有依靠；第三章談到枕頭，原本該是「同床共枕」的恩愛，卻淪落到只能與美麗的枕頭，獨自盼到天明；第四章、第五章則是婦人最後的希望，期待在人生的盡頭，能與自己的丈夫葬於同一墓穴。

〈葛生〉的背景出於戰亂之時，從詩中可讀出消極的反戰情緒。

名句的故事

晉獻公在位時，曾發生兩件大事，第一就是「三十六計」中提到的第二十四計「假途伐虢」。虞和虢，這兩個小國原本關係良好，如果有一方受到襲擊，另一方一定會出兵相救。為打破此一聯盟，晉獻公先給了虞國好處，然後便在晉與虢的邊境製造事端，獲得出兵伐虢的藉口。這時晉獻公向虞國借道，很快消滅虢國。而班師回朝的途中，晉獻公也不忘將掠奪來的財物分一些給虞國，並且裝病，就地駐紮在虞國京城附近。不久之後，晉獻公便趁機連虞國也一起消滅了。

第二件大事就是「驪姬之亂」。驪姬是晉獻公晚年攻打外族驪戎所獲得的女子，她為晉獻公生下一子奚齊，為能立奚齊為太子，驪姬設計陷害當時的太子申生，並逼公子重耳、夷吾逃亡國外。整個王位權力爭奪戰給晉國的政治帶來巨大的傷害。

單單這兩件事，不是「戰」就是「亂」，足見當時老百姓生活艱苦不安。〈葛生〉中對已逝者的思念，亦被後人稱為悼亡詩之祖。

歷久彌新說名句

〈唐風．葛生〉中的「百歲之後」經常被世人用來形容死亡，也可以說成「百年之後」。這樣文雅的用詞，目的在淡化人們對死亡的恐懼，用間接的方式來形容。不過另外有個成語是「百歲之好」，比喻結為夫妻，充滿喜氣，前後兩者的意思大相逕庭，不可混淆。

有一部很紅的日劇，改編自暢銷書作家片山恭一的純愛小說《在世界的中心呼喊愛情》，其中男主角小朔的祖父吟誦了〈唐風．葛生〉中的這一名句：「冬之夜，夏之日，百歲之後，歸于其室。」人生歷練豐富的祖父體會的是：「經過漫長夏日、漫長冬日，你沉睡於此。百歲之後，總有一天我也會和你一起沉睡吧！我安穩地等待著那一天到來……大概就是這樣的意思。」這位祖父執著於當年（也是戰事）對初戀女友無法有結果的愛，過了這麼多年後他竟然突發奇想，央求孫子幫忙「盜墓」，以取得情人的骨灰，也算是一種長相廝守。乍看之下有點荒謬，然而誠如祖父所說：「就算這世界再怎麼進步，但是人的心，也許內心深處是不太會改變的吧！」這為〈葛生〉兩千多年來的傳頌不墜下了相當貼切的註解！

話說中國古來征戰連連，不少詩詞反映出老百姓的「反戰」情緒。唐朝杜甫的〈兵車行〉：「信知生男惡，反是生女好；生女猶得嫁比鄰，生男埋沒隨百草。」杜甫寫的是他天寶十年在長安目睹唐玄宗連年發動戰爭，帶給平民百姓無窮的災難，大家已經到了寧可生女不生男的地步！另一例是宋朝戴復古的〈淮村兵後〉：「小桃無主自開花，煙草茫茫帶晚鴉。幾處敗垣圍故井，向來一一是人家。」沒有人照顧的桃花會自己開花，連原本熱鬧的村落房舍，現在都聚集著烏鴉。戴復古歷經孝、光、寧、理等四朝，也看盡宋朝對外族的不斷退讓，他詠嘆的是殘山剩水。當蒙古人攻陷臨安時，宋朝也就瀕臨亡國的命運了。

「九一一」事件讓美國帶著報復心態對伊拉克發動戰爭，由於「師出無名」，反倒激起全球各地參與「詩人反戰」，這個組織訂三月五日星期三為「全球詩人反戰日」，聲稱進行歷史上最大規模的和平訴求，他們將編訂反戰詩集，並在美國國會吟誦。而一九六〇年代，詩人洛夫於金門的戰壕內創作長詩〈石室之死亡〉，四十年來評論不斷，在美國已出版英譯本，其中有詩句：「在清晨，那人以裸體去背叛死／任一條黑色支流咆哮橫過他的脈管／我便怔住，我以目光掃過那座石壁／上面即鑿成兩道血槽……。」活在二十一世紀的我們應深信，透過堅定的言語意志，人類將以無遠弗屆的力量護守著和平。

未見君子，憂心如醉。如何如何？忘我實多

名句的誕生

山有苞棣[1]，隰[2]有樹檖[3]。未見君子，憂心如醉。如何如何？忘我實多。

～秦風・晨風

完全讀懂名句

1. 苞棣：茂盛的唐棣。棣，音ㄉㄧˋ，dì，木名，唐棣。
2. 隰：音ㄒㄧˊ，xí，低濕之地。
3. 樹檖：木名，赤羅，也可稱作楊檖。檖，音ㄙㄨㄟˋ，suì。

語譯：山上長有茂盛的唐棣，低濕地上長有楊檖。沒見到我的丈夫，心中憂愁如醉酒一般。為何呀為何？實在不該把我給忘記！

文章背景小常識

〈秦風・晨風〉全詩共有三章，此為最末一章。婦人藉由樹木中的唐棣、楊檖，都能各居其位在適合自己的土地生長，再相較於她的丈夫，原也有一處落地生根的家庭，卻因秦國長年用兵作戰，造成有家歸不得的下場。最末四句描寫婦人因不見丈夫，長期籠罩在憂鬱情緒中，有如一恍惚醉酒之人，有時甚至懷疑丈夫是否早已把她忘記，詩中充滿一種無可奈何的憂傷情調。

名句的故事

〈秦風・晨風〉的首章始句為「鴥彼晨風，鬱彼北林」，其中「晨風」即是猛禽鸇鳥，牠

是一種飛行速度很快的鳥類。西漢毛亨在《詩序》指出，〈晨風〉是藉由晨風這種鳥類的快速疾飛，隱喻各方賢士急於奔相投靠秦穆公，至於各章都出現「未見君子」、「忘我實多」之句，則是詩人故意以先王秦穆公的英明識賢，諷刺現任君主康公摒棄賢臣的行徑，完全忘記先王的功業德行。後世研究者中，雖有人仍遵從毛序所言，但也有人直指毛序根本曲解詩的本意，認為〈晨風〉純粹是描寫秦國婦女獨居，思念其夫而作。

西漢劉向《說苑・奉使》記載戰國時期，關於魏武侯（即太子擊）尚未即位前的史事。話說魏文侯早已先立其子摯繼嗣王位，之後他征伐中山國獲得勝利，便封其子擊為中山國君，從此父子三年未有往來。擊的舍人趙倉唐向擊進言，認為父子三年不相聞問，不可算慈或孝，他願代表擊出使魏國。於是他向擊打聽魏文侯喜歡晨鳥與北犬，並將兩樣禮物準備好，即前往魏國。

魏文侯一見趙倉唐代表擊送的禮，皆為自己嗜喜之物，得知擊並未忘記他，心中感到欣慰。魏文侯問趙倉唐有關擊的近況，趙倉唐唯唯諾諾，欲言又止，連續問了三次，趙倉唐才回答說，擊已非魏國太子，而是中山國之君，魏文侯直呼其名，是對國君的不禮。魏文侯聞言，立刻改稱自己兒子為中山國君，趙倉唐才願與魏文侯對話。

當魏文侯問趙倉唐，中山國君喜讀何書，趙倉唐回答《詩》，魏文侯再問哪些詩是他所喜好，趙倉唐回答〈黍離〉與〈晨風〉，並當場先吟〈晨風〉。魏文侯聽完問趙倉唐，中山國君是否以為父親已把他忘記？趙倉唐言不敢，說中山國君只是一直思念魏文侯。接著趙倉唐吟〈黍離〉，魏文侯再問趙倉唐，中山國君是否心中有所埋怨？趙倉唐言不敢有怨，只是時時思念魏文侯。此時，魏文侯感觸良多，於是決定撤換太子摯，改立擊為太子，還說要瞭解一個人，就要觀察其交友；要瞭解一位君主，就要觀察其派出的使節。趙倉唐以一小國使節，代其主誦詠〈晨風〉，一方面以此詩探詢魏文侯是否忘記太子擊，另一方面也勾起魏文侯對這三年未見兒子的思念情感，當然更重要的是，徹底扭轉太子擊的命運，使他成為日後戰國的霸主——魏武侯。

歷久彌新說名句

南朝宋人范曄作《後漢書》，在〈卓魯魏劉列傳〉中，記載有關東漢末年名臣劉寬的生平事略。劉寬以仁慈寬厚聞名州里，這也使他的官運扶搖直上，連續擢升好幾級。有一回，漢靈帝請劉寬到殿前講學，只見劉寬醉倒睡在大殿之上，靈帝問他是否喝醉了？劉寬回答靈帝：「臣不敢醉，但任重責大，憂心如醉。」劉寬當時身分不僅是皇帝的侍講大臣，又官拜太尉，相當受到賞識，劉寬說明自己在殿前醉了的原因，是憂心皇帝交予他一身重責大任的原故。劉寬這番感人說詞，使漢靈帝對他更為看重！

三國時魏國文學家曹植，其〈釋愁文〉起始四句寫著：「予以愁慘，行吟路邊，形容枯悴，憂心如醉。」曹植開宗明義即引〈秦風・晨風〉的「憂心如醉」，勾勒一身容貌枯槁、恍惚落魄的形象。接著他對一名叫玄靈的高人，傾訴自己憂愁成疾，他還說此病一發作，即難以退去，若好不容易痊癒，症狀卻一下子又回來，就算春秋的秦國名醫醫和轉世，也難以治好他的病。曹植希望玄靈先生能為他蓍龜問神，以求治療憂愁之方。

玄靈先生聽了曹植的敘述，面露不悅神色，告誡曹植要體認動亂世局的本然，不要心神困頓在己身的不平遭遇中。他不願替曹植蓍龜問神，卻為曹植開立治療愁病的處方，包括「無為之藥」、「澹泊之湯」，刺「玄虛之針」、灸「淳樸之方」，安其「恢廓之宇」、坐其「寂寞之床」，最末終可與莊子食「養神之饌」，與老聃致「愛性之方」，也就是曹植如能依照指示，用上幾帖玄靈先生的心靈藥方，就可「改心回趣」，原本那些揮之不去的愁疾將「不辭而去」。

〈釋愁文〉中的玄靈先生，想必是曹植虛構

出的人物。文中曹植直陳自己罹患愁疾，致使形貌憔悴不堪，表示他長期處在一種被壓抑、遭排斥、受冷落的多重傷害中。至於玄靈先生提出那些近趨黃老道家的勸說，不過是曹植在無可奈何中的一番自我安慰，也透露他試圖尋求釋愁之道的心路歷程。

「憂心如醉」始出一秦國怨婦之口，原是她等不到丈夫出征歸來的抒懷之詞，演變到後世，此句已成為身負沉重憂慮情感，以致心神恍惚者的最佳寫照！

有美一人，傷如之何？寤寐無爲，涕泗滂沱

名句的誕生

彼澤之陂[1]，有蒲[2]與荷。有美一人，傷如之何？寤寐[3]無為，涕泗[4]滂沱[5]。

～陳風・澤陂

完全讀懂名句

1. 陂：音ㄆㄧˊ，pí，澤畔障水的堤岸。
2. 蒲：指蒲柳。
3. 寤寐：醒時或睡著，也表示無時無刻。寤，睡醒；寐，就寢。
4. 涕泗：指眼淚和鼻涕。
5. 滂沱：下大雨。

語譯：在那池塘的岸邊，蒲柳擺動，荷花盛開。有一位美人，憂心到什麼程度？無時無刻不想著他，什麼事情也不想做，傷心到淚如雨下。

名句的故事

歷代對於〈陳風・澤陂〉的解析，一說是女子的相思之詩；另一說是因為陳靈公荒淫無道，好周旋於男女之間，居然形成「上行下效」，陳國境內道德敗壞，詩人憂慮國家的前途，所以做詩諷刺。先來看看陳靈公與他的臣子之妻——夏姬，兩人之間的荒唐與曖昧。夏姬是鄭穆公的女兒，傳說不僅具備了驪姬、息媯的美貌，還兼有妲己、褒姒的狐媚，年紀輕輕便艷名遠播，後來她嫁給陳國陳定公的孫子夏禦叔，並育有一子夏南。

夏禦叔壯年早逝，夏姬守寡時雖然芳齡已近

四十，卻保有少女的青春美貌，仍周旋在夏禦叔的生前好友孔寧、儀行父之間，這兩人都是陳國的重臣。不久在孔寧的搭橋之下，陳靈公居然也成為夏姬的入幕之賓。陳國君臣如此，早已傳到夏姬之子夏南的耳中，相傳就是他一箭射死了陳靈公。而孔寧、儀行父倉皇逃到楚國，請楚莊王討伐弒君的夏南。楚莊王率兵進入陳國境內時，知情的陳國百姓都袖手旁觀，看著夏南被殺。

歷久彌新說名句

自古以來，在詩人筆下美人的形象可以說是千變萬化。魏文帝曹丕有一首詩是這樣寫的：「有美一人，婉如清揚，知音識曲，善為樂方。」清揚就是眉目開朗有神的樣子，這位美人不僅具有神采飛揚的外貌，性格爽朗，還懂得音律，通曉樂譜，可以說是才貌兼備，因而讓詩人傾慕不已。

與白居易齊名的唐朝詩人元稹，作有〈古決絕詞〉，起頭便說：「乍可為天上牽牛織女星，不願為庭前紅槿枝。」庭前的紅槿枝雖然唾手可得，但未必能長相廝守，所以倒寧可是銀河中的牛郎織女，至少每年七夕都能見上一次面，心意也不會改變。他繼續寫道：「有美一人，於焉曠絕。一日不見，比一日於三年，況三年之曠別。」原來元稹的美人具備了曠世的丰姿，一日不見好比三年不見，更何況已經有三年未曾見面了。由此可知詩人的思念之情萬分深切，無怪乎寧願當那天上的牛郎織女星，年年可聚首，儘管相思長久，但至少還有短暫相悅！

曾有一個很有意思的書評，評論的對象是《軟件工藝》一書，內容是關於軟體工程的解決方案。該位評者寫到最後下一結論：「有美一人，在水之濱，與其聽我告訴你她長得怎麼樣，不如自己去看一看呢！」這一語戳破很多人都以為看了書評，就可以知道內容好壞的迷思。畢竟閱讀是主觀的，而思想是活的，端看讀者是否有本領去擷取書中的奧妙了！

月出皎兮，佼人僚兮，舒窈糾兮，勞心悄兮

名句的誕生

月出皎[1]兮，佼人[2]僚[3]兮，舒窈糾[4]兮，勞心[5]悄[6]兮！月出皓兮，佼人懰兮，舒懮受兮，勞心慅兮！月出照兮，佼人燎兮，舒夭紹兮，勞心慘兮！

～陳風・月出

完全讀懂名句

1. 皎：潔白明亮。
2. 佼人：佳人，美人。
3. 僚：通「嫽」，美好的容貌。二章「懰」（ㄌㄧㄡˊ，liú）、三章「燎」均義近。
4. 窈糾：女子身材苗條，姿態柔美舒緩。二章「懮受」（懮，音ㄧㄡˇ，yǒu）、三章「夭紹」均義近。
5. 勞心：憂心的意思。
6. 悄：憂愁的樣子。二章「慅」（ㄘㄠˇ，cǎo）、三章「慘」均義近。

語譯：月亮升起皎潔明亮，月下美人多嫵媚，身影窈窕舉止輕盈，讓我思念心生煩憂。月亮升起潔白清晰，月下美人多秀麗，身影嬌柔舉止舒緩，讓我思念心生愁苦。月亮升起照耀四方，月下美人多艷麗，身影苗條舉止從容，讓我思念心生煩躁。

文章背景小常識

商朝末年，舜的子孫投靠了周，擔任製陶的工作。周武王滅商後，便將舜的後裔媯滿封於「陳」（河南東部與一部分安徽）。武王還將大

女兒元姬嫁給他，並讓他奉守著舜的宗祀，死後追諡為陳胡公。陳國的人有以國為姓氏，歷代都以為陳氏就是嬀滿的後代。相傳軍事專家孫武的祖先可以遠溯到嬀滿。嬀滿的後世子孫嬀完在陳國內部遇到政變，投奔齊國。當時的齊桓公很欣賞嬀完，任命他負責管理百工之事的工正。嬀完在齊國定居以後改姓田，就叫田完。田氏後來成為齊國的一大家族，田完的子孫田書很有軍事才幹，被齊景公策封並賜姓孫。因此，田書又稱為孫書，而孫武就是孫書的孫子。

話說嬀滿娶了周武王的女兒，她熱中祭祀、巫術，也影響了陳國的民風。〈陳風．宛丘〉中便有「坎其擊鼓，宛丘之下。無冬無夏，值其鷺羽」，描寫古時巫覡擊鼓舞蹈，狂熱而優美的景象。

名句的故事

〈陳風．月出〉是一首月下懷人的情詩，共分三章，每章第一句以月起興，最後抒發想念佳人到心生煩憂之苦。其中以月色比喻佳人的婀娜多姿，朦朧中又非常有魅力，被歷代評論家譽為開啟了「見月懷人」詩之先河。

而《詩序》的見解是：「刺好色也，在位不好德而說美色焉。」欣賞情詩，讀到這樣的詮釋，多少有些殺風景，不過從周武王冊封陳國，到春秋時代楚惠王滅掉陳國，諸侯國中如此短暫的壽命，也不多見。也許詩人點出了原因之一，例如荒淫昏庸的陳靈公，玩弄臣下的妻子夏姬，他好色不好德的下場，就是被夏姬的兒子夏南，一箭射死，很是悲哀。

歷久彌新說名句

唐朝詩人張九齡有一首〈望月懷遠〉：「海上生明月，天涯共此時。情人怨遙夜，竟夕起相思。」明月彷彿戀人，即在眼前，明月與他，兩人「天涯共此時」。然而一在天之涯，一在地之角，遙遙無盡的大海阻隔，思念的苦悶一發不可收拾，與〈月出〉真可是不相上下。

蘇軾在「烏台詩案」獲釋後被貶謫黃州，先後創作了〈前赤壁賦〉與〈後赤壁賦〉。這個「赤壁」並非三國時代周瑜大破曹軍的赤壁，而是蘇軾觸景生情的借題發揮。他興之所至寫道：「誦明月之詩，歌窈窕之章。」緊接著又行文「月出於東山之上，徘徊於斗牛之間」、「渺渺兮予懷，望美人兮天一方」，都與〈月出〉相互呼應。大詩人見景生情，即景會心，進而情景交融。

以「皎」來形容明月，可說是再適合不過了，例如〈古詩十九首〉中有：「明月何皎皎，照我羅床幃。」吟詠此句時，潔淨明亮的月光彷彿就灑滿了床頭。又如宋玉的〈神女賦〉：「皎若明月舒其光，須臾之間，美貌橫生，曄兮如華，溫乎如瑩，五色並馳，不可殫形。」在這裡月光就像舞臺上的聚光燈一樣，映照得女子的美麗無所遁形，幾乎讓人無法直視。

《天龍八部》中的段譽、慕容復、王語嫣有段三角戀情。話說正當三十六洞洞主、七十二島島主正在商議如何對付天山童姥時，段譽卻心不在焉地對站在一旁的王語嫣產生諸多遐想。而其中的烏老大因為想不出計策而長嘆一聲，沒想到一旁的段譽竟然也是「唉」的一聲，眾人聞聲望去，只見段譽不急不徐吟道：「月出皎兮，佼人僚兮，舒窈糾兮，勞心悄兮！」在場幾乎都是學武之人，有誰聽得懂這一番話呢？只有那位躲在慕容復身邊的王語嫣了。金庸的這番布局真是巧思呀！

匏有苦葉，濟有深涉。深則厲，淺則揭

名句的誕生

匏[1]有苦[2]葉，濟[3]有深涉[4]。深則厲[5]，淺則揭[6]。有瀰[7]濟盈，有鷕[8]雉[9]鳴。濟盈不濡軌[10]，雉鳴求其牡[11]。

～邶風・匏有苦葉

完全讀懂名句

1. 匏：音ㄆㄠˊ，páo，即葫蘆。古人涉水用具，以防沉溺。
2. 苦：通「枯」，枯黃。
3. 濟：水名，即泲（音ㄐㄧˇ，jǐ）水，源出河南省，東流入山東省境。也可作名詞，指渡口。
4. 涉：徒步渡水。
5. 厲：不脫衣渡河。
6. 揭：音ㄑㄧˋ，qì，提起衣角涉水。
7. 瀰：音ㄇㄧˊ，mí，水盛貌。
8. 鷕：音ㄧㄠˇ，yǎo，野雞的叫聲。
9. 雉：動物名稱，俗稱野雞。
10. 濡軌：指車子渡河，以車軸記水位深淺。濡，漬或染之意；軌，車軸的兩端。
11. 牡：音ㄇㄨˇ，mǔ，禽類之雄者。

語譯：葫蘆的葉子已枯黃，渡口的水已深但還可徒步過河。水深就連衣下水，水淺則提起衣角涉水。渡口的水位已經漲高，野雞在聲聲的啼叫。水聲隆隆，河水雖漲高，但水位還沒蓋過渡河的車軸，雌野雞依然不停鳴叫，只為找尋牠的雄配偶。

文章背景小常識

此詩先描寫女子站在河邊，細心觀察徒步渡水的人群，看他們或繫著乾老葫蘆，全身浸在水裡過河，或將葫蘆綁在身上，提著衣服涉水，由此也可知河水退漲的情形。然後才切入主題，說明女子佇立在此的目的，是為了等待終身託付的那個男人，但日子一天天過去，眼看河水越漲越高，仍不見男子過河而來。當她發現有人乘車過河，水深還未漲過車軸高度，女子心中又燃起一線希望，心想著男子若趁現在過河，還能趕得及今年的相會！詩人更將女子對男子的等待與呼喚，比作雌野雞求雄偶一樣的急切渴望。全詩最精彩之處，在於女子藉由外物與人事的觀察，得知河水的退漲變化，而這一切又攸關她的心上人能否順利過河，其心思細膩與焦慮神情，盡鮮活的躍然紙上。

名句的故事

〈邶風．匏有苦葉〉中的「匏」，也就是今天我們說的葫蘆。鮮嫩的葫蘆可作食物，至於過熟而老的葫蘆，因外皮乾硬，而重量又相當的輕，古人常用來當作渡河繫在身上，以防沉溺的工具。如同詩中的女子，就在渡口觀看往來人們身上的葫蘆，他們會視河水的深淺，決定採取何種方式過河。

《國語．魯語下》記載一則魯國大夫叔孫穆子（後稱穆叔）舉〈邶風．匏有苦葉〉，暗示誓師伐秦的故事。西元前五五九年，正值東周春秋時期，各國諸侯早對秦國態度心存不滿，在晉國的號召之下，答應共同舉兵討伐，但各國軍隊到了秦的邊界涇水邊，卻都不敢渡河。晉國大夫叔向把這種情形告訴魯國大夫叔孫穆子，想知道他對此事的看法。叔孫穆子回答叔向說：「豹之業，及匏有苦葉矣，不知其他。」意指自己（叔孫穆子全名叔孫豹）的志業，僅有「匏有苦葉」一事，其他的就完全不知道了！叔向聽完，會意地離開，回去告訴他人，魯國的叔孫穆子一定會過河伐秦，最後果如叔向所料，叔孫穆子以行動證明他伐秦的決心。

〈匏有苦葉〉原是一首求愛詩，寫一女子觀看河邊人們繫葫蘆渡水之景，抒發內心熱切盼望情人過河的心情，結果竟被魯晉兩國的大夫，拿來作為是否渡河伐秦的謎語。更有趣的是，如此隱晦的暗示，叔孫穆子與叔向兩人還能彼此心領神會，真不愧他們在歷史上都留下賢臣之名。

歷久彌新說名句

〈邶風・匏有苦葉〉全詩共四章，前兩章主要在描寫渡口涉水過河的情景，以及女子滿心期盼男子的出現；後兩章的原文為：「雝雝鳴鴈，旭日始旦。士如歸妻，迨冰未泮。招招舟子，人涉卬否。人涉卬否，卬須我友。」詩人刻意留到最後，才道出全詩主題所在。

「鴈」即是雁鳥，牠們習慣群飛，秋天南來，春天北去，所以又稱「候鳥」。詩人以雁鳴，點出時序已轉為秋天，一等到冬天降臨，河水很快就會結冰。詩中女子經過漫長的癡心等待，仍未放棄她的愛情期盼，希望男子若有心娶她，就別等到河水結冰，過不了河。渡口的船夫還以為女子要渡河，也對她招招手。最後，女子眼見所有人都已搭舟離開，她還是佇立在原處，並深信她的愛情不會成空，她的心上人終會過河來迎娶她。全詩到此休止，留下沒有答案的問號。然而，到了河水結冰之期，男子若還沒過河，女子渴望今年完婚的憧憬，勢必幻滅為泡影。

在〈匏有苦葉〉前兩章「雉鳴」時，還能徒步涉水渡河，即使乘車過河，水位也未過車軸。等到後兩章出現「鳴鴈」飛翔，呈現的是一股秋涼意象，如同河水即將結成冰，隱然揭示女子將逐步走向枯竭、心冷之途。然而，詩人不願道破癡情女子等待的結果，只強調外在條件都已瀕臨絕望，女子依然不棄捨那細如游絲的微薄希望，深化她對情感執守如一的精神，以及近乎癡傻、無可理喻的形象。

七月流火，九月授衣。春日載陽，有鳴倉庚

名句的誕生

七月[1]流火[2]，九月[3]授衣[4]。春日載陽，有鳴倉庚[5]。女執懿筐[6]，遵彼微行[7]，爰[8]求柔桑[9]，春日遲遲[10]，采蘩[11]祁祁[12]，女心傷悲，殆[13]及公子同歸。

～豳風・七月

完全讀懂名句

1. 七月：此指夏曆七月。
2. 流火：火星漸向西沉之意。流，下趨；火，星宿名，即火星。
3. 九月：此指夏曆九月。
4. 授衣：將製作冬衣的事授予婦女。
5. 倉庚：鳥名，黃鸝，即今之黃鶯。
6. 懿筐：深筐。
7. 微行：小路。
8. 爰：乃，於是。
9. 柔桑：指嫩桑葉。
10. 遲遲：舒緩，表示白日漸長。
11. 蘩：音ㄈㄢˊ，fán，白蒿。
12. 祁祁：眾多的樣子。
13. 殆：將。

語譯：七月時，火星逐漸向西沉，九月時，女子著手做冬衣。到了春天，陽光溫暖，黃鸝鳴叫，女子手提深筐，沿著鄉間小路，摘採初冒的柔嫩桑葉。春天的白日逐漸變長，許多人正忙著採摘白蒿，女子滿心傷悲，因為自己將嫁給貴族公子，從此與家人分離！

文章背景小常識

此為〈豳風・七月〉的第二章，主要描寫女子從事勞動之事，包括織做冬衣、採桑葉與白蒿，同時也提到當時月令與天時地物，如七月出現流火、春天黃鶯鳴叫、陽光溫暖、白日漸長等自然現象。最後，道出正在農事女子的心事，因為她將嫁給貴族公子！

〈豳風・七月〉是《詩經》十五國風中最長的一篇，全詩共有八章，不但描述四季月令的百物變化，也將農民平日的衣食耕織、田獵習武，以及為貴族公子服務等寫入詩中，是一首完整呈現古代農民寫實生活的風土敘事詩。

名句的故事

「豳」（音ㄅㄧㄣ，bīn）原為戎狄的地名，周朝先祖后稷曾孫公劉曾遷居於此，位於今天陝西邠縣。相傳〈豳風・七月〉為周公旦所作。西周初期，周公旦輔政幼主周成王，遭到管叔等人散播流言，說周公旦預謀篡奪王位，導致成王對周公旦的忠誠存疑。當時，周公旦居住東都洛邑，不僅憂勞民事，又心繫先祖公劉，而作〈豳風・七月〉與〈豳風・鴟鴞〉，以表王業艱難。二年後，成王意外發現父親武王生前病重時，周公旦曾寫下一篇祝禱文，向上天表明願意代替武王而死。成王頓時才明白周公旦的一片忠心，立刻迎他返回鎬京。周公旦對安定西周政權的影響極其深遠，還有他對武王、成王父子的無私赤誠，更成為後人宣揚不居功的偉大典範。

歷久彌新說名句

〈七月〉對豳地農民細瑣生活描寫入微，綜觀全詩各章，涵蓋了男女耕作打獵、修屋釀酒，以及採桑織衣等勞動工作。他們一年十二個月，幾乎不歇息的辛勞付出，卻多半奉獻到王公貴族的生活上，其情緒雖憂中有喜、樂中藏悲，但表現出的態度卻是平淡溫和。如詩中第一章先提到「無衣無褐，何以卒歲」，最後是「同我婦子，饁彼南畝，田畯至喜」。農民前頭才剛說他們沒有禦寒粗衣，將如何度過殘年，之後又接著說與妻小協力送飯食到南邊田地，農官見他們努力耕地，露出欣喜滿意的表情。先寫農民愁苦無衣禦寒，後寫農官開懷歡喜，一悲一喜之間令人不忍。

又如第八章先敘述為貴族鑿冰、搬運與窖藏的工作過程，之後則以「朋酒斯饗，曰殺羔羊。躋彼公堂，稱彼兕觥，萬壽無疆」，作為全詩總結。此處描述大夥兒共飲好酒、烹食羔羊，一起登上公堂，齊舉酒杯，祝福君王萬壽無疆。最末「萬壽無疆」四字，沿襲至今，仍是一句膾炙人口的祝賀語！

清代詩學專家姚際恆對〈豳風・七月〉極為推崇，並封它為「天下之至文」。此詩明寫豳地農民的樸拙善良、任勞任怨，以顯他們對王族的忠誠，側寫周朝貴族的權勢坐大，有百姓供其勞役。然而最終這群身心飽受奴役的質樸百姓，仍願意到公堂之上，為他們的領導者高聲慶賀。整體而言，〈七月〉細摹農家的風土民情，以及自然百物的生態，深具史料價值。詩中對純真的農夫農婦，他們內心交錯矛盾情感的體察，堪稱歷來書寫周朝農民心聲的代表作。

詩經100

詩，可以群，可以怨

桃之夭夭，灼灼其華。之子于歸，宜其室家

名句的誕生

桃之夭夭[1]，灼灼[2]其華[3]。之子[4]于歸[5]，宜[6]其室家[7]。桃之夭夭，有蕡[8]其實。之子于歸，宜其家室。桃之夭夭，其葉蓁蓁[9]。之子于歸，宜其家人。

～周南・桃夭

完全讀懂名句

1. 夭夭：少壯美盛的樣子，這裡形容樹木花葉茂盛。
2. 灼灼：形容花開茂盛火紅的樣子。
3. 華：同「花」。
4. 之子：那個女子。
5. 于歸：古代稱女子出嫁為于歸。
6. 宜：適應，順和。
7. 室家：室家、家室、家人，三者都可廣義解釋為夫婦，女子所嫁的人家、家族等意。
8. 蕡：音ㄈㄣˊ，fén，膨大。
9. 蓁蓁：音ㄓㄣ，zhēn，草木茂盛的樣子。

語譯：茂盛的桃樹呀，開著嫣紅的花朵。美麗的女子要出嫁了，多適合她的對象。茂盛的桃樹呀，纍纍的果實漸漸膨大了。美麗的女子要出嫁了，多適合她的家庭。茂盛的桃樹呀，密密的綠葉成蔭。美麗的女子要出嫁了，多適合她的家人。

文章背景小常識

「桃之夭夭」是指桃樹花葉茂盛的樣子，在這裡形容新娘子的容貌青春美麗。以豔麗的桃花歌詠美女，〈周南・桃夭〉可以說是此一文學傳統的始祖。本詩共分三章，從內容看來旨在祝賀新娘。根據《禮記・昏（婚）義》記載：「昏禮者，將合二姓之好，上以事宗廟而下以繼後世也，故君子重之。」古人講究「齊家而後治國」的秩序，能夠管理好一個家庭，綿延後代，才能「上事宗廟」，治理好一個國家。因此婚姻嫁娶對於古人而言，可是非同小可的一樁大事，是人之生命的延續，國之生命的開始。

又根據記載：「嫁娶必以春者，春，天地交通，萬物始生，陰陽交接之時也。」（《白虎通・嫁娶》）我們俗稱三月為「桃月」，因為這正是桃花盛開的季節。春臨大地，萬物的生命力自此展開，人生成長的另一起點自然也充滿著春天的氣息。

從桃花的嫣紅茂盛到婚嫁的喜悅，〈桃夭〉一詩即以桃花起興，反覆吟詠花朵豔麗、果實纍纍、綠葉成蔭，鋪陳出女子對於婚嫁的歡愉心情，充滿溫馨真摯的祝福。

名句的故事

一般認為〈周南・桃夭〉形容的是三月桃花盛開時，女子出嫁獲得圓滿歸宿的情景，是女子出嫁時所唱的歌，或是一首新婚祝賀之詞。最近有一位作者唐文提出了另一種理解詩文的角度。他描述一位懷有待嫁心的女子，她可能倚在窗前，看著窗外盛開的桃花，開始了婚嫁的想像：桃花開了，她遇到合適的對象；果實結了，她知道自己適合對方；樹葉成蔭了，她跟對方的家人相處得很好。這樣來讀流傳千年的詩句，彷彿每位現代「美眉」都能踏入那桃花繽紛的詩經畫面中。

說到「桃之夭夭」立即讓我們想到「『逃』之夭夭」。「逃之夭夭」其實就是從本句誤用而來，但意思卻是南轅北轍。因為「桃」和

「逃走」的「逃」同音，所以有人就開玩笑地將逃跑這件事，借用了「桃之夭夭」來比喻，後來更將「桃花」的「桃」改成「逃走」的「逃」，於是就成了「逃之夭夭」，此處的「夭夭」已經不具原來的意思了。

歷久彌新說名句

在西洋的花語中，桃花代表「虛偽的愛情」，相較之下，中國人賦予桃花的是浪漫的愛情意象。最有名的故事就是唐朝崔護的：「去年今日此門中，人面桃花相映紅。人面不知何處去，桃花依舊笑春風。」（〈題昔所見處〉）崔護於清明時節，來到郊外一座桃花盛開的莊院中，邂逅一位美麗的女子。次年又逢清明日，詩人回憶起這段往事，再度尋訪那戶人家，只見大門深鎖，於是他便在門上題了這首詩。

有桃花的地方，也發生了許多故事，例如著名的「桃園三結義」，劉備、關羽、張飛，就是在桃花園中，焚香祭拜，宰牛設酒，結為異性兄弟，所謂「宴桃園豪傑三結義，斬黃巾英雄首立功」（《三國演義》第一回），進而發展出許多膾炙人口的故事。還有「明朝四大家」之一的唐伯虎，他被罷黜歸鄉後，在蘇州閶門內的桃花塢修建桃花庵別墅，退隱其中，自稱「桃花庵主」。出於對人生滄桑有了一番澈悟，唐伯虎選擇詩酒逍遙的閒逸生活。

金庸筆下的「桃花島」，可是沒有長一朵桃花，由於島主黃藥師的愛妻，也就是黃蓉的母親名叫桃花，因而以此為名。而地理上的桃花島，位於浙江舟山群島東南部，與普陀山、朱家尖等相對望。相傳秦朝時，有位居士安期生為了躲避戰亂，來到這個島嶼生活，因為此地有很多漁產，所以越來越多人住了下來。人多吵雜，好靜的安期生決定到別處去，離開前他原本打算要畫下這個地方，最後他是不捨地捧起硯台，將墨汁潑在岩石上。後來墨汁潑過的地方呈現出許多花紋，有如盛開的桃花，桃花島便由此得名。

死生契闊，與子成說；執子之手，與子偕老

名句的誕生

死生契闊[1]，與子成說[2]；執子之手，與子偕老[3]。于嗟[4]闊兮，不我活兮！于嗟洵[5]兮，不我信兮！

～邶風．擊鼓

完全讀懂名句

1. 契闊：契，分隔；闊，遠的意思。
2. 成說：成立誓約。
3. 偕老：相伴到老。偕，俱的意思。
4. 于嗟：嘆詞。于，通「吁」。
5. 洵：遠的意思。

語譯：縱使生死遠隔，我們早有誓言在先。記得我們曾緊握著手，說要一起白頭到老。可嘆這一分別，我們就無法再相會！可嘆我們彼此相隔如此遙遠，讓那份誓言可能無法實現了啊！

文章背景小常識

現代人常以「死生契闊，與子成說；執子之手，與子偕老」，作為相守一生的誓言，但卻往往不知道這個名句的出處《詩經．邶風．擊鼓》，描述的其實是一個悲悽的故事。

男女主角可能是那個時代成千上萬征夫思婦中的一對。他們是衛國人，男子被徵召遠征陳國和宋國，平定了這兩國之後，又被留在當地戍守，無法回家，所以他「憂心有忡」。不僅如此，軍旅生活的壓力與苦楚讓男子到了精神崩潰的邊緣，在〈擊鼓〉第三章，這位戍卒

說：「爰居爰處？爰喪其馬？于以求之？于林之下。」他已經搞不清楚自己在哪兒休息，在哪兒住宿，也忘了在哪裡丟了馬，該到哪裡去找，後來才發現原來就在樹林中。

在這種惶惶無措中，他想起遠方的愛人，想起他們曾經說過要白頭偕老的誓言，現在看來，連能否再次相逢都成了遙不可及的夢想，他的誓言恐怕無法實現了。

名句的故事

生死相許的愛情總是令人感動，閩南語中丈夫稱妻子為「牽手」，不就是要「執子之手，與子偕老」嗎？

在張愛玲的《傾城之戀》中，范柳原跟白流蘇說：「『死生契闊——與子相悅，執子之手，與子偕老。』我的中文根本不行，可不知道解釋得對不對。我看那是最悲哀的一首詩，生與死與離別，都是大事，不由我們支配的。比起外界的力量，我們人是多麼小，多麼小！可是我們偏要說：『我永遠和你在一起；我們一生一世都別離開。』——好像我們自己做得了主似的！」這裡張愛玲把「說」解釋成「悅」，因此「與子相悅，執子之手，與子偕老」三句都變成誓詞的內容。有人懷疑這到底是張愛玲的筆誤，還是有意的改動？事實上，對照張愛玲另一篇〈自己的文章〉，其中也提到：「『死生契闊，與子成說；執子之手，與子偕老』是一首悲哀的詩，然而它的人生態度又是何等肯定。」在這裡張愛玲保留了詩經的原文，而《傾城之戀》中，張愛玲藉由在外國長大的范柳原之口，把「與子成說」改成「與子相悅」，讓詩經的語意比較容易為一般讀者所瞭解，這應該是張愛玲有意的改動，她又讓范柳原說「我的中文根本不行，可不知道解釋得對不對」，由此可知這是一個伏筆。

歷久彌新說名句

專制社會下，人民沒有選擇的自由，傜役與戰爭造成許多家庭的悲劇，民歌正反映當時的社會現象。在詩經的〈邶風．擊鼓〉中，戰爭造成一對夫妻的遠隔，建安時期陳琳的〈飲馬長城窟行〉描述了秦代修築長城的徭役帶給人民的痛苦。

詩經〈擊鼓〉中的男主角似乎精神渙散到了絕望的地步；陳琳〈飲馬長城窟行〉中修築長城的卒子也是因那「長城何連連！連連三千里」，永遠作不完的徭役而絕望。他寫信給妻子要她「便嫁莫留住，善事新姑嫜」，言下之意是：「就當我死了吧！再去找個好對象，好好對待你的新公婆！」但是又不忘補上一句「時時念我故夫子」，仍希望妻子要常常想念他啊！

秦代有民歌是這麼唱的：「生男慎勿舉，生女哺用脯。不見長城下，尸骸相支拄？」生男孩兒可以不用養，反正養大了也是要到屍骸堆積的長城去葬送性命，倒是生了女兒可要給她吃肉乾好好養育，女兒才是依靠啊！這首民歌反映出秦代人民控訴沉重征戍徭役的情緒。

每對戀愛中的男女幾乎總會有些海誓山盟，但結局如何，往往就不得而知了。在詩經〈擊鼓〉和陳琳〈飲馬長城窟行〉中，因為大環境而無法實現誓言，不過有些例子是輸在人心的改變。詩經的〈邶風．谷風〉篇有這麼兩句：「德音莫違，及爾同死。」一個變心的男人拋棄了糟糠之妻，他的妻子控訴他：「難道你忘記誓言了嗎？你說要跟我同生共死的。」雖然直率一些，不也與「執子之手，與子偕老」心意相同嗎？

漢代卓文君與司馬相如私奔的故事，起初也是一段佳話，但後來司馬相如變了心，卓文君寫下絕交書〈白頭吟〉，其中有詩句曰：「願得一心人，白頭不相離。」以自己的期待反襯了司馬相如的負心，頗有現代張惠妹歌曲〈原來你什麼都不想要〉的含義。

投我以木瓜，報之以瓊瑤

名句的誕生

投我以木瓜，報之以瓊琚[1]。匪[2]報也，永以為好也。投我以木桃，報之以瓊瑤。匪報也，永以為好也。投我以木李，報之以瓊玖。匪報也，永以為好也。

～衛風・木瓜

完全讀懂名句

1. 瓊琚、瓊瑤、瓊玖：美玉。
2. 匪：同「非」。

語譯：她向我投以木瓜，我用佩玉作為回報。並不是回報，而是希望能和她天長地久。她向我投以桃子，我用佩玉作為回報。並不是回報，而是希望能和她朝朝暮暮。她向我投以李子，我用佩玉作為回報。並不是回報，而是希望能和她永結同心。

文章背景小常識

〈衛風・木瓜〉是男女定情之詞。《周禮・地官・媒氏》記載：「媒氏掌萬民之判。凡男女自成名以上，皆書年月日名焉，令男三十而娶，女二十而嫁，凡娶判妻入子者，皆書之。中春之月，令會男女，於是時也，奔者不禁。」當時政府有「媒官」這個職位，主要負責管理國家的婚姻事務，所以誰家生兒育女、取了名字之後，媒官就負責記錄下來；規定男子三十歲、女子二十歲要結婚。超過這個年紀之後，媒官還會在仲春時節，也就是農忙前，為未婚男女舉辦活動，讓他們有機會接觸異性，這時候，就不需媒妁之言，只要兩情相悅便可以成婚。

〈木瓜〉篇可能就是描述，在這未婚的聯誼活動中，女生對男生先表示好感，然後男生以身上的佩玉相贈，也就是以玉為定情信物。此外〈鄭風．女曰雞鳴〉中的男生說：「知子之來之，雜佩以贈之。之子之順之，雜佩以問之。知子之好之，雜佩以報之。」〈王風．丘中有麻〉的女生說：「彼留之子，貽我佩玖。」可見以玉作為定情信物是由來已久的習俗。

古代女生主動對男生示好的方法在現代看來有點匪夷所思，就是用瓜果之類投擲欣賞的男生。《左傳．莊公二十四年》便提到：「男贄，大者玉帛，小者禽鳥，以章物也。女贄，不過榛、栗、棗、脩，以告虔也。」所謂的「贄」，就是見面禮。女生的見面禮只需要用榛果、栗子、棗子、肉乾這些就可以了。《禮記．曲禮》則記載：「婦人之摯：椇、榛、脯、脩、棗、栗。」這裡較之前述《左傳》記載，只多了「枳椇」這一項。〈木瓜〉篇中女方則是用到木瓜、桃子、李子三種水果來示愛，與今日大專院校的西瓜節——男同學送女同學西瓜表示愛慕之意——有異曲同工之處。

名句的故事

以瓜果乾貨投擲欣賞的男士的習俗，到魏晉時期仍然保存著。《晉書．潘岳傳》記載：「岳美姿儀，辭藻絕麗，尤善為哀誄之文。少時常挾彈出洛陽道，婦人遇之者，皆連手縈繞，投之以果，遂滿車而歸。時張載甚醜，每行，小兒以瓦石擲之，委頓而反。」潘岳，字安仁，民間習慣稱他為潘安，他是留名千古的美男子。他年輕的時候只要一出門，婦女們就爭著把瓜果擲向他，潘岳常常滿載而歸，所以後來有「潘郎車滿」、「投潘岳果」的成語。

而當時另一位長得醜的文人張載就充分體會到世間人情的殘酷，每次走在路上，小孩子都用石塊瓦片丟他，所以他總是一臉委屈的回家。《晉書》將潘岳和張載放在同一列傳，更突顯這種美與醜所受到不同待遇的對比。

歷久彌新說名句

《禮記．曲禮》云：「太上貴德，其次務施報，禮尚往來。往而不來，非禮也；來而不往，亦非禮也。」中國人古來便有禮尚往來的概念。「投我以木瓜，報之以瓊瑤」原本是男女之間的定情儀式，後來意義擴大到可用在朋友之間，也簡稱為「投報」。

詩經〈大雅．抑〉篇，衛武公的自警之詞為：「投我以桃，報之以李。」相對於「投我以木瓜，報之以瓊瑤」，「投桃報李」是一種物質上更公平的禮尚往來，衛武公原來的意思是：「受到人民愛戴，就要行為謹慎，做為楷模，以報答人民。」現在不管任何階層之間都可以用「投桃報李」來表示感恩的行為。

不管是職場上的上司下屬，或是朋友、情人，常常藉由贈送物品來表示欣賞的心意，這是從古到今都不變的。東漢年間的科學家兼文學家張衡，在〈四愁詩〉中有著名的句子：「美人贈我金錯刀，何以報之英瓊瑤。……美人贈我金琅玕，何以報之雙玉盤。……美人贈我貂襜褕，何以報之明月珠。……美人贈我錦繡段，何以報之青玉案。」這裡的美人是從屈原開始的「香草美人」傳統，即指國君。〈四愁詩〉是張衡出任河間相時寫的，運用比興手法委婉地抒發自己明主不遇、壯志難酬的懷愁憂思。張衡以美人贈我「金錯刀」、「金琅玕」等，比喻自己時刻不忘朝廷君主的恩德，以「我」欲報之「英瓊瑤」、「雙玉盤」等，比喻自己向朝廷奉獻治國安邦的忠誠。

閩南語俗語有一句：「人若衰，種匏仔生菜瓜。」這句話與「投桃報李」或「投木報瓊」是完全相反的意思。表示當時運不佳時，種下匏瓜卻收成菜瓜，也就是付出與收穫有天壤之別的意思。這些以水果、蔬菜為主題的成語、俗語，都可反應過去的農業社會生活，今天使用時要分辨清楚，以免張冠李戴，種匏仔生菜瓜。

呦呦鹿鳴，食野之苹。我有嘉賓，鼓瑟吹笙

名句的誕生

呦呦[1]鹿鳴，食野之苹[2]。我有嘉賓，鼓瑟吹笙。吹笙鼓簧，承筐[3]是將[4]。人之好我，示我周行[5]。

～小雅・鹿鳴

完全讀懂名句

1. 呦呦：音ㄧㄡ，yōu，擬聲詞，鹿的鳴聲。
2. 苹：草名，又稱藾蕭。
3. 筐：指獻上禮品的竹器。
4. 將：進奉的意思。
5. 周行：至道，大道理。

語譯：呦呦鹿兒鳴，遍食野地苹。我有賓客，彈瑟吹笙真熱鬧。吹起笙來奏起簧，獻上一筐禮品來。他們啊對我好，指引我走向大道。

文章背景小常識

〈小雅・鹿鳴〉是一篇描寫賓主宴飲享樂的詩篇，古代封建禮儀對於諸侯的應酬禮節相當重視，宴飲中不只賓主盡歡，也有如〈鹿鳴〉所揭示的引導彼此走向康莊大道。本篇詩歌共分為三章，此處擷取第一章，敘述嘉賓來到、敬奉禮品，以及吹笙鼓瑟的熱鬧情景；中章說明賓客品行剛正、言語精妙，主人以美酒佳餚來禮遇；最後則以鼓瑟彈琴描寫賓主契合的快樂。〈鹿鳴〉通篇充滿主客和樂的氣氛，主人以宴樂嘉賓之心，全力款待，而客人也展現所

長，酒酣耳熱之際，獻納忠言，指引主人邁向正道。

具有賓主宴飲之樂與人生勵志雙重意義的〈鹿鳴〉，成為中國傳統中深具啟發性的禮樂詩篇。〈鹿鳴〉是〈小雅〉的首篇，〈小雅〉記載諸侯以下貴族的禮樂雅言，〈鹿鳴〉即反映當時社交活動的情景。由〈鹿鳴〉不難看出周代所謂的「貴族之教」為何？孔子一生致力於禮儀的恢復，就是高尚的教育、對禮節的遵循，在宴飲的場合，也是以禮待之、以德相勉，塑造出美好的社會。

名句的故事

東漢末年挾天子以令諸侯的曹操，不僅善於帶兵作戰，文學造詣也獨出一方，以梟雄之霸氣揮灑著縱橫天下的豪邁。他於最著名的〈短歌行〉中吟唱：「對酒當歌，人生幾何？譬如朝露，去日苦多。慨當以慷，憂思難忘；何以解憂？唯有杜康。青青子衿，悠悠我心；但為君故，沉吟至今。呦呦鹿鳴，食野之苹；我有嘉賓，鼓瑟吹笙。」曹操不脫過往詩詞以抒發己志，面對著自然萬物，人不得不感到渺小，光陰匆匆，彷彿清晨的露水，彷彿乍開的曇花，不留痕跡，原地踏步的自己僅能以酒撫慰哀傷的心靈。然而若是認為曹操就此耽溺、無病呻吟的話，未免太小看這位叱吒三國的風雲人物。事實上，詩人的重點是在後面，結合他當時所下的〈求賢令〉一起閱讀，他希望能唯才是舉，招攬天下有為的「青青子衿」，他等到現在即是為了求取這些人才。後面曹操引用了〈鹿鳴〉的「呦呦鹿鳴，食野之苹；我有嘉賓，鼓瑟吹笙」，隱含著寄望能夠如同周朝一般，賓主同歡，並在政事上一起奮鬥。

據說鹿兒若是發現沃草，會以呦呦鳴聲呼朋引伴前來覓食，不會獨自私藏。古代地方上有所謂的「鹿鳴宴」，是在科舉考試之後，由州縣長官宴請主考官、學政以及考生的宴會，就在杯觥交錯之間會吟誦《詩經．小雅》的〈鹿鳴〉，所以稱之為「鹿鳴宴」。今天在華人地區也有餐館以「鹿鳴」為名，或是為菜單名，自是源自於描寫宴客時賓主盡歡的詩篇，其含義不只是表面上的賓客多、器樂鳴而已，更添「有朋自遠方來，不亦樂乎」的歡喜，以及互相切磋的謙靜和諧。在以此命名的餐館享用美食，想必多了一分風雅吧！

歷久彌新說名句

唐代古文家韓愈貶謫江陵時，曾寫信寄贈三位官員，希望能早日歸返中原，其中有：「協心輔齊聖，致理同毛輶。小雅詠鹿鳴，食苹貴呦呦。」四句話中用了兩個典故，皆出自《詩經》，一為「德輶如毛，民鮮克舉之」（〈大雅．烝民〉）；另一即是「呦呦鹿鳴，食野之苹」。前者意在告訴收信者，若得其幫助共同輔佐君主治理天下，政事將能平順；後者則是隱諱地期待收信人能夠推薦自己。韓愈藉由引用〈鹿鳴〉，一方面讚揚這三位官員都是識才之人，另一方面也希望他們英雄惜英雄啊！

當代作家張曼娟於《百年相思》一書中，曾有一篇文章以〈呦呦鹿鳴〉為題，描寫她與學生之間的互動，讓她宛如沉浸在「我有嘉賓，鼓瑟吹笙」的境界裡。故事緣起於作家發表了一篇以結婚為題的散文，學生知曉後誤認為老師將有喜訊，因此於課堂中玩鬧鼓譟，並在黑板上寫了滿滿的賀詞。那一瞬間，惆悵閃過她的臉龐，敏感的學生立即察覺不對勁，然而這也讓老師驚覺到這些年輕朋友已可以閱讀她的心思，甚至是庇護著她。學生誠摯的關懷，讓老師感動之餘也體認到所謂的「人之好我，示我周行」。在學校老師負責教導學生，同時學生也豐富了老師的心靈，這種純粹的交流與成長，不也體現了〈鹿鳴〉所要表現的意涵！

式微式微！胡不歸？

名句的誕生

式微[1]式微！胡不歸？微君之故[2]，胡為乎中露[3]？式微式微！胡不歸？微君之躬[4]，胡為乎泥中？

～邶風．式微

完全讀懂名句

1. 式微：衰微，衰落，也表示天色漸暗。式，發語詞；微，不明，指天黑。
2. 微君之故：若不是因為國君的緣故。微，非。
3. 中露：路途中。
4. 躬：「窮」字的假借。

語譯：天色已黑，天色已黑，為什麼還不回去？如果不是為了國君的緣故，我怎麼會在中途徘徊？天色已黑，天色已黑，為什麼還不回去？如果不是為了國君的瀕臨絕交，我怎麼會身陷泥沼？

文章背景小常識

〈邶風．式微〉篇的本事，歷來有兩種不同的說法：

第一種說法認為衛宣公時，狄人入侵黎國，黎國國君逃亡到衛國，衛國就把黎國國君和他的臣子安置在國境附近的中露和泥中兩個城邑。黎國的臣子勸國君：「國家已經淪亡至此，為什麼不回去呢？我們如果不是因為國君您的緣故，又怎麼會在這裡受辱呢？」

第二種說法則認為〈式微〉篇是黎莊夫人和

她的保母所作。黎莊夫人是衛侯的女兒，衛國和黎莊公已經談好了婚事，可能因為衛國和黎國突然交惡，黎莊夫人到了邊境，黎莊公忽然不接納她了，她的保母閔夫人覺得她很委屈，又擔心黎莊公不想娶她了，而她還不轉回，就跟黎莊夫人說：「夫婦之道，有義則合，無義則去。今不得意，胡不去乎？」夫妻之間的道理如果有正當性就在一起，沒有的話就分開，今天黎莊公已經說得很明白了，為什麼還不離去呢？所以就作詩曰：「式微式微，胡不歸？」黎莊夫人說；「婦人之道，壹而已矣。彼雖不吾以，吾何可以離於婦道乎！」黎莊夫人表示，女人家一生就只能從一而終。他雖然不接納我，我怎麼可以偏離婦道呢？而且也許過一陣子，黎國和衛國的關係好轉，情況就不同了啊！所以黎莊夫人作詩曰：「微君之故，胡為乎中路？」要不是為了兩國國君關係的和諧，我怎麼會在這半途中徘徊呢？所以她堅持要「終執貞壹，不違婦道」，在當地等待黎莊公回心轉意。

名句的故事

十五國風中，衛國人寫的詩是最多的，可見當時衛國作詩的風氣很興盛。而衛國的詩歌中，女詩人的作品又特別多，可以考證出詩人的便有往嫁黎國的莊姬所作的〈式微〉、宋襄公的母親桓姬所作的〈河廣〉，以及嫁到許國的穆姬所作的〈載馳〉。

在春秋戰國時代，諸侯女兒的出嫁幾乎都是一種外交策略，嫁到別國的女兒，比外交官還重要。除了像〈式微〉篇中為顧全大局而堅持要往嫁黎國的黎莊夫人之外，最有名的就是作〈載馳〉篇的許穆夫人。

許穆夫人幼年即以美麗出名，後來許國、齊國都來求親，穆姬自己反對答應許國，她考慮的原因是：「諸侯之有女，所以繫援於大國也。許小而遠，齊大而近，使邊疆有寇戎之事，赴告大國，妾在，不猶愈乎？」她完全將娘家的國家利益放在第一位，儘管如此後來卻被嫁給許國的穆公。

衛國國君懿公荒淫佚樂，喜歡養鶴，甚至讓鶴坐轎子。懿公九年，北狄侵衛，國人都不願意打仗，說：「讓鶴出征。」懿公只好親自上陣，與狄人戰於熒澤，慘敗而死。衛國國都朝歌淪陷，宋桓公迎衛遺民七百三十人渡河。

遠嫁許國的許穆夫人知道祖國覆亡，但因許國地遠力弱，無法援救。於是她奔走呼號，後來齊桓公派兵援救，又聯合諸侯幫助衛國復國，詩經〈鄘風．載馳〉就是敘述許穆夫人要回去營救衛國時，許國大夫攔阻，她很有自信的說：「大夫君子，無我有尤，百爾所思，不如我所之。」（你們這些大夫君子啊！別再跟我為難了，你們縱然千思百慮，都不如我去一趟啊！）許穆夫人可說是中國文學史上第一位留名的女詩人，也是勇敢的愛國女子。

歷久彌新說名句

《詩序》認為〈式微〉的篇旨是狄人侵黎，黎國臣民流亡到衛國，而大嘆式微，歷代詩人常常使用這個典故，例如曹植的〈情詩〉：「微陰翳陽景，清風飄我衣。游魚潛淥水，翔鳥薄天飛。眇眇客行士，徭役不得歸。始出嚴霜結，今來白露晞。遊者歎黍離，處者歌式微。慷慨對嘉賓，悽愴內傷悲。」這是一首反映當時社會狀況的詩，「遊者」是當時在外征戰戍守的役夫，「處者」是役夫家中的親人；黍離指詩經〈王風．黍離〉篇，是一首哀傷宗周覆滅的詩，這裡取其感傷亂離、行役不已，「式微」則含有勸歸的意思。在外的役夫感嘆國家不安定，征戰連連，無法與家人團聚；家裡的人，則吟唱著式微，希望征夫返家。曹植用「遊者歎黍離，處者歌式微」兩個詩經典故，把歷史和現實交織在一起。

直到現代，「式微」仍然是一個很生活化的詞語，不過「式微」的詞義擴大到指所有走下坡、衰落的事物，例如「式微的行業」、「道德式微」、「傳統日漸式微」等，倒是「歸去」的意思似乎已隱沒在歷史的洪流裡了。

相鼠有皮，人而無儀。人而無儀，不死何爲？

名句的誕生

相[1]鼠有皮，人而無儀[2]。人而無儀，不死何為？相鼠有齒，人而無止[3]。人而無止，不死何俟[4]？相鼠有體[5]，人而無禮。人而無禮，胡[6]不遄[7]死？

～鄘風・相鼠

完全讀懂名句

1. 相：視，看。
2. 儀：舉止威儀。
3. 止：容止，舉手投足的規矩。
4. 俟：音ㄙˋ，sì，等待的意思。
5. 體：身體，肢體。
6. 胡：同「何」。
7. 遄：音ㄔㄨㄢˊ，chuán，快速，疾速。

語譯：看那老鼠還有張皮，做人的卻不講禮儀。人無禮儀，不去死還做什麼？看那老鼠還有牙齒，身為人反而沒有規矩。人沒有規矩，不去死還等什麼？看那老鼠還有肢體，做人的卻不守禮。做人無禮，何不快快去死？

文章背景小常識

《詩經》的六義就是，風、雅、頌、賦、比、興，過去釋經者對於「風」，常衍生出諷刺之意，〈鄘風・相鼠〉可說是其中相當尖銳的一篇，也是後世經常引用的典故。〈相鼠〉產生的背景在東周時期，由於貴族解體、禮崩樂壞，統治階層僭越身分，奢侈靡華，荒淫無度，人民對此深惡痛絕，於是以詩歌抒發其憤慨，對於逾禮、不合禮法的行為加以筆誅。

〈相鼠〉一詩共分為三章，以鼠、人對比成文，環繞著「人不如鼠」的命題展開討論，將人從行為沒有威儀到沒有規矩、枉顧禮節，喪失了身為人的根本價值。詩歌採取層層遞進的方式，章句複沓加強立論，疊句出現，文氣也隨之激昂、鏗鏘，讓人感受到其中所要傳達的氣憤、不平與嘲蔑。藉由人不如鼠的比喻，鞭笞當時統治者醜惡、言行不一的面貌，是篇相當成功「罵人於無形之中」的作品。

名句的故事

「相鼠有皮，人而無儀。人而無儀，不死何為？」以反詰的口吻嘲諷他人，成為重要的諷刺典故，後世往往以「相鼠」來簡稱。《左傳．襄公二十七年》記載齊國的慶封故意乘著奢豪逾禮的美車到處炫耀。孟孫看到之後告訴叔孫：「哇！你看他的車很漂亮吧？」叔孫冷冷回道：「輿服不合乎自己的位階，將會招致惡禍。」有一天叔孫與慶封一起吃飯，慶封對他不敬，叔孫因此嘲諷道出〈相鼠〉一詩，慶封居然聽不懂，完全不知道叔孫在嘲笑他不如鼠、不知禮，實在不配作人。

孔子的弟子言偃有一次問老師：「為什麼要這麼急切地維護禮呢？」孔子回答：「夫禮，先王以承天之道，以治人之情。故失之者死，得之者生。《詩》曰：『相鼠有體，人而無禮；人而無禮，胡不遄死？』」禮乃聖人承天之道，故制禮後國家秩序才能夠剛正，因此失禮者必亡，正禮者才能國運昌榮。孔子最後又引「相鼠有皮，人而無儀。人而無儀，不死何為？」做結論，認為人若無禮，還不如別留在世間浪費糧食了！

歷久彌新說名句

〈相鼠〉帶來一種新的創作手法——諷刺，上有臣子對於皇帝的勸戒，下至市井小民宣洩不滿，都可透過這種隱微的方式加以發揮。宋朝大文豪蘇軾，因與王安石變法當權派不合而受到遷貶，在黃州異地生活中，他寫下不少對於時政亂象的嘲諷詩，例如在四子蘇遯誕生時的〈洗兒詩〉：「人皆養子望聰明，我被聰明誤一生。惟願孩兒愚且魯，無災無難到公卿。」蘇軾以解嘲心態描繪出當時權勢攀結依附的腐敗現象，感慨自己生不逢時，僅能一時憤然反諷，期望自己的小孩憨直、庸碌，將來才有可能青雲直上。

現代詩人艾青，生存年代正逢中國近代的劇變，他以敏銳的觀察力，將生命的苦痛轉化為詩文。艾青的作品往往帶有憂國憂民的色彩，卻也狠狠地揭開現實的瘡疤，他於〈假如〉中寫道：「假如死了的能活過來，閉著的眼睛忽然睜開，重新看一看周圍的變化，一定會嚇得目瞪口呆。他活著的時候你曾罵他、恨不得把他整死才痛快，他死了卻成了生前友好，站在遺像前面表示默哀。」這種對於人性表裡不一的諷刺與〈相鼠〉實有異曲同工之妙，都以日常事物作比喻，所要傳達的蔑視與憎惡之情，強烈鮮明。

以〈鹿港小鎮〉崛起的歌手羅大佑，他曾唱過一首名為「相鼠」的歌，歌詞帶有對現實社會嚴厲的抨擊、不滿。他唱道：「看彼隻老鼠嘛有皮／做人你哪會彼敖假／做人你若是彼敖假／無死你是欲創什麼／看彼隻老鼠嘛有齒／做人你哪會彼無恥／做人你若是彼無恥／無死你嘛是加了米／看彼隻老鼠嘛有體／做人你哪會彼無禮／做人你哪是彼無禮／歸去死死咧坎布袋。」仔細看看這些詞句幾乎完全拷貝自《詩經．鄘風》的〈相鼠〉：「相鼠有皮，人而無儀。人而無儀，不死何為？相鼠有齒，人而無止。人而無止，不死何俟？相鼠有體，人而無禮。人而無禮，胡不遄死？」這首歌運用閩南語語言中獨特的韻味，將〈相鼠〉貼切地予以現代化、通俗化，讓傳統典故與現代社會聯繫起來。

叔兮伯兮，褎如充耳

名句的誕生

狐裘蒙戎[1]，匪[2]車不東[3]。叔兮伯兮[4]，靡[5]所與同。瑣[6]兮尾[7]兮，流離之子。叔兮伯兮，褎如[8]充耳[9]。

～邶風・旄丘

完全讀懂名句

1. 蒙戎：蓬鬆的樣子。
2. 匪：彼，指對方。
3. 東：意指流亡者所在的地方。
4. 叔、伯：對貴族的尊稱。
5. 靡：無、不。
6. 瑣：細小，微不足道。
7. 尾：通「微」，卑賤之意。
8. 褎如：服飾華美的樣子。褎音ㄧㄡˋ，yòu。
9. 充耳：本是塞耳的玉石，引申為塞住耳朵、聽不見。

語譯：身穿皮草蓬鬆的錦裘，車子還不向東行！叔叔啊！伯伯啊！你我心思不相調。渺小又卑微啊！流離失所的可憐人。叔叔啊！伯伯啊！你們的服飾華美，對一切卻是充耳不聞！

文章背景小常識

這首詩主要闡述受盡折磨的流亡者對於貴族、在上位者的不滿。當他們於寒風中受凍，上位者卻是輕裘緩帶、朱輪華轂，刻意走避人民的呼喚，戴著長長的冠冕捂住耳朵。〈旄丘〉一詩雖然沒有確定的年代，但從其歸於〈邶風〉

可以得知故事背景在衛國。春秋之際，衛國東邊的鄰國「黎」，受到北方狄人威脅，眾人投奔衛國，但衛國人置之不理，引起流亡群眾不滿，因而寫下這首憤恨的詩歌。

名句的故事

〈邶風．旄丘〉一詩中的「褎如充耳」，以玉石塞住耳朵，讓不想聽到的聲音進不來，與「充耳不聞」以物品塞住耳朵，佯裝聽不見，十分相似。朱自清在〈論做作〉一文中說：「充耳不聞，閉目無睹，也許可以作無為而治的一個注腳。其實無為多半也是裝出來的。至於裝作不知，那更是現代政治家外交家的慣技，報紙上隨時看得見。」指出古今政治人物皆善用虛偽冷漠的伎倆，置生民於不顧。

歷久彌新說名句

古代刑罰多以笞、杖、徙、流、死五刑為主。刑罰中的流，大多指流放，與〈邶風．旄丘〉中的「流離」不同。前者是因為犯罪、過錯、貶謫而導致的懲罰。後者因為社會不安、政治動盪，使得人民遷徙移動，如東晉南遷，此外還有因為謀生不易、食糧不足，例如福建、廣東、廣西一帶居民往海外移民。

清朝領台初期，基於防治抗變而勉強治理，剛開始對台有海禁政策，也禁止中國內地人民來台。明清之際嶺南一帶人口密度過高，生存不易，許多人冒著生命危險偷渡來台，清代學者與地方官員藍鼎元便曾於〈偷渡詩〉中描述：「纍纍何為者？西來偷渡人。鋤鐺雜貫索，一隊一辛酸。嗟汝為饑驅，……我欲淚沾巾。哀哉此厲禁，犯者仍頻頻。」藍鼎元感慨這些因飢饉來到台灣的民眾，一路歷經千辛萬苦，躲在破爛的船艙中，不僅要面對台灣海峽「黑水溝」的天險威脅，還要忍受船員的虐待，一旦上岸不幸被抓，還有牢獄之災。即便如此仍要冒險一試，所圖的只是一分溫飽與生存契機，這般遭遇怎不令人聞之心酸落淚。

牆有茨，不可埽也。中冓之言，不可道也

名句的誕生

牆有茨[1]，不可埽也。中冓[2]之言，不可道也。所可道也，言之醜也。

～鄘風・牆有茨

完全讀懂名句

1. 茨：音ㄘˊ，cí，蒺藜的舊稱，根生在牆上，無法拔除，如果硬要拔掉，反而會把牆弄壞掉。
2. 冓：音ㄍㄡˋ，gòu，指內室，宮室的深密處。

語譯：牆上長滿著蒺藜，是不能夠掃除它的！深宮流傳著耳語，是不可以說出去的！如果說出去的話，那可是太丟臉了呀！

名句的故事

《毛詩正義》記載，這首詩是諷刺衛國宮廷內院的不倫醜事。當時衛國君主衛宣公的世子，原本要迎娶齊僖公的長女宣姜，沒想到衛宣公卻貪圖未來媳婦的美色，居然在婚禮前夕，命令兒子出使宋國，自己則厚顏無恥地將兒媳婦奪為己有。宣姜嫁給了原本應該是自己的公公，哭泣不已，齊僖公看到木已成舟，也只能承認這門婚事。

衛宣公過世後，宣姜的兒子惠公繼承王位，當時衛惠公年紀很小，因此朝中事務由衛宣公妃子所生的兒子公子頑來掌理。不料竟然又發生另一個醜聞：「公子頑通乎君母。」「君母」指國君的母親，也就是宣姜呀！公子頑竟然貪

色與宣姜私通，且生下子女五人。

「牆有茨」，攀爬根生在牆上的蒺藜，是不可去除的，否則牆將倒塌，意味著衛國宮闈亂倫的醜聞，就會洩漏出來，所以詩人諷刺地說「不可埽」！「中冓」是宮廷後院后妃住的地方，「中冓之言」暗指內室的淫語穢言，所以詩人說「不可道也」！然而衛國人民真的不知道嗎？詩人閃爍其詞，其實是「無聲勝有聲」的描寫手法。

歷久彌新說名句

身為女人，在傳統社會中不是一件容易的事情，甚至男人自己貪婪美色、忘卻國家大事，女人還得擔負很大的罪名，例如讓商紂王「唯婦人之言是聽」、步入衰敗之途的妲己；周幽王因為褒姒，「烽火戲諸侯，一笑失天下」；吳三桂「衝冠一怒為紅顏」，讓明朝亡了國，還讓陳圓圓成為罪魁禍首。

清朝歷史中，「太后下嫁」是清宮八大疑案之一。皇太極過世之後，年幼的順治皇帝福臨與他的母親孝莊皇后，成了典型的孤兒寡母。而征戰一生的皇太極生前並沒有指定皇位繼承人，因此出現混亂的王位爭奪戰。睿親王多爾袞其實很有實力登上王位，卻在孝莊的運籌帷幄之下，多爾袞親自推舉年幼的福臨繼位。多爾袞這樣的舉動，讓人懷疑他與孝莊皇后之間並不單純。後來在多爾袞的協助之下，順治皇帝在北京登基，同年，多爾袞被冊封為「皇父攝政王」。

不過清朝初期的政權爭奪，並未因此而平息，為了鞏固年幼順治的皇帝寶座，據說孝莊委身下嫁給多爾袞，這個舉動更是讓人相信兩人之間的曖昧。不過，這樁親事始終未見正史記載，只能說是「宮廷流言」。姑且不論真實與否，弟弟娶自己的嫂嫂為妻，也是滿族的一個舊俗。

這樁疑案流傳下來，是因為孝莊皇后最後並未與皇太極合葬，據說她自己也覺得改嫁之事，對不起皇太極，所以讓康熙皇帝將她葬在風水牆外。

女也不爽，士貳其行。士也罔極，二三其德

名句的誕生

桑之落矣，其黃而隕[1]。自我徂爾[2]，三歲食貧。淇水湯湯[3]，漸[4]車帷裳[5]。女也不爽[6]，士貳其行[7]。士也罔極[8]，二三其德[9]。

～衛風・氓

完全讀懂名句

1. 隕：落的意思。
2. 徂爾：往嫁你家。徂，音ㄘㄨˊ，cú，往。
3. 湯湯：水流盛大的樣子。
4. 漸：漬，浸濕。
5. 帷裳：女子車上的布幔，用來遮蔽。
6. 爽：過失，差錯。
7. 貳其行：行為前後不一致。
8. 罔極：反覆無常的意思。
9. 二三其德：三心兩意，表示愛情不專。

語譯：桑葉要落的時候，枯黃而飄零。自從我嫁到你家來，過了三年窮苦的日子。淇水的水勢浩大，浸濕了我車子的帷帳。我並沒做錯什麼，而你卻變了心。你這個反覆無常的愛情騙子，三心兩意、對愛不專一。

文章背景小常識

〈衛風・氓〉可看作是發生在兩千多年前一則家暴事件中受暴婦女的自我陳述。女子敘述婚戀的過程，從如何與丈夫相識，到決定婚事，然後是婚後的生活以及丈夫如何負心、施暴，最終還遭休棄，回想起新婚燕爾的甜蜜，徒呼負負！

開頭時她稱自己的丈夫為「氓」，當時「氓」並不像今天的地痞流氓之類，但也不是尊敬的稱呼，可解釋為「野民」、「庶民」，沒受過什麼教育的人。這位女子回憶當初，「氓之蚩蚩，抱布貿絲，匪來貿絲，來即我謀」。男子一開始先以布匹換絲做為藉口，來接近這位女子，這個策略奏效，女子陷入情網。

家暴事件的發生往往在婚前交往階段就有跡可尋，在談論婚事的時候，這位女子說：「匪我愆期，子無良媒。將子無怒，秋以為期。」她解釋並不是故意拖延，而是男子沒有請媒人來提親，還希望他不要生氣，定下秋天為婚期。這位「氓」的脾氣顯然不是很好，女子自婚前就開始扮演忍耐者的角色。

這個脾氣不好的男子，並不是什麼富商，家裡可說是一貧如洗。結婚的時候，男子「以爾車來」，車子到女方家迎娶，女子還「以我賄遷」，把財物搬去跟丈夫共享。嫁到男方家後，「三歲食貧」，三年來都過著辛苦的日子，「夙興夜寐，靡有朝矣」，早晚操持家務不得休息。然而如此辛勞的結果卻換來丈夫「至於暴矣」，對她十分凶狠，甚至施以暴力。可憐的女子，無法拿起電話打「一一三」家暴專線，娘家顯然又不太支援，因為「兄弟不知，咥其笑矣」，如果被娘家的兄弟知道，可能還會被嘲笑，只有「靜言思之，躬自悼矣」，靜下來默默想一想，悲嘆自己的命運。尤其是「及爾偕老，老使我怨」，憶起曾許下白頭到老的誓言，更是教人痛苦不堪！

這樣默默忍受，沒有換來良人的回頭，最後這位受暴婦女遭休棄。在渡過淇水時，她回顧這一段婚姻，不禁悲從中來，只有「反是不思，亦已焉哉」，不斷告訴自己不要再想、不要再想了，一切就算了吧！

名句的故事

「女也不爽，士貳其行」——現代口語常見的「不爽」一詞，在今天是表示心中的不痛快，若依此用法，故事的女主角是說：「我心中很不爽，因為你前後言行不一。」果真如此，還有一點骨氣，敢表達她的不滿。但是現代口語與先秦時畢竟有所差異，〈氓〉篇的「不爽」與「報應不爽」的「不爽」同義，都表示沒有差錯、沒有過錯。女子的意思是：「我沒做錯什麼事，而你卻變了心，判若兩人啊！」更突顯她的無助與這段變調婚姻的悲哀。

歷久彌新說名句

古代以男性為中心的社會，婦女地位低落，婚姻是她們唯一的依靠，如同《孟子．齊人》中所云：「良人者，所仰望而終身也。」一旦良人不良，婦女就可能成為棄婦。在民歌中常可見到這類題材的作品，詩經中除了〈氓〉之外，還有邶風的〈谷風〉、王風的〈中谷有蓷〉等。被休棄後的心情，〈氓〉篇的女主角是「反是不思，亦已焉哉」，〈谷風〉則是「毋逝我梁，毋發我笱。我躬不閱，遑恤我後？」已經要離開，女子卻還惦記著工作，「不要動我的捕魚器具啊！」但隨即想到自身都不被容納，哪還管得到之後的事呢？

漢代樂府〈上山採蘼蕪〉有一段被休婦女遇到前夫時的對話：「上山採蘼蕪，下山逢故夫。長跪問故夫，新人復何如？新人雖言好，未若故人姝。顏色類相似，手爪不相如。新人從門入，故人從閤去。新人工織縑，故人工織素。織縑日一匹，織素五丈餘。將縑來比素，新人不如故。」被休婦女問起前夫：「新的妻子如何啊？」前夫比較了新人和舊人的容貌，又從生產力來判斷說「新人不如故」。大約是娶了新人，又懷念起舊人來了，要不就是良心有愧，想讓舊人心裡好過些。

後來詩人寫棄婦詩，許多是官場不如意的自我比擬，例如曹植的〈七哀詩．明月照高樓〉：「願為西南風，長逝入君懷。君懷良不開，賤妾當何依？」以明月比喻君主，而以願入君懷的賤妾自比，微言大義中，希望國君能夠聽到自己的心聲。又如杜甫〈佳人〉中的名句：「但見新人笑，那聞舊人哭？」也是暗喻國君對不得寵臣子的忽略。

彼蒼者天，殲我良人，如可贖兮，人百其身

名句的誕生

交交[1]黃鳥，止[2]于棘。誰從[3]穆公？子車奄息[4]。維此奄息，百夫之特[5]。臨其穴[6]，惴惴[7]其慄[8]！彼蒼者天，殲[9]我良人，如可贖[10]兮，人百其身！

～秦風・黃鳥

完全讀懂名句

1. 交交：鳥叫聲。
2. 止：棲息。
3. 從：從死，殉葬的意思。
4. 子車奄息：子車是姓氏，奄息是名字，秦國三良之一。
5. 百夫之特：指此人的才華是百中選一。特，與眾不同的。
6. 穴：墓穴。
7. 惴惴：音ㄓㄨㄟˋ，zhui，憂懼戒慎的樣子。
8. 慄：因恐懼而發抖。
9. 殲：消滅。
10. 贖：以財物換回人質或抵押品。

語譯：黃鳥悲淒地叫著，停在棘樹上。誰跟著秦穆公殉葬啊？是子車奄息。就是這位奄息啊，才德可是萬中選一的。走近他的墓穴，都會讓人害怕地顫抖。那個絕情的老天，殺了我們的大好人！如果能夠贖回，有幾百人願意代替他而死！

文章背景小常識

這個故事背景發生在春秋時代的秦國。秦穆公是春秋五霸之一，有一天他與群臣喝酒，酒酣耳熱之際，他渾然忘我地說：「生共此樂，死共此哀。」意思是君臣之間「誓同生死」，不離不棄。沒想到秦穆公酒醒之後，還是記得這件事情，並且為此立下遺囑。

西元前六二一年，秦穆公過世，後繼者遵照遺囑與秦國的風俗，殺了一百七十七人為他殉葬。而這百人當中，包括了當時秦國的賢臣，子車奄息、子車仲行和子車鍼虎，這三人號稱「秦國三良」。《詩序》記載：「〈黃鳥〉，哀三良也。國人刺穆公以人從死，而作是詩也。」秦國人民對於秦穆公以人為殉葬品，深以為恨，特別是秦國三良也在其中，他們更是深表哀悼。

司馬遷在《史記．秦本紀》中也特別提到：「繆公卒，葬雍。從死者百七十七人，秦之良臣子車氏三人名曰奄息、仲行、鍼虎，亦在從死之中。」（「繆」古音木，通「穆」。）由此可見秦國三良在秦國人民心中的重要性，足以記載於歷史中。所以詩人才會說，如果可以交換的話，有上百人願意代替秦國三良而死，以換回他們的性命。所以，〈黃鳥〉實際上是一首輓詩，是秦國人民悼念子車氏三兄弟殉葬的哀歌，也是他們對於秦穆公殘暴的抗議。

名句的故事

〈秦風．黃鳥〉記載了古代社會的一項陋俗「殉葬」。活人殉葬，在殷商時代就已出現，特別是妻妾、奴僕，往往都無法逃過陪葬的命運。到了西周時代有以「木俑」或「陶俑」取而代之，但是「人殉」依然持續存在。

孔子曾說：「始作俑者，其無後乎！」（《孟子．梁惠王》）孔子意在批評，用跟人很像的陶俑作為陪葬品，在意義上與真人陪葬一樣，這個最初發明俑的人，一定會有報應，絕子絕孫。孔老夫子說出這麼嚴厲的話，可見對於殉葬以及俑葬類似觀念行為的深惡痛絕。

歷久彌新說名句

歷史上君王駕崩，單單嬪妃便殉葬者眾，直到明清時代，歷史上仍有相關紀錄。例如大陸南京市文物研究所發現，明朝皇帝朱元璋死的時候，光是殉葬的嬪妃就有四十六人，這四十六人是先被活生生地吊死，然後再葬在明孝陵的右側。

關於陪葬的習俗，《紅樓夢》中有一段描述，當賈寶玉第一次見到林黛玉時，發現林妹妹身上沒有玉，便馬上拿起自己的通靈寶玉往地上摔。賈母連忙哄他：「你這妹妹原有玉來著，因你姑媽去世時，捨不得你妹妹，無法可處，遂將他的玉帶了去，一則全殉葬之禮，盡你妹妹的孝心，二則你姑媽的陰靈兒也可權作見了你妹妹了。」猶可見殉葬觀念流傳至久。

當然也有人如莊子，瀟灑豁達地面對生死。有一段故事提到，莊子晚年時曾和弟子們商量自己的後事，弟子們一致認為老師是曠世奇人，一定要厚葬。萬萬沒想到莊子不同意，堅持要將自己棄屍野外。他說：「吾以天地為棺槨，以日月為連璧，星辰為珠璣，萬物為齎送。吾葬具豈不備邪？何以加此！」（《莊子．雜篇．列御寇第三十二》）意思就是天地是他的棺木，日月星辰就像是璧玉與珠寶，以萬物做為殉葬品，難道這樣還不夠多嗎？弟子們驚訝地表示，萬一老師的貴體被烏鴉吃掉，可怎麼辦好？莊子笑了起來，狡黠幽默的反問：「在上為烏鳶食，在下為螻蟻食，奪彼與此，何其偏也。」莊子認為，人死後埋葬在地下，不也是被螻蟻吃掉嗎？為什麼要偏袒螻蟻而輕忽了烏鴉、老鷹呢？人生不帶來、死不帶去，莊子留下的智慧為萬世後代所嚮往呀！

我生之初，尚無爲；我生之後，逢此百罹

名句的誕生

有兔爰爰[1]，雉離[2]于羅[3]。我生之初，尚無為；我生之後，逢此百罹[4]，尚寐[5]無吪[6]！

～王風・兔爰

完全讀懂名句

1. 爰爰：音ㄩㄢˊ，yuán，舒緩的樣子，形容走路從容不迫。
2. 離：通「罹」，遭遇、遭受。
3. 羅：用來捕鳥的網子。
4. 百罹：百憂。
5. 寐：睡。
6. 吪：音ㄜˊ，é，行動。

語譯：兔子悠閒舒緩地走著，野雞卻落入獵人的羅網。我年幼的時候，還可以無所事事，長大成人後，卻遭逢大小苦難。真希望能躺在床上睡覺都不要動！

名句的故事

《詩序》說：「〈兔爰〉，閔周也。桓王失信，諸侯背叛，構怨連禍，王師傷敗，君子不樂其生焉。」這裡提到周平王東遷雒邑後，王室逐漸喪失對諸侯國的控制，而各諸侯在休養生息之後，武力逐漸強大，也不再對周天子唯命是從。周平王死後，周桓王即位。周桓王十二年，他帶領諸侯國所組成的軍隊，討伐桀驁不馴的鄭國。鄭莊公則不急不徐統帥大軍，在繻葛和王師開戰。結果王師迅速潰敗。周桓王在撤退時，還被射中肩膀。繻葛之戰結束後，

周桓王沒有提出有效制裁鄭莊公的方法，威信蕩然無存，諸侯國也不再以周王室為「天下共主」，你爭我奪的時代自此揭開序幕。

〈王風．兔爰〉描述狡猾的兔子逃過獵人所設下的陷阱，逍遙自在，而耿直的雉雞卻毫無警覺被抓；兔子若指豪權富貴人家，雉雞就是平民老百姓，獵人的網彷彿那連綿的戰爭。詩人回憶年幼時光安祥和樂，長大後服徭役、參與戰爭。這般遭遇，怎不教人大嘆今不如昔，好時光一去不返了！不管此詩是否真如《詩序》所言直接涉及桓王的無力無能，文中三章的結尾反覆表示「尚寐無吪」、「尚寐無覺」、「尚寐無聰」，詩人寧可從此長睡不醒，以求解脫。這種「生不如死」的願望揭露了充滿「百憂」的苦難生活！

歷久彌新說名句

漢魏之際，著名的文學家蔡邕，他有個博學多才、精通音律的女兒，即女詩人蔡文姬。蔡文姬第一次嫁給河東衛仲道，卻遭夫喪，然後返回娘家。接著她被董卓強迫遷到長安，後來遭匈奴左賢王俘虜為妃，生了兩個孩子。建安十二年，曹操才將她從匈奴的手中贖回。

除了生逢亂世的感傷，蔡文姬又為思念異地兩個孩子所苦，從長詩〈胡笳十八拍〉中可深切感受到這股心酸。蔡文姬起頭便感嘆：「我生之初尚無為，我生之後漢祚衰。天不仁兮降亂離，地不仁兮使我逢此時！」命運如此，似乎也只能訴諸天地不仁了。

近代學者俞平伯是位著名的「紅學」專家。他出生的那一年正值西元一九〇〇年，清末民初，一個動亂不安的時代，他在〈我生的那一年〉開頭便感慨：「〈兔爰〉詩曰：『我生之初，尚無為；我生之後，逢此百罹，尚寐無吪。』詩固甚佳，可惜又被他先做了去。」俞平伯在此文中道盡時代的種種戰亂，並藉由〈兔爰〉一詩吐露百姓的心聲。在動盪的大環境想要有所貢獻，也許是他日後積極參與各種新文化運動的緣故吧！

我生不辰，逢天僤怒

名句的誕生

憂心慇慇[1]，念我土宇[2]。我生不辰，逢天僤怒[3]。自西徂東，靡所定處。多我覯[4]痻[5]，孔棘[6]我圉[7]。

～大雅・桑柔

完全讀懂名句

1. 慇慇：音，ㄧㄣ，yīn，殷切、煩惱的樣子。
2. 土宇：猶言邦國，家園。
3. 僤怒：盛怒。僤，音ㄉㄢˋ，dàn，厚。
4. 覯：音ㄍㄡˋ，gòu，遭遇。
5. 痻：音ㄇㄧㄣˊ，mín，指苦病、災難。
6. 孔棘：形容甚為危急的狀態。
7. 圉：音ㄩˇ，yǔ，邊疆。

語譯：我憂心忡忡，懷念故國家園。我生不逢時，不幸遭遇老天發怒。從西到東亂象紛起，沒有一處可以安身立命。我遭遇的災難已經夠多了，現在連邊疆局勢也緊張危急。

名句的故事

「生不逢時」、「懷才不遇」是世人常用的說法，原來《詩經》裡早有「我生不辰，逢天僤怒」，表達天生不逢好時機的不平。明末滿人以外族蠻夷之姿直逼中土，吳三桂敞開山海關大門，滿族士兵的武力入侵，將李自成、張獻忠打得潰散奔逃。當時有一批明代遺臣不願接受異族統治，更不願出仕，黃道周就是一例。黃道周在淮南殉道後，宋曹感其曲折境遇，為他寫下：「我生不辰魑魅攻，江淮浪跡如飄蓬。」有謂是孤臣無力可回天，宋曹、黃道周皆是如此，既同感大時代悲哀，無力抗衡，於紙上發洩不滿，將清人比喻為魑魅魍魎、鬼邪之物。

中國近代史更是一連串悲哀，列強以船堅炮利逼臨，腐敗的末代皇朝束手無策，黎民痛苦可想而知。國父 孫中山先生倡導革命，首先面臨的就是恢復民族自覺。此外以宋教仁為首的知識分子，也開始建構「民族」、「國族」主義，其中黃節曾發表：「我生不辰，日月告凶，痛乎夷夏羼雜，而懼史亡則有國亡種亡之慘。」慨然陳述當時亡國滅種的危機，呼籲有志之士以種族存亡為己任。

歷久彌新說名句

傳說古代聖王降臨必有祥瑞，而祥瑞多以鳳、凰形象出現。春秋時孔子曾言：「鳳鳥不至，河不出圖，吾已矣夫！」（《論語．子罕》）即以不見鳳凰，傳說中的河洛圖卷不出世，來表明自己生不逢時。到了唐代，遭受讒言流放外地的李白在〈登金陵鳳凰臺〉中寫道：「鳳凰臺上鳳凰遊，鳳去臺空江自流……總為浮雲能蔽日，長安不見使人愁。」詩人在貶謫途中經過鳳凰臺，不免想起孔子的「鳳鳥不至」，感慨太平盛世離他遠去，發抒懷才不遇的悲愁。

日據時期台灣也有一批「我生不辰」的文人，他們於民間組織聯合會，致力於文學的創作與採集，躲避日本警察取締，企圖藉此喚醒民族精神，蕭永東就是其中之一。蕭永東出生澎湖，十七歲到本島定居，善詩書，個性直率，在當時被視為過激分子，曾鋃鐺入獄。晚年他為自己預刻墓碑，題上「枉生蕭永東之墓」，此處的「枉生」，即有生不逢時，抱憾以終之意。他留下遺言將大體捐給醫學院解剖研究，二十世紀六〇年代有此想法，不愧為當時先進風潮的領導人。

誰生厲階？至今爲梗

名句的誕生

國步[1]蔑資[2]，天不我將[3]。靡所止疑[4]，云徂[5]何往？君子實維，秉心無競[6]。誰生厲階[7]？至今為梗[8]。

～大雅・桑柔

完全讀懂名句

1. 國步：國勢。
2. 蔑資：沒有錢財。蔑，無的意思。
3. 將：扶持。
4. 止疑：安定。
5. 徂：通往。
6. 無競：表示無人能與之競爭。
7. 厲階：為惡的階梯，比喻禍端的根源。厲，惡也。
8. 梗：禍害。

語譯：國勢衰敗誰來幫忙？蒼天也不扶我一把。沒有地方可以安身立命，想要離開又不知道去哪裡？當政者的本心，本應良善過於眾人。到底是誰種下禍根？喪亂禍害綿延至今。

文章背景小常識

〈大雅・桑柔〉是一篇諷刺周王、苛求執政的詩篇。大抵從西周中期以降，周王室的威勢日減，諸侯漸不遵守宗法之制，君王也想集權中央，於是造成各種亂象，百病叢生。〈桑柔〉即是承受時代苦痛之人，寫下勸戒當政者的詩文。據說這首詩的作者是厲王時期的大臣芮良夫，由於芮良夫看到周厲王貪求近利、重用奸佞，逐漸有暴虐、奢侈的傾向，因此大膽上書給君主。然而周厲王並不接受，反而日趨嚴厲，過了不久，即被諸侯驅離國土，逃亡至彘。

這首〈桑柔〉共有十六章，篇幅頗長。內容描述從亂象頻生、人民遭受禍害開始，接著談到戰亂不僅造成民生苦痛，也將禍及國運。第三章即是本則名句，質問陷國家於此困境的罪魁禍首是誰？下章則抒發己志，且說明內亂已擴及外患，邊境情勢緊張。接下來的十章進入核心，作者反覆檢討亂象起因，並且對於惡行予以揭發、諷刺，另外也建議改善的方法，希望在上位者能親賢臣遠小人，從中央到地方依序改革起。最後兩章針對當時民亂作一總反省，突顯出作者對政治敏銳的觀察力，批評切中要害。

名句的故事

本章名句的「厲階」一詞用以代稱肇禍之始，字詞簡潔、寓意深遠。宋代國勢羸弱常為外患所擾，不僅受歷來北方大族「契丹」侵略，連向來臣服中國統治下的河西走廊、西北部分也出現強族「西夏」，邊境情勢岌岌可危。宋朝國君對於這種困境並非毫無體會，其中又以宋神宗最為積極，連年於邊境用兵，但是卻無法收到實效。於是蘇軾奏書建言，認為古代聖王用兵不論成敗都十分謹慎，原因就在於戰爭有害於民生百姓，然而朝廷用兵卻由於群臣鼓動而無視於民生疲憊，「從微至著，遂成厲階」，未來恐將鑄成大禍。蘇軾以禍端肇始發微作為比喻，希望能從小知大，避免更大的禍害。

中日甲午戰爭之後，清朝內外有志之士都意識到中國面臨前所未有的大變局，因此積極提倡變法，其中康有為、梁啟超師生倡導君主立憲。梁啟超曾於甲午戰敗後提出改革、變法之議，在他的〈論不變法之害〉中敘述到中國的處境是：「泰西各國，磨牙吮血……徒以我晦盲太甚，厲階孔繁，用啟戎心，亟思染指。及今早圖，示萬國以更新之端，作十年保太平之約，亡羊補牢，未為遲也。」意思是西方列強以武力強勢侵入，人為刀俎，我為魚肉，而各種禍端即起於中國政事、社會的盲目，因此列強企圖染指。清朝若能積極變法改革則可亡羊補牢，尚有挽回的餘地。

歷久彌新說名句

明末清初以來，逐漸有許多西方傳教士來到東方世界傳達福音，除了風俗習慣不同之外，語言文字的隔閡也是一大問題，要如何將《聖經》一書翻譯成中文，就是一項浩大的工程。著名的傳教士從利瑪竇、湯若望等人，皆投入譯經的工作，他們一方面以俗語翻譯，另一方面援引中國典故，來說明天主教所傳達的教義。例如：「耶穌復謂門徒曰：『厲階之生，在所不免；然而甘為厲階者，禍莫大焉！』」意思是耶穌告訴門徒，罪惡的出現是難以避免的，但是若甘心淪為罪惡之淵藪，則是罪大惡極。這種解釋結合了《詩經》固有典故，讓士大夫閱讀之際頗能接受，認為中西文化有交融一致之處，也就較不排斥外來宗教的傳播。

蒲松齡在他名著《聊齋誌異》的〈胭脂〉一篇中，敘述女主角由於暗戀儒生，招來禍端，甚至對簿公堂的一段故事。整個情節糾結一連串的陰錯陽差，女主角胭脂生得脫俗美麗，但是出身低賤，一日巧遇翩翩風度的儒士，一見鍾情、心繫良人，沒想到卻因此招來地方流痞的騷擾，甚至導致父親喪命。由於不知兇手是誰，只好對簿公堂，儒生也遭到懷疑，幸好最後水落石出，還世人一個公道，男女主角也一償宿願，結成連理。蒲松齡於文中以「嵌紅豆於骰子，相思骨竟作厲階」，形容整個故事肇因於相思、愛戀，誰知竟會惹來災禍。

詩經100

邇之事父，遠之事君

乃生男子，載寢之床，載衣之裳，載弄之璋

名句的誕生

乃生男子，載[1]寢之床，載衣之裳，載弄[2]之璋[3]。其泣喤喤[4]，朱芾[5]斯皇[6]，室家君王[7]。

～小雅．斯干

完全讀懂名句

1. 載：則，就。
2. 弄：玩。
3. 璋：半圭，即玉製禮器，在貴族的朝聘祭祀場合使用。
4. 喤：聲音洪亮。
5. 芾：音ㄈㄨˊ，fú，蔽膝。
6. 皇：同「煌」字，鮮明之意。
7. 室家君王：一家之主。

語譯：要是生下男孩，就讓他睡床，給他穿好衣裳，讓他玩弄玉璋。男孩的哭聲洪亮，紅色的蔽膝鮮明，將來長大成家立業稱君稱王！

文章背景小常識

〈小雅．斯干〉為祝賀新屋落成之詩，共有九章，這是第八章。主要描寫新屋主人生小男嬰的照料，包括讓他睡在床上、穿著衣裳，給他玩弄的玉器，希望他有如玉般的美好品德，顯示對小男嬰的重視與深厚期許。

名句的故事

〈小雅．斯干〉所說的「弄璋」、「弄瓦」，成為後人慶賀親友喜獲子女的祝辭。璋為玉製的禮器，瓦為陶製的紡織工具，兩者不但材料

不同，使用性質與目的迥異，使用者身分也有男女之別，反映當時男尊女卑的社會觀念。

唐代詩人白居易的五言古詩〈和微之道保生三日〉，開頭四句為：「相看鬢似絲，始作弄璋詩。且有承家望，誰論得力時。」白居易在寫給好友元稹的詩中，謔稱自己白髮如絲，才開始寫喜獲麟兒的弄璋詩，道出詩人對生子一事期盼許久，如今終有子得以傳承。古時，傳宗接代是人生重要大事，白居易到五十八歲「高齡」，方得一子，取名崔兒，然而老來得子的雀躍僅維持了兩年，他六十歲時幼子崔兒不幸夭折。本該享受含飴弄孫之樂，白居易卻遭到失去唯一幼子的沉重打擊，從〈哭崔兒〉、〈初喪崔兒報微之晦叔〉等詩作，可見詩人心酸血淚。兩年前，他初體驗到「弄璋」的喜悅，轉眼下筆已成喪子的悲泣心聲。

歷久彌新說名句

唐玄宗的宰相李林甫學問不好，卻有一套口蜜腹劍的本事。《舊唐書．李林甫傳》中記載了李林甫援用〈小雅．斯干〉弄璋典故鬧出的笑話。一回，李林甫的舅子生子，他親筆書寫「聞有弄麞之慶」作為祝賀。前來賓客莫不掩口偷笑，眾人嘲笑他貴為一朝之相，竟把「璋」字誤寫成「麞」，前者貴為玉器，後者是一種獸物。這位宰相學問之膚淺，足以列入天下奇聞，《舊唐書》特別記下此事，以示後人。

自李林甫這段荒謬軼事傳開後，文人偶也以「弄麞之慶」四字，引諷李林甫白丁入仕，或用來譏笑學問淺薄之人。不過到了宋代大文豪蘇東坡筆下，「弄麞」典故又巧妙轉了一層，他在七言律詩〈賀陳述古弟章生子〉第三、四句頷聯寫道：「甚欲去為湯餅客，惟愁錯寫弄麞書。」意思是詩人準備參加友人舉辦的生子宴會，前往祝福小男嬰將來長命百歲，匆忙中竟糊裡糊塗把「璋」錯寫成「麞」字。蘇東坡別具一格借用李林甫的「弄麞」笑話，作為寫給友人喜生貴子的「弄璋」賀詩，也讓後人見識到他文思詼諧風趣的一面。

乃生女子，載寢之地，載衣之裼，載弄之瓦

語譯：要是生下女孩，就讓她睡地上，給她蓋上小被子，讓她玩陶製的紡錘。長大後她不會對人家的話抱持異議，也不會擅作主張，只談論家中酒食的事情，不給父母帶來憂戚。

名句的誕生

乃生女子，載寢之地，載衣之裼[1]，載弄之瓦[2]。無非[3]無儀[4]，唯酒食是議[5]，無父母詒[6]罹[7]。

～小雅・斯干

完全讀懂名句

1. 裼：音ㄊㄧˋ，tì，包裹嬰兒的小被。
2. 瓦：陶製物，古代紡線所用的紡錘。
3. 非：違背。
4. 儀：專制。
5. 議：談論。
6. 詒：同「貽」字，給。
7. 罹：憂戚。

文章背景小常識

〈小雅．斯干〉為祝賀新屋落成之詩，全詩共有九章，這是最末一章，描寫新屋主人對小女嬰的照料，包括讓她睡在地上、蓋小被、玩陶器玩具，希望她將來勝任女工事宜，與〈斯干〉前一章對小男嬰，明顯可見「差別待遇」。最後三句是告誡語，希望小女孩長大不可多話，不要太有自己的想法，最重要的就是負責好家中的飲食，不給父母帶來憂慮。

名句的故事

西漢時期劉向編撰《列女傳》，其中〈母儀．鄒孟軻母傳〉記載孟子母親的一段故事。話說孟子在齊國不受重用，他一直想遠行宋國謀求發展，但孟母年邁，孝順的孟子不捨離開。當孟母得知兒子的困惑，說道：「夫婦人之禮，精五飯、冪酒漿、養舅姑、縫衣裳而已矣。故有閨內之脩，而無境外之志。」接著她又援引〈小雅．斯干〉的「無非無儀，唯酒食是議」，孟母認為孟子應去完成欲實踐的義理，至於她身為女人，只需做好家庭工作，即是負責酒食飯菜、奉養公婆、縫製衣物而已，其他全非她該干涉之事。

孟子生逢諸子百家興起的年代，孟母為成全兒子的理想，鼓勵孟子安心離開齊國，因此留下這段「婦人之禮」。

歷久彌新說名句

邱心如是清朝女彈詞作家，著有《筆生花》，當時少有女子從事創作，她一路飽嚐辛酸，終於完成這部長篇彈詞小說。《筆生花》內容描述明代才華冠世女子姜德華，為逃避皇帝「點秀女」，不惜女扮男裝出走，歷經艱難，赴京應試，一舉考中狀元，從此步入仕途，官拜宰相。當女兒身分暴露後，父親要求她上表請罪，她不敵皇帝與父母之命，嫁作他人婦。小說的女主人翁，叱吒風雲走過一遭，最終還是無奈地向傳統禮教屈服。

作者以明代史實為素材，反映中國封建社會婦女地位低下，以及身為女子的不幸命運，即使出身名門閨秀，同樣遭受禮教的壓抑，如小說第二十四回寫道：「老父既產我英才，為什麼！不作男兒作女孩。這一向，費盡辛勤成事業，又誰知！依然富貴棄塵埃。枉枉的，才高北斗成何用，枉枉的，位列三臺被所排。」在當時男性主導的封建體制下，這番見解無疑被視為離經叛道，然而也正是《筆生花》精彩之處，是女性勇敢表達內心的不平之鳴。

欲報之德，昊天罔極

名句的誕生

父兮生我，母兮鞠[1]我。拊[2]我畜[3]我，長我育我，顧我復[4]我，出入腹[5]我。欲報之德，昊天罔極[6]。

～小雅・蓼莪

完全讀懂名句

1. 鞠：養育。
2. 拊：通「撫」，撫愛之意。
3. 畜：喜愛。
4. 復：通「覆」，保護、庇護之意。
5. 腹：懷抱、背負。
6. 罔極：比喻無限的樣子。

語譯：父親啊，您賜予我生命！母親啊，您辛苦地養育我！撫愛我、疼寵我、拉拔我、撫育我、照顧我、庇護我，進進出出都懷抱著我，您們的恩德彷彿蒼天一般遼闊博大，讓我難以報答。

文章背景小常識

〈小雅・蓼莪〉篇是一首流傳千古的經典詩歌，通篇信手捻來都是經典名句，舉凡「哀哀父母，生我劬勞」、「哀哀父母，生我勞瘁」、「缾之罄矣，維罍之恥」、「無父何怙？無母何恃？」等句，至今仍是許多人琅琅上口的詩句、常用的典故。清代方玉潤曾評〈蓼莪〉為：「幾於一字一淚，可抵一部《孝經》讀。」沈德潛於《說詩晬語》也推薦此篇：「其言淺，其情深也。」誠如方玉潤、沈德潛所言，

〈蓼莪〉將「孝道」作了最簡約且感人肺腑的描寫。

〈蓼莪〉是一篇孝子哀悼父母的作品，全篇共分為六章，前兩章以「蓼蓼者莪」起興，由莪草觸發詩人對於雙親的緬懷，且經由莪、蒿的強烈對比，感嘆自己力量微小不能報答父母恩情，於是發出「哀哀父母，生我劬勞」的悲嘆。第三章敘述樹欲靜而風不止、子欲養而親不待的悲悽之情。第四章即為本文所挑選，通過九個「我」字的運用，一一強調父母養育子女的種種辛勞，平鋪直敘中貫入強烈起伏的波瀾，再次呼應前章父母「生我劬勞」、「生我勞瘁」，將感情推至最高處。後兩章則趨於平緩，回歸詩人自身的感嘆，哀其父母不得永享天年，餘韻裊裊，引人深思。

名句的故事

晉朝初年，大臣王儀性格過於直率，講話不經意觸怒九五之尊的司馬昭，因而被殺。王儀的兒子王裒博學而友孝，鑒於父親死於非罪，閉門隱居教授維生，不再涉足政事。《晉書・孝友傳》記載：「（王裒）以父死非罪，每讀《詩經》至『哀哀父母，生我劬勞』，未嘗不三復流涕。」王裒的門生不忍心看到老師哀痛，特別為他將〈蓼莪〉篇拿掉，讓老師授課時不再觸景傷情，這件事在當時傳為美談。

自漢代大儒董仲舒建議漢武帝「舉孝廉」，倡導民間重視孝道、廉吏的風氣，此種標榜孝道作法，因結合入仕當官的利益，也招來不少掛羊頭賣狗肉的投機分子。東漢黨錮之禍時，代表士大夫氣節的要角陳蕃，以嚴刑厲法的執政態度聞名，他曾經對於僅有孝子虛名的人判下重罪。例如東漢人趙宣為了宣示對父母盡孝道，在葬禮結束後，不封閉墓室，陪伴父母棺柩二十年，當時人皆稱讚其孝，地方長官也延請他入宴，以禮待之，並將他推薦給陳蕃。陳蕃很高興地接見他，談笑間問及妻小，趙宣一時不察，說出他有五個小孩且皆在服喪期間孕育，陳蕃聽聞為之震怒，服喪期間豈可享夫妻魚水之歡？因而將趙宣這個人拿下治罪。趙宣以相當極端的形式表達孝心，卻又表裡不一，因而難脫假借孝行獵取功名的重大嫌疑。

歷久彌新說名句

「父兮生我，母兮鞠我。拊我畜我，長我育我，顧我復我，出入腹我」，看似簡短，卻一語道盡父母養育子女的辛勞。傳統社會對於男性總是要求內斂，不輕易表達內心情感，因而這裡的「拊我畜我，長我育我，顧我復我，出入腹我」，較容易讓人聯想到母親而非父親的角色。對於母愛的讚揚，新詩詩人小民曾在《媽媽鐘》一書寫下：「推動搖籃的手，是改變社會的手。」母親那雙推動搖籃的手，也是子女內心最深的依戀。作家冰心的小詩〈繁星〉，便如此深情地描繪著：「母親啊！天上的風雨來了，鳥兒躲到他的巢裡；心中的風雨來了，我只躲到你的懷裡。」

若說傳統的父親嚴肅而內斂，儘管不輕易將愛訴諸言詞，卻往往透過直接的行動，例如朱自清〈背影〉中那位蹣跚於行的父親，就是以樸質而又固執的作風，表露對孩子的愛。七〇年代以《小太陽》一書風靡全國的模範爸爸林良，他所展現的父愛更為直率，不時興愛在心裡口難開這套，在細膩、風趣的筆調下父親和藹可親的形象栩栩如生。他曾說在大女兒出生後，各種麻煩事都被他們夫妻倆視為「最快樂的痛苦」、「最甜蜜的折磨」，懷抱中的小女娃就像一顆小太陽，讓人忘卻窗外淒風苦雨的世界。林良也笑說由於模範父親的形象，有不少小筆友來信想認他為父，由此可見大部分的父親或許還不善於表達對孩子的關愛吧！

文王初載，天作之合

名句的誕生

維[1]此文王，小心翼翼[2]。昭事[3]上帝，聿[4]懷[5]多福。厥德不回[6]，以受方國[7]。天監在下，有命既集[8]。文王初載[9]，天作之合[10]。在洽之陽[11]，在渭之涘[12]。文王嘉止，大邦有子。

～大雅．大明

完全讀懂名句

1. 維：加強語氣，就是……。
2. 翼翼：謹慎的樣子。
3. 昭事：侍奉、敬事。
4. 聿：音ㄩˋ，yù，發語詞。
5. 懷：招來。
6. 不回：不邪惡、不壞。
7. 方國：指殷商四方的諸侯國。
8. 集：到來，歸向。
9. 初載：初年。
10. 合：匹配，配合。
11. 陽：此處指水之北。
12. 涘：音ㄙˋ，sì，水邊。

語譯：就是這位周文王，凡事小心謹慎，敬心侍奉上帝，招來許多福氣。他的德行正直不阿，四方諸侯紛紛來依附。天上監看著人間，天命已經歸附文王。文王即位初年，上天為他配親。在洽水的北岸，在渭河水邊。文王讚揚她，大國有這麼好的女子。

文章背景小常識

〈大雅．大明〉描述周朝創建的背景，其特

別之處在於，詩人從兩段婚姻結合的角度，來看周朝前期創國的歷史。周文王的父親王季與母親太任，以及周文王與妻子太姒，都是天作之合，因此能有優秀的後裔如文王與武王，讓周人從邊遠的諸侯漸漸擴大到取代殷商，奠定周朝的基業。

本詩從文王的父母寫起，帶出文王的誕生、人格的完善，因此四方諸侯國逐漸歸附周文王。文王即位之後，雖然商朝尚未滅亡，但商的天命已失，並轉到周文王的身上，而上天也配給文王優秀的妻子太姒，生下發動牧野之戰、滅商朝的周武王。本詩從婚姻角度來書寫，固然是想強化周人統治的正當性，但可以發現的是，不論在〈大雅〉其他篇章描述殷朝腐敗的種種情況，抑或是天命的轉移，在在促成周人代殷這股不可抗拒的潮流。

名句的故事

我們常於朋友新婚賀喜之際，在紅包寫上「天作之合」，稱讚新人是完美的一對。現在知道此句賀詞出自〈大雅．大明〉一詩，和周文王與大姒的婚配結合有關，背後蘊含著特殊的歷史意義。今天常用相似的祝福詞語還有「百年好合」、「佳偶天成」、「天地牉合」等。

此外，天作之合也指稱自然形成的夥伴關係。在《儒林外史》第七回中描述到，范進的學生荀玫苦讀並考中進士，消息傳來馬上就有許多人來拜訪。其中出現一位與他同年上榜又同鄉的王惠，王惠頭髮已白，年歲較大，但一進門就很熱絡地說道：「年長兄，我同你是天作之合，不比尋常同年弟兄。」之後又道：「可見你我都是天榜有名，將來同寅協恭，多少事業都要同做。」「同寅」就是同僚、同事的意思。這兩句都是客套話，主要藉由「同榜」一事強調兩人的緣分甚深，未來應像夥伴般互相幫助、攜手合作。

歷久彌新說名句

〈大雅．大明〉篇出現兩對珠聯璧合的夫妻佳偶。中國文學中流傳千古的著名夫妻檔不少，但多以悲情居多，在此來看兩則較不一樣的夫妻之道。魏晉南北朝是中國「情」文化解放的時代，不僅男人在外要求個性解放，在家的女性同胞也稍解禮教束縛，當時出現一種很特別的「妒婦」現象，連社會風氣也予以稱揚。東晉大臣謝安，他的夫人劉氏相當會妒忌，個性也較凶暴，讓在外馭臣有術的宰相謝安，回家淪為受馭夫有術的妻子所管制。謝安的親戚看不過去，曾藉《詩經．周南．螽斯》來勸劉氏應以開枝展葉的大局為重，讓謝安納妾，並說男性多娶是沿習自周公制禮。劉氏一聽大不以為然，直接回道：「周公是男子相爾，若使周姥來撰詩，當無此言。」就是堅持不讓丈夫納妾。

漢武帝貴為九五之尊，一生中經歷的女性也不少，然而能讓他動真情、思念不已，且為之寫詩作賦的只有李夫人。李夫人是李延年的妹妹，李延年善音律、歌舞，深受武帝欣賞，有一次他在宴會上唱道：「北方有佳人，絕世而獨立，一顧傾人城，再顧傾人國。寧不知傾城與傾國，佳人難再得。」武帝一聽不禁大為心動，趕緊問佳人是何人？一旁的平陽公主表示，李延年的妹妹就是這樣的佳人。皇帝將她召入宮，果然驚為天人。然而紅顏薄命，當她病重之時，謝絕武帝探視，她認為以色事人者，色衰則愛馳，愛馳則思絕。她希望在皇帝心中永遠留下最美好的樣子。此舉讓漢武帝一生都難以忘懷這位佳人，並寫下〈李夫人賦〉，其中有：「秋氣憯以淒淚兮，桂枝落而銷亡，神煢煢以遙思兮，精浮游而出疆。」以其深情來懷念這位李夫人。李夫人似乎對於男性唯色是求的本性十分瞭解，撒手人寰之際，也要忍住想看丈夫的念頭，以求在武帝心中保有一席之地。然而她的內心深處必是想見武帝最後一面的吧！

我送舅氏，曰至渭陽。何以贈之，路車乘黃

舅舅，心裡常惦記他，該送給他什麼東西呢？珍貴的寶石和玉佩。

名句的誕生

我送舅氏[1]，曰至渭陽[2]。何以贈之，路車[3]乘黃[4]。我送舅氏，悠悠我思。何以贈之，瓊瑰[5]玉佩。

～秦風・渭陽

完全讀懂名句

1. 舅氏：舅父。
2. 渭陽：即指渭水的北方。水北為陽。
3. 路車：是諸侯乘坐的馬車。
4. 乘黃：指四匹黃馬。
5. 瓊瑰：美玉寶石。

語譯：我送別舅舅，送到渭水北岸，該送給他什麼東西呢？四匹黃馬拉著的座車。我送別

文章背景小常識

《毛詩正義》記載：「康公之母，晉獻公之女。……康公時為大子，贈送文公于渭之陽。念母之不見也，我見舅氏，如母存焉。及其即位，思而作是詩也。」秦穆公娶了晉獻公的女兒，生下秦康公。當時還只是晉國公子的重耳，因為驪姬之亂的關係，出亡十九年，期間也被秦穆公收留過。當秦康公還是太子時，他送別舅舅重耳回國，由於母親已過世，他非常懷念，覺得看到舅舅，就好像看到自己的母親一樣。後來秦康公繼承王位，因為思念親人，便做了〈渭陽〉一詩。

名句的故事

這首詩與春秋時代爾虞我詐的背景有關。當時秦穆公因利益交換，協助晉國公子夷吾登上王位，是為晉惠公。秦穆公曾在晉國鬧飢荒的時候，送了很多糧食給晉國。但是晉惠公卻背信忘義，不僅未能履行與秦穆公的約定，隔年秦國飢荒請求晉國幫助時，晉惠公竟斷然拒絕。秦穆公一怒之下掀起戰事，俘虜了晉惠公。秦穆公的夫人聽到自己的兄弟被抓，便以死相逼，迫使秦穆公釋放晉惠公。晉惠公回國之後只好履行承諾，把河西五城的土地送給秦國，自己的太子圉作為人質，留在秦國。

然而，秦穆公對於晉惠公始終不滿，之後迎接另一位在外流浪的晉國公子重耳，並協助他登上晉國的王位。秦康公的送別，就是送他的舅舅重耳回到晉國去做君王。後人常說的「渭陽情」就是指舅甥之間的感情，「渭陽之情」、「渭陽之思」，都有相近的意思。

歷久彌新說名句

《世說新語》中有一則故事，話說魏明帝在他的母親甄宓的外家，為外祖母蓋了一座房子。房子落成之後，魏明帝親自前去探查，順便問了問跟在左右的人：「這座房子應該如何命名？」在旁的侍中繆襲便回答：「皇上聖潔的思想可以媲美古代的君王，皇上的孝心也超過了曾參、閔子騫；這座房子是皇上對於母舅一家的情誼，可以把它稱為『渭陽』。」

在日常生活中，我們常常會聽到一句「母舅最大」，所謂「天頂天公，地下母舅公」，舅舅是媽媽的兄弟，等於娘家的「靠山」，遇上重要場合便會請舅舅出面處理。閩南諺語中還有一句「外甥食母舅，親像食豆腐」，表示身為舅舅的人總是會特別疼愛自己的外甥。家族倫理與溫馨之情，從名句與諺語中可見一斑。

委蛇委蛇，退食自公

名句的誕生

羔羊之皮[1]，素絲[2]五紽[3]，退食[4]自公[5]，委蛇[6]委蛇。羔羊之革[7]，素絲五緎[8]，委蛇委蛇，自公退食。羔羊之縫[9]，素絲五總[10]，委蛇委蛇，退食自公。

～召南・羔羊

完全讀懂名句

1. 羔羊之皮：羔羊，小羊。羔羊皮指周代官吏所穿的羊皮襖，羊毛露於外。
2. 素絲：白絲。
3. 五紽：採交叉縫製的皮革接縫處。五，古時候寫作「ㄨ」，縱橫錯雜的意思。紽，音ㄊㄨㄛˊ，tuó，縫界。
4. 退食：退朝之後用膳，另一說法是減膳以示節約。
5. 公：指公所，衙門。
6. 委蛇：走起路來彎曲搖擺、悠閒自得的樣子。蛇，這裡讀作ㄧˊ，yí。
7. 革：皮。
8. 緎：音ㄩˋ，yù，縫界。
9. 縫：縫製。此句是說縫製羔羊的皮革好做成裘衣。
10. 總：指針工細密。

語譯：官吏身穿羔羊襖，白絲線兒把衣縫，退朝忙把肚填飽，晃晃悠悠好逍遙。官吏身穿羔羊襖，白絲線兒把衣連，一搖一擺真自在，下朝吃喝忘不了。官吏身穿羔羊襖，白絲線兒把衣綴，一副悠閒自得貌，退朝吃喝不嫌早。

文章背景小常識

在《詩經．召南》中，這首詩很特別，採用反覆吟詠的手法，層層遞進。每章均按照穿著、飲食、走路儀態來描寫，如各章前兩句「羔羊之皮，素絲五紽」、「羔羊之革，素絲五緎」、「羔羊之縫，素絲五總」，是說大夫們身上所穿的羊皮襖，皆用潔白的絲線交錯縱橫地縫製而成。關於「紽」、「緎」、「總」，根據古代字書《爾雅》的記載：「五絲為紽，四紽為緎，四緎為總。」由此可知，這羔羊襖的絲數不僅漸次加密，也顯示出大夫們在穿著上是極為華麗講究的。

當然，若僅由字面上看來，會認為這是首描寫某位官員退朝回家，悠閒散步的小詩罷了，或許還想像到官員腆著個飽肚子，以至於不得不解開腰帶，被他那副想將早下胃的食物翻出的逗趣模樣惹得噗哧一笑呢！不過，歷代的文學家或是研究者可不這麼想，有人甚至一腳踢爆《詩序》中這幾句話：「〈鵲巢〉之功致也。召南之國，化文王之政，在位皆節儉正直，德如羔羊也。」對本詩主在讚美大夫儀態的說法更是嗤之以鼻。他們認為這首詩的意旨與〈鵲巢〉風馬牛不相及，《詩序》只是牽強附會，學者們並反駁說，如果這首詩欲讚揚大夫儀貌的話，為何只擷取這樣的片段來描繪呢？因此主張這是一首「以美為刺」的作品，表面彷彿是讚美，實際上字裡行間全堆疊著對那些王公大夫們的揶揄與諷刺啊！

名句的故事

許多學者之所以會提出這樣相反的評斷，也是其來有自。這可以從文字中找到一些線索，特別是每章後兩句重複出現的「委蛇委蛇」一詞。「委蛇」兩字在先秦古籍中有兩種意義，一是描述形體搖擺的狀態，如《離騷》中有「載雲旗之委蛇」，形容旌旗在空中飄搖不定的樣子；二是指虺蛇，「委」借為虺，委和虺是一音之轉，委蛇即虺蛇，是一種毒蛇。《莊子．達生》：「若夫以鳥養養鳥者，宜棲之深林，浮之江湖，食之委蛇。」當中的「委蛇」便指虺蛇。另外，《詩經．小雅．斯干》：「維虺維蛇，女子之祥。」則是說明古代解夢學認定婦人若夢見長蛇或虺，就代表會生個可愛的女娃兒。這些典籍都把「委蛇」解作虺蛇，也難怪學者們會宣稱這首詩有絃外之音，將官員們看作嗜血的毒蛇了。

此外，每章後兩句都是同樣的詞句，只是順序顛倒排列，該不會是江郎才盡，詞窮的緣故吧？答案當然是否定的，如此鋪排可謂別有用心，不少學者認為，這是為了呼應公卿大夫們日復一日，悠閒無事的生活節奏。這些人飽食終日，無所用心；上朝當應聲蟲，下朝當米蟲；不求有功，但求無過，這種生活態度在單一反覆的詩句結構中無所遁形。倘若是個小老百姓，倒也無可厚非，可是身為朝廷官員，則面目可憎呀！因此才會將「退食自公」、「自公退食」、「委蛇委蛇」交錯使用以加強其不平之聲。

歷久彌新說名句

時至唐宋兩代，「委蛇」的應用就少了點「動物學」的色彩。例如韓愈在〈石鼓歌〉中抒發了對於石鼓文長期散布於荒郊野嶺的感慨，其中有一句：「陋儒編詩不收入，二雅褊迫無委蛇。」石鼓是一組鼓型的刻石，共十枚，內容敘述周、秦兩代貴族們的田獵事蹟。而身為古蹟保護者的韓愈，自然認為古代儒者採詩卻未收錄石鼓文，是因為相形之下，二雅的內容狹窄，無雍容大度，以至石鼓文無「從容自得」的棲身之處。這裡的「委蛇」就是指莊重悠閒的樣子。附帶一提，韓愈對《詩經》的貶責，不妨視作為大聲疾呼唐代政府重視古代文物保存，是「不得已的冒犯」，無須為此質疑《詩經》的文學價值！

另外，蘇東坡在二首〈百步洪〉詩中也反覆使用了「委蛇」二字。其一先是：「紛紛爭奪醉夢裡，豈信荊棘埋銅駝。覺來俯仰失千劫，回視此水殊委蛇。」詩人表達了不與人爭的人生觀，笑看那些日日處於爭權奪利夢境中的人們，哪裡會相信宮門前的銅駝，有一天也會埋在荊棘荒草之下？等到大夢乍醒，發現早已浪費多時，若能回頭看看流水，便會驚覺水仍悠然自得地流著，並不會因此有任何改變。在這裡，「委蛇」可說是包裝流水「悠遊自得」特質的贊助商。

之後其二又有：「奈何捨我入塵土，擾擾毛群欺臥駝。不念空齋老病叟，退食誰與同委蛇。」笑罵之前因自己公務在身，不能與之同遊的朋友必定是故意欺負他「空齋老病叟」，捨棄他一個人孤零零地辦公，無人陪伴。至此，「委蛇」仍保有原本「悠閒」的面貌，但也有成語「虛與委蛇」勉強應付人、假意周旋的含義。

不忮不求，何用不臧？

名句的誕生

雄雉[1]于飛，泄泄[2]其羽。我之懷[3]矣，自詒伊阻[4]。雄雉于飛，下上其音。展矣君子[5]，實勞[6]我心。瞻彼日月，悠悠我思。道之云遠[7]，曷[8]云能來。百爾君子[9]，不知德行。不忮[10]不求[11]，何用[12]不臧[13]？

～邶風・雄雉

完全讀懂名句

1. 雉：俗稱野雞，雄者有冠，尾巴長，羽毛豔麗。
2. 泄泄：音ㄧˋ，yì，形容揮動翅膀的樣子。
3. 懷：懷念。
4. 自詒伊阻：自己為自己留著那憂傷。詒，遺留；伊，彼；阻，險阻，引申為憂傷。這是指因為丈夫勇於赴義而發的感嘆。
5. 展矣君子：確實因丈夫的緣故。展，的確；君子，指丈夫。
6. 勞：擔憂。
7. 道之云遠：道遠，路途如此遙遠。
8. 曷：何時。
9. 百爾君子：凡爾君子，指你們這些官員。此處「君子」為有官爵者，當然也包括女主角的丈夫。
10. 忮：音ㄓˋ，zhì，妒忌陷害。
11. 求：貪求。
12. 何用：為什麼。用，通「以」。

13. 臧：音ㄗㄤ，zāng，善。

語譯：雄雉在天空飛翔，揮動著翅膀。懷念遠方的丈夫，自找離愁空憂傷。雄雉在天空飛翔，鳴聲忽上忽下。的確是因為丈夫，使我擔憂掛心。望著太陽盼月亮，勾起綿綿思愁，山河阻隔路漫長，何時才能歸來？你們這些官員都一樣，不知安分守紀，若能安貧知足，不忌妒不貪求，怎會做不好？

文章背景小常識

《詩序》已有言在先，說這首詩是諷刺衛宣王而作，讓後世少了一些機會上演口水戰戲碼。但是有些學者仍認為詩中並無明確提出衛宣王的敗政，因此強調《詩序》不足採信。姑且不論這些觀點的正確與否，畢竟它們不妨礙我們純粹欣賞詩作。首先來到這首詩的背景時空，時值西周後期，戰爭頻仍，男子紛紛離家趕赴戰場，導致許多婦女獨守空閨，默默承受相思之苦的「骨牌」效應，這就是詩中女主角之所以發出如此感嘆的原因了。

全詩分為四章，內容鋪排將女主角的心緒以層層遞進的方式，深入描寫她對丈夫的思念。第一章「我之懷矣，自詒伊阻」，寫丈夫自從出外征戰，夫妻各分他方後，妻子便常常掛念丈夫。第二章「展矣君子，實勞我心」，指丈夫離家後，妻子無時無刻不懷念丈夫，終日憂傷的模樣。第三章「瞻彼日月，悠悠我思」，寫時間就在妻子每日期盼下流逝，卻依舊不見丈夫返家。雖然古法中明定征期僅兩年，但實際上往往是不知歸期的。真是百般無奈，即便殷切盼望，但是「道之云遠，曷云能來」，山河阻隔漫漫歸途，丈夫要走到何年何月呢？至此，妻子深切的思念之情推向了高峰。最後一章含蓄點出造成夫妻飽受離散之苦的，正是那些不講仁義的統治者，一語道破政治人物的心靈包袱——忌妒與貪求。

名句的故事

本詩借雄雉起「興」，用委婉的手法表現出夫妻間的眷戀之情。不過有趣的是，「雄雉」

這種鳥可不比歷代其他文人常引用的「鴛鴦」、「孔雀」、「鴻雁」或「燕子」等飛禽，有祥瑞或是悠遠的象徵意義。因為雄雉雙翅又短又圓，飛翔能力不強，通常僅在地上活動，只有在受到驚嚇時，才會一躍而起，振翅飛行一小段距離後，再落地沒入草叢中。那麼以「雄雉」這般習性來比喻丈夫的遠行，背後所隱含的意義或許就值得探究了。難道是自嘆丈夫明明才疏學淺，卻偏偏羨慕顯達人士的功成名就嗎？有人便大膽臆測「自詒伊阻」根本不是妻子的自責語，而是埋怨丈夫不知安貧樂道，「你奔波在外，完全是自找苦吃啊」。

若是基於此論點，那麼最後一章「百爾君子，不知德行，不忮不求，何用不臧」，其中的道理就更顯而易見了。她反問所有的「君子們」，為何不懂恬淡自處，在家平安過日子？為何非要拋家離鄉，在外奔波，追求富貴榮華？倘若安貧知足，不忌妒、不貪求，這樣過一生又有何不可？就連現在她眼前的這隻「雄雉」，都能自在地舒展翅膀躍飛，為何她那似雄雉的丈夫，卻非得去遠方尋「大志」呢？這樣的女性心聲恐怕是十分罕見的。「成功的男人背後都有一位偉大的女性」，社會上「流行」的觀念傳輸女性扮演推動男性追求理想的鼓勵者角色，也許要等到丈夫長年在外，自己備嚐孤寂之苦時，才會有「悔教夫婿覓封侯」的怨嘆吧！

歷久彌新說名句

孔子也曾用「不忮不求，何用不臧」這八個字來稱讚子路的個性，他說自己的眾多學生之中，只有子路能夠即使穿著破舊袍子，也不會因與穿著皮草皮裘的人站在一起，而顯得侷促不安。不過後來因為子路得意孔子對他的讚美，日日朗誦這八個字，反而引起孔子對他的一番訓斥：「是道也，何足以臧？」（《論語・子罕》）表示這只是做人的基本道理，哪稱得上是盡善呢？由此可以看出，子路仍未真正做到「不忮不求，何用不臧」啊！那麼，古今中外究竟有幾人能倖免罹患「地位焦慮症」？誰能真正不在意他人批評，不把自己囚禁在別人的「眼牢」中呢？

歷史上不乏這樣真性情的人物！晉代詩人陶淵明當年參軍，由戰爭的殘酷中他體驗到生命的無奈。眾多士兵爭相踏過路上的死屍，彷彿這就是走向成功的坦途，他逐漸領悟到戰爭讓人與人之間相互仇害，只有上位者滿足其爭權奪利的快意罷了！心灰之餘，他寫下：「目倦川途異，心念山澤居。望雲慚高鳥，臨水愧游魚。」（《始作鎮軍參軍經曲阿作》）抒發自己對軍旅感到疲倦，長年身處異鄉使他更懷念家鄉的安靜生活。看到高空中的飛鳥，卻無法如它們那般自在來去，看到河裡的游魚，卻不能如它們那般輕鬆自在，難免心生無奈。遂以「不為五斗米折腰」而辭官，在路上拿著竹枝，一邊寫下、一邊吟詠自己的詩作，都是在為「不忮不求」的人生觀表態。

另外，今天人們讚金曲獎歌王台東警察陳建年請調蘭嶼一事，稱他為現代版的陶淵明，知道自己該拿什麼，不該拿什麼。即使在獲得金曲獎之後，還是只想回台東當警察。其實，他對大自然的喜愛與淳樸生活的嚮往，早在歌曲中表露無遺：「傾聽　風兒吹過草原旋律／吶喊聲音圍繞在山谷迴聲／潛入藍色深海和魚兒遊戲／享受生命重回純真的大地情懷。」他笑看整個社會熱中追逐名利，企圖也把他吃進大染缸裡，最後僅在鏡頭前，露出靦腆的笑容，說自己只想好好作曲。這種「不忮不求」的人生姿態在現實生活中，應可理解為「這世界對你的希望，未必等於你對自己的期望」，會來得更恰當吧？

常棣之華，鄂不韡韡。凡今之人，莫如兄弟

名句的誕生

常棣[1]之華，鄂[2]不韡韡[3]。凡今之人，莫如兄弟。死喪之威，兄弟孔懷[4]。原隰[5]裒[6]矣，兄弟求矣。

～小雅・常棣

完全讀懂名句

1. 常棣：植物名，古人多用來比喻兄弟之間的親密。
2. 鄂：托住花朵的部分，通「萼」。
3. 韡韡：音ㄨㄟˇ，wěi，光明盛大。
4. 懷：關懷。
5. 原隰：廣大平坦與低窪潮溼的地方。隰，音ㄒㄧˊ，xí。
6. 裒：音，ㄆㄡˊ，póu，聚集。

語譯：常棣花開，朵朵鮮麗。天下的人，都不如兄弟親近。遇到死亡的威脅，兄弟最為關切。人們在原野相聚，四處尋覓兄弟。

名句的故事

〈小雅・常棣〉相傳是周公為了「管蔡之亂」所做的教化百姓之詩。「管蔡」指周武王的同父兄弟管叔與蔡叔。周武王滅殷商後不久便過世了，當時的周成王尚年幼，於是由身為叔父的周公攝政，一肩扛起國家朝政，不過卻遭到管叔、蔡叔的指責，認為周公將不利於孺子。管叔、蔡叔勾結紂王的兒子武庚，發起大規模的叛變，歷經三年，周公才將之平定，並誅殺了管叔、蔡叔。

「管蔡之亂」的後果，是否會讓天下百姓以為，君王都疏離了自己的兄弟，為什麼他們不可以？於是〈常棣〉一詩便再三強調，兄弟有密切的血緣關係，應互相扶持，並由此推而廣之，同姓宗族都該和氣敦睦，友愛禮讓。

「常棣之華」的「棣華」比喻兄弟敦睦相親，並衍生出成語「棣華增映」，表示兄弟之間的友愛互相輝映。常棣又作「棠棣」，「棠棣競秀」一詞就是稱讚他人兄弟的優秀卓越。

歷久彌新說名句

中國宮廷史上經常發生兄弟鬩牆，例如三國時代的曹丕與曹植、唐朝的李建成與李世民、明朝的惠帝與燕王，還有清朝的雍正皇帝與八王爺。唐太宗李世民就是因為不希望歷史重演，對於太子的挑選，特別謹慎，卻沒想到最後仍是無法避免骨肉相殘的宮庭悲劇。

唐太宗自己是歷經兄弟相殘之後，登上皇位，對於兒子之間的兄弟問題，也特別予以制衡。唐太宗先立太子承乾，卻沒想到承乾耽於聲色、嬉戲無度，而讓另一個兒子濮王李泰，得有了覬覦太子之位的野心。李泰長於文學，得有時譽，漸漸讓太子承乾起了戒心。後來有人密告太子謀反，唐太宗親自到太子府平亂，也因為這個事件，讓他發現了濮王李泰的陰險狡詐。之後他選擇李治為太子，但過了幾個月就後悔了，因為他其實屬意與他最像的兒子吳王李恪，作為繼任者。唐太宗的心思非常明顯，讓太子李治有所防範，因此唐太宗駕崩後不久，李恪便被自己的兄弟唐高宗李治所誅除。

《清史稿》中記載，陸隴其是著名的清官，四十一歲考取進士，四十六歲做了江南嘉定縣知縣，由於「嘉定大縣，賦多俗侈」，因此陸隴其上任後，「守約持儉，務以德化民」。生為知縣，每每聽訟，陸隴其總是盡量調解。若是審訊到父親告兒子，便苦口婆心地勸說，最後讓兒子攙扶著父親回家；若是遇到弟弟告哥哥，他動之以情，在判決書中寫道：「夫同聲同氣，莫如兄弟，……從此舊怨已消，新基共創。」最後讓兄弟能和好如初。

兄弟鬩于牆，外禦其務

名句的誕生

脊令[1]在原，兄弟急難。每[2]有良朋，況[3]也永歎。兄弟鬩于牆[4]，外禦其務[5]。每有良朋，烝也[6]無戎[7]。

～小雅・常棣

完全讀懂名句

1. 脊令：水鳥名。
2. 每：雖然。
3. 況：益，更加。
4. 鬩於牆：在自己家中爭吵，引申為國家或集團內部的爭鬥。鬩，ㄒㄧˋ，xì，互相爭訟。
5. 務：侮，欺侮之意。
6. 烝也：發語詞。
7. 無戎：沒有幫助。戎，幫助。

語譯：水鳥脊令淪落到平原上，急難時只有兄弟會出力。即使有好朋友，也只會更加令人嘆息。兄弟在家裡爭吵打鬥，對外能同心齊力抵禦欺侮。即使有好朋友，也不會出手相助。

文章背景小常識

〈常棣〉首句便破題「凡今之人，莫如兄弟」，道出古人重視「手足兄弟」的觀念。接著是「承」，詩人用生活的急難、生命的死亡，只有兄弟之間才能有真實的互動與協助。然後是「轉」，詩人提出外人的挑撥、欺侮，可能會破壞兄弟之間的情誼。最後是「合」，只要外敵消滅，兄弟的情誼又可以恢復，家庭也可以和樂相處。〈常棣〉是一首宣揚兄弟親愛的詩歌，相傳是周公的作品，主要是針對周朝初年「管蔡之禍」引發的遺憾所作。

名句的故事

「管蔡之亂」恐怕是周公心中的大痛。究竟真相如何？其實並不明朗，因為付諸史書者闕如。不過畢竟這是一部兄弟鬩牆的宮廷政變史，所以還是有些歷史學家企圖翻案。《尚書》中有一篇周公寫的〈金縢〉，裡面的蛛絲馬跡，成為史家翻案的線索。

古人遇事通常會占卜問吉凶，〈金縢〉中記載周武王既然身患重病，太公、召公便想要卜卦，卻被周公阻止，因為這樣會驚動到先祖先王。令人起疑的是，周公居然自己築壇占卜，這被史學家視為專橫之行。特別是管叔、蔡叔曾經受到周文王的重視，後來也得到周武王的倚重，負責監控殷商的遺民。後世史家以為，如果管蔡二人有不法之圖，為何英明如文王、武王都無法察覺？卻偏偏給周公發現了。

史家的另一翻案觀點是，殷商的王位繼承常是「兄終弟及」，而周朝建國之初，王位的繼承法還未制定之前，延續殷商的規矩是很有可能的。周武王排行老二，管叔則為老三，周公則是老四，那麼按理周武王之後應該就是管叔了。然而，偏偏是武王幼小的兒子周成王繼承大統，這直接擯除了管叔、蔡叔、周公繼承王位的機會。看似大家都沒機會，而周公一把抓住輔政的大權，無怪乎會有人懷疑周公的用心。

當然，這樣的翻案，也許對制禮作樂、才德俱優的周公懷疑過了頭，不過，權力容易使人腐化。有些史學家認為，如果在尋常百姓家，這樣的「兄弟鬩牆」也許不會發生。然而就像〈常棣〉所言，兄弟之間再怎麼爭吵，一旦遇到外侮，便會共同對抗。反過來說，最可怕的不是外面的敵人，而是內部的矛盾不能化解，若是掀翻了屋頂，敵人也就順理成章打進來了。

歷久彌新說名句

「八王之亂」是西晉初期非常嚴重的宮廷政爭，時間長達十六年之久，不僅讓西晉政權中心迅速瓦解，也給社會帶來極大的不安。這「八王」是同姓兄弟：汝南王司馬亮、楚王司馬瑋、趙王司馬倫、齊王司馬冏、河間王司馬顒、成都王司馬穎、長沙王司馬乂和東海王司馬越。

由於晉惠帝昏庸無能，皇后賈氏得以有機會攬權。她首先利用楚王瑋殺掉輔臣楊駿，另立汝南王亮。同年，賈后又利用楚王瑋誅殺汝南王，旋即以誤殺之罪，除掉楚王瑋，而她卻坐擁大權，還殺了太子。趙王司馬倫、齊王司馬冏看不下去了，便率兵入朝，廢賈后為庶人。後來趙王倫僭位稱帝，齊王冏則起兵討伐趙王，成都王穎、河間王顒都隨之附和，趙王倫自然慘敗被誅。齊王冏救駕有功，得到晉惠帝賞賜，但是他的跋扈攬權，又讓河間王顒、成都王穎決心討伐他，最後是長沙王乂殺了司馬冏。緊接著就是東海王與河間王、成都王長年混戰，東海王最後取得勝利。直到晉懷帝即位後，「八王之亂」方告結束。兄弟鬩牆之悲，莫過於此。

明朝馮夢龍在《醒世恆言》第二卷〈三孝廉讓產立高名〉，講的是兄弟合則榮、不合則泣的故事。他特別提到東漢許氏三兄弟，哥哥為了提拔兩個弟弟，甘願冒著被鄉人批評為貪心、侵占家產的污名，教育弟弟們要孝悌、要知書達禮，最後讓兩個弟弟都有功名。馮夢龍在文末特別寫下這個註解：「今人兄弟多分產，古人兄弟亦分產。古人分產成弟名，今人分產但嚚爭。古人自污為孝義，今人自污爭微利。孝義名高身並榮，微利相爭家共傾。安得盡居孝弟裡，卻把鬩牆人愧死。」許氏三兄弟的大哥用心良苦，最後的結果，反讓那些原本看笑話、自己在家門裡面爭吵的兄弟，感到慚愧不已啊！

夜如何其？夜未央

名句的誕生

夜如何其[1]？夜未央[2]，庭燎[3]之光。君子[4]至止[5]，鸞[6]聲將將[7]。夜如何其？夜未艾[8]，庭燎晣晣[9]。君子至止，鸞聲噦噦[10]。夜如何其？夜鄉晨[11]，庭燎有煇[12]。君子至止，言觀其旂[13]。

～小雅・庭燎

完全讀懂名句

1. 其：音ㄐㄧ，jī，表疑問的語氣詞。
2. 夜未央：長夜未盡。央，盡。
3. 庭燎：豎立在庭中用來照明的火炬，以樵薪為之，諸侯來朝時設置。
4. 君子：指諸侯。
5. 止：語氣詞。
6. 鸞：車鈴。
7. 將將：車鈴聲。
8. 艾：止、盡。
9. 晣晣：音ㄓㄜˊ，zhé，明亮的樣子。
10. 噦噦：音ㄏㄨㄟˋ，huì，車鈴聲。
11. 鄉晨：接近破曉。鄉，通「向」。
12. 煇：音ㄏㄨㄟ，huī，火光、光彩。
13. 旂：音ㄑㄧˊ，qí，泛指旌旗。

語譯：夜色怎樣了？長夜未盡夜還長，那是庭中火炬燒得熾烈。諸侯們來了，傳來車鈴聲鏘鏘。夜色怎樣了？夜色濛濛天未亮，那是庭中火炬照得通亮。諸侯們來了，傳來車鈴聲叮噹。夜色怎樣了？長夜將盡天將曉，庭中火炬煙繚繞。諸侯們來了，看到旌旗隨風飄。

文章背景小常識

這是描述天子等候諸侯早朝的詩，盼望之情一覽無遺，並以相互問答的方式鋪陳。問者是誰？據說是周宣王姬靜，這位周皇室的中興之主，前有暴戾無道的周厲王，後有沉湎女色的周幽王。周厲王策劃了中國歷史上第一場白色恐怖，導致百姓三年未語；周幽王寵愛褒姒讓歷代君王引以為戒。難怪《詩序》有言：「庭燎，美宣王也，因以箴之。」

至於答者是誰呢？應該是雞人，古代的報時官。雞人的一番答話兼具視覺與聽覺效果。繪影的部分，從第一章「庭燎之光」只見炬火燭光，四周仍一片昏暗夜色，所以答「夜未央」。到第二章「庭燎晣晣」火光還算明亮，周圍已透光，天邊呈現魚肚白，所以答「夜未艾」。最後「庭燎有煇」、「言觀其旂」則是說天已微明，燭光黯淡，已可見旂旗飄揚前來了。另外，繪聲的部分也是生動且精確，先是「將將」嘈雜的聲音，顯示馬車離宮還有一段距離；到了「噦噦」聲音已顯規律，可知車子將抵達了。整篇疊句鋪排，雍容典雅。

名句的故事

這首〈庭燎〉經常與〈齊風．雞鳴〉對照比較。兩首同樣採問答方式成篇，且敘述背景均為早朝的前一夜，內容也和早朝時間有關。〈雞鳴〉的內文大致是：妻子乍醒猶睡中說「雞已鳴矣」，提醒丈夫上朝時間將近，趕緊起床盥洗。但丈夫卻聲稱那是「蒼蠅之聲」，不過就是幾隻擾人好夢的蒼蠅而已，又酣然睡去。妻子忍不住再次催促「東方明矣」，要丈夫睜開眼看看魚肚白的天際，大夫們都相繼赴朝，快站滿整個朝堂了。但丈夫聞言，仍不動聲色回答「月出之光」，看錯了吧！哪裡是東方魚肚白呢？那是皎潔明月的餘暉啊！這時，妻子是又著急又憐愛，三催道：「蟲飛薨薨，甘與子同夢。會且歸矣，無庶予子憎。」意思是，飛蟲嗡嗡作響，我願和你酣甜入夢，但是上早朝的都快回家了，別因為我害你被責罵啊！妻子柔情似水，又深明大義，加上詼諧逗趣的言語，展現出豐富的生活情感。

還值得一提的是，歷年來許多學者研究〈雞鳴〉男女主角的身分，最早推斷應為某位國君及妃子。這在宋代以前幾乎是無異議的，但到了清代，有人提出質疑，認為既然是「齊風」的民歌，必是某位士大夫和妻子之間的問答，再加上「雞已鳴矣」，反映士大夫候朝的實況。另一派也不甘示弱，立刻加以反駁，認為由文中妻子提及朝堂已站滿了士大夫看來，除了國君能賴床一下外，哪個士大夫敢這樣大膽、不準時上朝呢？姑且不論對錯，倘若留戀被褥溫存果真是某位國君的作為，與〈庭燎〉周宣王的勤政相較，可要讓老百姓失望了！

歷久彌新說名句

「未央」這一詞許多文人雅士都用過，例如曹丕在〈燕歌行〉云：「明月皎皎照我床，星漢西流夜未央。」此處的「未央」是詩人因思念某人無法入眠的證據。他就這樣痴傻望著天上銀河，苦等長夜將盡！

金庸《倚天屠龍記》也有一句「七俠聚會樂未央」，用「樂未央」三字來形容張翠山回歸武當後，那段歡愉的短暫時光。在這裡「未央」經過字義的「伸展操」之後，增添了幾許「歡樂終有盡頭」的無奈氣息。

除了巴金與李石曾經合譯過波蘭劇作家廖抗夫（**L. Kampf**）描述俄國無政府黨人革命活動的作品《夜未央》（*Am Vorabend*）之外，提到「未央」一詞，相信許多五年級生會回想起鹿橋的小說《未央歌》，它曾在許多人的成長路上哼唱了千百回。書中主要人物童孝賢、伍寶笙、藺燕梅、余孟勤，各自擁有單一、鮮明的人生色調，在戰火下、校園中萃煉出純真的友誼。這本建立在夢想基礎上的「未央歌」，倒也呼應了它的本意——「未盡」，這個「未完待續」的人生之歌引領讀者繼續尋找、挖掘自我的人生價值，彷彿前方有個幸福預定地，而我們終其一生都在探索前往的方向。

維桑與梓，必恭敬止

名句的誕生

維桑與梓[1]，必恭敬止。靡瞻匪父[2]，靡依[3]匪母。不屬[4]于毛，不罹[5]于裏。天之生我，我辰安在？

～小雅．小弁

完全讀懂名句

1. 桑、梓：古代住宅旁常種的兩種樹木，桑可養蠶，梓可作器具。
2. 靡瞻匪父：靡、匪皆否定之意，雙重否定乃為肯定。瞻，瞻仰。
3. 依：依戀的意思。
4. 屬：連繫。
5. 罹：附著。

語譯：見到栽種的桑樹、梓樹，一定是恭恭敬敬。無處不瞻仰著父親的身影，無時不依戀著母親的懷抱。既不與衣服的表面相連，也不與衣服的襯裡附著。上天既然生下了我，我活命的時辰在何時？

文章背景小常識

關於〈小雅．小弁〉寫作背景的探源，歷來說法不一。《詩序》認為是由於周幽王寵愛褒姒，因此廢太子宜臼，改立褒姒之子伯服，宜臼的老師因此以此詩來諷刺幽王。朱熹的《詩集傳》延續此舊說，認為〈小弁〉是一位被父親放逐的人書寫自身憂傷悲憤的詩篇，朱熹更進一步點出此篇應為宜臼親手所寫。

〈小弁〉主要描述詩人因父親聽信讒言，而

被放逐外地，一方面記錄旅途所見，勾起對故鄉的思念；另一方面埋怨父親的寡情、被小人利用，也矛盾地眷戀著父母的恩蔭。整篇多次運用「心之憂矣」，可說以「憂」貫穿各章，例如「心之憂矣，云如之何」（憂傷得不知如何是好）、「我心憂傷，惄焉如擣」（憂傷得像有棍棒在心頭亂搗）、「心之憂矣，疢如疾首」（憂傷得像頭痛一樣）、「心之憂矣，不遑假寐」（憂傷得無心睡眠）、「心之憂矣，寧莫之知」（憂傷得無人能知）、「心之憂矣，涕既隕之」（憂傷得淚如雨下），尤其是「為憂用老」（因為憂傷而變得衰老），將不可承受之「憂」推至極點，令人聞之割腸裂肝。無怪乎清人姚繼恆稱「此詩哀怨痛切之甚，異於他詩也」。

名句的故事

「維桑與梓，必恭敬止」，即以桑樹、梓樹來指稱故鄉。為何剛好是桑與梓呢？古人以農耕維生、絲蠶為輔，在住屋附近常種植桑樹以助養蠶。而梓樹的質材適合削木成器，不僅是生活器具，棺廓也往往以梓木為體。古人曾言：「桑以養生，梓以送死。」異鄉遊子每當在外望見桑梓，不由得懷念起家鄉種種，〈小弁〉即是藉此描述對故鄉的情愁。

歷久彌新說名句

漢代樂府詩〈悲歌〉描寫了遊子的思鄉之情，其中有：「悲歌可以當泣，遠望可以當歸。思念故鄉，鬱鬱纍纍。欲歸家無人，欲渡河無船。心思不能言，腸中車輪轉。」遊子心中悲苦到極點，悲歌不僅無法涕泣，遠望著故鄉也無以復歸，對故鄉的思念只能如重擔般鬱鬱纍纍。當桑梓不再、家人離散，有家歸不得，錐心之痛只能在腸腹中輾轉跌宕。

現代生活環境改變，公寓大廈旁難見桑梓，倒是高掛廳堂的匾額常常提到它們，例如「造福桑梓」、「功在桑梓」、「嘉惠桑梓」，都是稱讚他人對於家鄉的回報與建設。

天生烝民，有物有則。民之秉彝，好是懿德

名句的誕生

天生烝[1]民，有物有則[2]。民之秉彝[3]，好是懿德[4]。天監有周，昭假[5]于下[6]。保茲天子，生仲山甫[7]。

～大雅．烝民

完全讀懂名句

1. 烝：眾。
2. 則：法則。
3. 秉彝：持有常道。彝：音ㄧˊ，yí，常道。
4. 懿德：美德。
5. 昭假：指神降臨。
6. 下：人間。
7. 仲山甫：周宣王的卿士，姓樊，仲山甫為其字。

語譯：上天既生眾民，萬物必有法則可循。人性秉持常道，喜愛美好的品德。上天監審周朝，將神降臨於人世。為保周天子中興其業，於是降生仲山甫來輔政。

文章背景小常識

〈大雅．烝民〉是一首讚頌之歌，記載仲山甫輔佐周宣王中興之事。西周國勢至宣王之前已經邁入衰微，諸侯多不來朝，且不遵行封建傳統。在宣王之前曾有厲王遭諸侯驅逐不得參與國事，進入共和時期，於是當宣王上任之後，最大要事即恢復天下對王令威信的服從。周宣王遵從西周創國以來的傳統，再次整合東

方移民，繼續於各地進行封建，藉以深入統治與建立天子令儀，此時協助宣王的左右手就是本詩所讚揚的仲山甫。

〈烝民〉的內容為仲山甫應天子之命，在東方齊國築城、平亂，鞏固周天下的邊防，臨行前同朝大臣尹吉甫作此詩相贈，讚頌仲山甫的美德與輔政中興政績。〈烝民〉整首篇幅甚長，首章破題敘述仲山甫乃懷神旨降臨人世，保護周朝國運，之後依序書寫仲山甫的人格修養，充當天子喉舌，行美政於外，夙夜匪懈，最後提到仲山甫將出使東方的重責大任，送行場面君臣依依不捨，期盼早歸。〈烝民〉整篇文字質樸雅正，從大處落墨，夾述夾議，描述周室中興時君臣合作、任賢使能，處處流露出對於仲山甫出類拔萃的讚嘆。

名句的故事

「民之秉彝，好是懿德」的觀點，環繞著古代儒家思想主軸「仁」。孔子曾言：「克己復禮為仁。一日克己復禮，天下歸仁焉。為仁由己，而由人乎哉？」仁者為何？其具體表現於「非禮勿視，非禮勿聽，非禮勿言，非禮勿動」。若人人可以達成此四項克己復禮的修養條件，民風就能由地方到中央淳樸歸真，達成善政。孟子進一步加以強化，提出人性本善，他說：「仁義禮智，非由外鑠我也，我固有之也。」他認為仁義禮智是上天賦予人的本能，不假外求。

孟子與公都子兩人曾因為對於人性看法的不同提出抗辯。公都子引用告子的話，認為「性無善無不善」，亦即是「性可以為善，可以為不善」、「有性善，有性不善」，端看行事者本身之所本，因此當周文、武王時，政教風偃，人民好善；當周厲王、幽王時，百事俱廢，人民好惡。孟子不贊同這種曖昧兩可的說法，他認為性善論應根基於人的本性，若順著人的本性，可以為善即所謂善，因此為惡之人是背逆著上天賦予人的惻隱、羞惡、恭敬、是非之心。接著孟子便引《詩經》「天生烝民，有物有則。民之秉彝，好是懿德」作結尾，再次重中從周公、孔子以來對於人天生具有行善本能的肯定。

歷久彌新說名句

〈大雅．烝民〉描述仲山甫好比是上天派下來的使者，協助周宣王綱正國政，這故事情節很容易讓人聯想到「民族英雄」、「民族救星」一類的人物。提到「真實」具有「民族救星」偉大功業的人，首先會想到的是管仲，孔子曾讚揚他說：「微管仲，吾其被髮左衽矣！」（《論語．憲問》）因為西周政權解體之後，北方蠻族趁機南下中原，齊桓公在管仲推行改革之後，躍升為中原諸侯各國的領導者，維護天下秩序，並討伐北方的狄人、山戎，派兵拯救被侵略的衛、魯、邢等國，成為天下霸主，並提出兩項主張：尊王與攘夷。因此孔子感嘆地說：「要是沒有管仲，那我們都須換上蠻夷左衽的服飾，被外族統治了。」

經過孔子的這一番讚揚，管仲成了名副其實的「民族救星」。然而，若以文化傳承的角度來看，救星另有其人，這個偉大的人物就是孔子。近代貶抑傳統、崇尚西學，讓人常對孔子所代表的儒家固有思想嗤之以鼻，固然儒家學說中有一些千年不化的腐舊思想，但那往往是後人故步自封、不知變通的下場。若能仔細探究孔子思想，可以發現他開啟了不同於周封建時期的新局面，在當時稱得上是思想的前衛者。無怪乎，古人在緬懷孔子時，不免讚嘆「天不生仲尼，萬古如長夜」，若沒有孔子整個中國歷史恐怕宛若「黑暗時代」。

令儀令色，小心翼翼

名句的誕生

仲山甫之德，柔嘉[1]維則[2]。令[3]儀令色[4]，小心翼翼[5]。古訓是式[6]，威儀是力[7]。天子是若[8]，明命[9]使賦[10]。

～〈大雅・烝民〉

完全讀懂名句

1. 柔嘉：美善的意思。
2. 維則：有法則，有原則。
3. 令：善的意思。
4. 色：指對待人的態度。
5. 翼翼：謹慎的樣子。
6. 式：效法，遵循。
7. 力：盡力。
8. 若：順從。
9. 命：同「令」。
10. 賦：賦令，政策。

語譯：仲山甫的德性，和氣善良，有綱有則，儀表堂堂，待人和顏悅色，處世更是小心謹慎。他遵循先王遺教，盡力維持威嚴的儀容。承順天子之意，天子明令派他發布政令。

名句的故事

本章中大家最為熟稔的是「小心翼翼」一詞，然而這裡的小心翼翼，相較於今日用語其意涵更寬廣許多。今天「小心翼翼」常用來形容他人做事小心謹慎的態度，而《詩經》中的「令儀令色，小心翼翼」延伸論及人格與修養，可與孔子所言「巧言令色，鮮矣仁」（《論語‧學而》）相對照來看。因此若要讚美對方擁有謹慎行事、朝乾夕惕的高潔品格，「令儀令色，小心翼翼」是簡單又蘊含深意的最佳語句。

日常生活中「令儀令色，小心翼翼」的人，與之相處如沐春風，輕鬆自在；相反的，「巧言令色」的人往往教人避之唯恐不及。唐代名相魏徵曾上書唐太宗分析「六邪」臣僚，所謂六邪，簡言之就是指六種佞臣，君主必須謹慎避免任用，包括具臣（沒有作為、聊以充數的臣子）、諛臣、奸臣、讒臣、賊臣、亡國之臣。其中的奸臣是指：「內實險詖，外貌小謹，巧言令色，妒善嫉賢，所欲進，則明其美，隱其惡；所欲退，則明其過，匿其美。使主賞罰不當，號令不行。」可見巧言令色是蒙蔽君王耳目的一大障礙，因此魏徵力勸太宗遠離此種小人。

在西方文學中，巧言令色之人同樣讓人生厭。莎士比亞名著《李爾王》述說主角李爾王膝下沒有子嗣，有三個女兒，於是他要她們當眾說出有多愛他，評判誰最有孝心，以決定由誰繼承王位與財產。大女兒與二女兒爭先恐後、巧言令色地哄騙李爾王，只有三女兒不願以誇張言辭來表達對父王的愛。最初三女兒僅簡短道：「父親，我沒有話說。」李爾王相當不滿意，再三要求，她才說：「我是個笨拙的人，不會把我的心湧上我的嘴裡；我愛您只是按照我的名分，一分不多，一分不少。」李爾王大失所望，一氣之下便驅逐幼女，將財產國土分給兩位姊姊。沒想到這兩人得到權位後，翻臉不認人，拋棄年邁的父親，李爾王流落街頭，十分懊惱過去自己的態度。幼女得知後想為父親討回公道，卻兵敗被殺，李爾王傷心欲絕。後來兩個女兒也因彼此爭奪、手足相殘而走向毀滅，讓李爾王悔不當初。

歷久彌新說名句

仲山甫出使東方「明命使賦」的行動，讓人聯想到歷史上許多偉大的外交使節，除了忍辱負重北海牧羊的蘇武，還有就是漢代的「博望侯」張騫。漢朝政府為切斷匈奴右臂，決定聯合西域諸國，便派張騫出使大月氏，半路上不幸被匈奴人抓回去。匈奴為了突破張騫的決心，強制安排匈奴婦女與他成親、生子，並時時監控張騫的一舉一動，就連張騫的部下也被分散於匈奴各部族裡。不過這種懷柔手段並未鬆動張騫「為漢使節」的念頭，如此偷生十多年之後，張騫和部屬終於逮到機會逃跑，馬不停蹄地奔向大月氏。雖然這次出使西域沒有成功，但張騫得到許多關於西域諸國的資訊，成為將來建言武帝攻打匈奴的良策。之後，漢武帝再次命張騫出使烏孫，為中西文化交流寫下另一段璀璨的歷史。

清末的外交官中，曾紀澤曾親赴外蒙與俄國交涉歸還伊犁，談判功力之強讓他成為當時著名的外交使節。然而，就清末的政治環境而言，外交工作的艱難非一般人可以想像，尤其是中西文化的「第一次接觸」，給企圖力挽狂瀾、維護儒家禮教的傳統士大夫帶來很大的衝擊。例如曾紀澤在出使法國時，因攜帶女眷與家屬一同赴任，為此他煩惱甚久，於是提筆向法使館提出請求，信中他說：「中國公使眷屬只可間與西國女賓往來，不必與男賓通拜，尤不肯與男賓同宴。即偶有公使至好朋友，可使妻女出見者，亦不過遙立一揖，不肯行握手之禮。」由於中西禮儀對男女之間的規範不同，但曾紀澤仍堅持男女授受不親，就連在「握手」這一點上也不願輕易讓步。若以今天的觀點或許認為這實在是食古不化，但這群亂世兒女也僅能以此維護自身的尊嚴啊！

既明且哲，以保其身

名句的誕生

肅肅[1]王命，仲山甫將[2]之。邦國若否[3]，仲山甫明之。既明[4]且哲[5]，以保其身。夙夜[6]匪解[7]，以事一人。

～大雅・烝民

完全讀懂名句

1. 肅肅：嚴肅的樣子。
2. 將：執行。
3. 若否：好壞的意思。
4. 明：知曉、明白。
5. 哲：智慧。
6. 夙夜：早晚。
7. 解：通「懈」。

語譯：王命嚴正威嚇，仲山甫的執行穩當。國家治理的好壞，他內心最明白。仲山甫瞭解時勢又有智慧，得以保障身家安全。他日夜工作不敢鬆懈，全心全意侍奉天子。

名句的故事

「既明且哲，以保其身」，本來是潔身自愛，不肯敗德傷身的意思，是非常正面的話語。後世濃縮為「明哲保身」，而且漸漸帶有「只顧自己，不顧公義」的負面意義，從儒家內部思想體系來看，這種處世之道並不值得讚揚，它往往落入一種隱逸、求個體保全的「小我」世界。

然而，礙於現實因素，許多懷才不遇者，即使深受儒家教義的啟發，卻也免不了以「明哲保身」作為最終的皈依。以戰國時代的屈原為例，他本是積極輔佐楚懷王、愛國為國的士大夫表率，由於遭到讒言毀謗，被放逐流浪。他在作品〈漁夫〉中，將自己堅貞不屈的品格與時人常有的「明哲保身」作了一番對比。屈原對漁夫說：「舉世皆濁我獨清，眾人皆醉我獨醒。」所以他被逐出朝廷，然而他堅定的意志並不因現實的挫折而改變，他「寧赴湘流，葬於江魚之腹中，安能以皓皓之白，而蒙世俗之塵埃乎」？漁夫聽了他的話之後哈哈大笑、划著船離開，隨口唱著：「滄浪之水清兮，可以濯吾纓；滄浪之水濁兮，可以濯吾足。」漁夫與屈原兩種不同的生命態度，一是欲獨善其身，一是欲兼善天下；一個圓融豁達，一個曲高和寡。兩種情懷迥異背離，同時也都難跳脫悲劇的圍籬。屈原身殉為國，漁夫又何嘗不是以他的堅持諷刺世道不彰呢？

歷久彌新說名句

在極權時代，士人畏懼統治者的威嚇，若不是「明哲保身」、「退隱山林」，往往得冒著犧牲生命的危險以堅持自我原則。相對之下，明哲保身就常常等同於貪生怕死，世人對它也是評價不一。現代詩人藍雲就曾經寫下一首諷刺詩〈機器人〉，以象徵手法和樸實的語言，批判了社會上的某一類人：「四肢五官俱全／人模人樣的也叫作人／可就是有嘴不能言／（縱使讓他說話也不知所云）／有耳聽不見人們的嘲諷／有眼卻黑白是非不分／他不識公義真理為何物／似乎最懂得明哲保身／甘願受人擺布／凡事不用自己操心／他無所謂快樂不快樂／反正沒有思想沒有靈魂」。

藍雲的作品中相當瞧不起那些只會明哲保身、不敢說出真理的人，只是隨波逐流、自甘墮落。這種對於「獨善其身」的撻伐，顯示了理想與現實環境之間難以避免的落差。畢竟明哲保身也有一定的程度，過甚者就是枉顧仁義、不知廉恥了。

柔亦不茹，剛亦不吐

名句的誕生

人亦有言，柔[1]則茹[2]之，剛[3]則吐之。維[4]仲山甫，柔亦不茹，剛亦不吐。不侮[5]矜寡[6]，不畏彊禦[7]。

～大雅・烝民

完全讀懂名句

1. 柔：柔軟。
2. 茹：食，吃。
3. 剛：剛硬。
4. 維：只有。
5. 侮：欺負，欺侮。
6. 矜寡：此處泛指孤苦無依之人。矜，通「鰥」，鰥夫；寡，寡婦。
7. 彊禦：指強橫之輩。

語譯：人們常常說，軟的東西吃下去，硬的東西就吐出來。只有仲山甫，他是軟的也不吃、硬的也不吐，不欺負貧弱無依之人，也不畏懼強權惡霸。

名句的故事

仲山甫的「柔亦不茹，剛亦不吐」，成為後代推崇的品德之一，尤其適用於讚揚那些不畏懼強權、不苟合於時的傑出人物。三國魏人桓範曾經對於臣子勸諫主上的方法提出討論，他認為所謂的「諫爭」即是要矯枉謬誤，匡正君道，因此為人臣僚若懼於君主威勢而不能言諫，就是不忠。桓範於文章中再次稱讚仲山甫的美德「柔亦不茹，剛亦不吐」，屬於歷代人物中的「正諫」者。桓範這一番話其實是有其深義的，他有鑒於曹魏當時世人「惡死亡而樂生存，恥困辱而樂榮寵」，畏於正言直諫，因此希望藉由仲山甫的節操來勉勵時人。

民國初年，北京大學校長蔡元培作風民主，是新文化運動中相當活耀的核心人物。蔡元培與政界也有密切關係，早在革命尚未成功之際，他曾於上海成立光復會，以學術思想交流為號召，招納江浙一帶的革命志士，陳獨秀、魯迅、章太炎等都是此會成員。民國成立後，在南京國民黨中央監察委員會，門坊內側鐫刻有蔡元培的手書：「柔亦不茹，剛亦不吐。」即出自本篇名句，勉勵當時的監察人員要不畏於威嚇強權，也不屈於說情賄賂，軟硬皆不吃，正守於崗位上。

歷久彌新說名句

「柔則茹之，剛則吐之」，換句話說就是「吃軟不吃硬」，屬於人之常情。而老子在《道德經．四十三章》中說：「天下之至柔，馳騁天下之至堅。」闡釋「柔以克剛」的道理，唯有至柔之人才能驅使天下至堅、至剛的人物，巧妙迂迴地達到目的。所謂「世事如棋，進退有時」正是道家思想中所要傳達人生修為的態度，若能將「以靜制動，以柔克剛，避實就虛」的功夫，運用到現實生活當中，即能委婉而周全地應付世道。

宋代文壇領袖歐陽修有一則小故事。歐陽修小時由寡母撫養長大，母親以荻畫地教他讀書識字，他一點一滴努力學習，這樣艱苦的環境造就他剛強不屈的精神。歐陽修成名之前，有一老者看他將來必成大器，但恐怕個性過於剛硬，難免遭遇挫折，於是老者便開導他說：「齒剛唇柔，剛者不如柔者久，柔能克剛。」當時歐陽修年紀尚小，不懂老者話中的深意，以為老人在諷刺他，因此回答道：「眉先鬚後，先生何似後生長，後來居上。」回敬老人家是倚老賣老，顛倒不清。老者聽罷笑笑離去，心中感慨這真是一塊剛硬的璞玉。

德輶如毛，民鮮克舉之

名句的誕生

人亦有言，德輶[1]如毛，民鮮[2]克舉之。我儀圖[3]之，維仲山甫舉之，愛莫助之。袞職[4]有闕[5]，維仲山甫補之[6]。

～大雅・烝民

完全讀懂名句

1. 輶：音ㄧㄡˊ，yóu，輕。
2. 鮮：少的意思。
3. 儀圖：思量，揣摩。
4. 袞職：天子德政之事。袞，音ㄍㄨㄣˇ，gǔn，藉指天子。
5. 闕：通「缺」，缺失。
6. 補之：補天子之失。

語譯：人們常常說，品德彷彿比羽毛還輕，卻鮮少有人舉得起。我揣摩這句話，只有仲山甫做得到，且為善不求人見。天子若職德有缺，只有仲山甫能補正。

名句的故事

後世經常使用類似「德輶如毛」的比喻方式，來說明即使事情簡單輕易，但仍少有人達成。漢代史家司馬遷，在身心俱受折磨之下，寫下鉅作《史記》，將個人的抱負理想完完整整訴諸歷史。當他回顧在漢武帝面前，因替李陵辯護卻招致自宮刑罪，不禁感慨萬分說道：「人固有一死，或重於泰山，或輕於鴻毛，用之所趨異也。」當時司馬遷有兩個選擇，一是服刑自裁，以死殉節；另一則是採用漢代的贖罪之刑，以自宮來免除刑責，結果他選擇了後者。司馬遷並非畏懼死亡，而是認為自己於人世間的職責未了，不容輕言死亡，只能背負著屈辱，艱辛刻苦地完成寫史的使命。

歷久彌新說名句

明朝有位大臣于謙，他的人生波折起伏甚大。明英宗在土木堡之變時被外族瓦剌人擄走，朝廷上下紛亂不安，當時有大臣建議遷都南方以避禍端，唯于謙堅決固守京師，且擁護英宗的弟弟為王，即明景帝。然而瓦剌並未如宋朝「靖康之難」般將皇帝監禁於當地，不久就釋放了英宗。英宗返回朝廷後，場面當然有點尷尬，景帝該何去何從呢？好不容易登上皇位並握有實質大權，哪能輕易拱手讓人？

在一番掙扎與英宗「識大體」退位登上太上皇寶座之後，暫時解決了這個問題，然而兩兄弟私底下仍是明爭暗鬥。後來景帝病危，英宗趁機復辟，奪回政權，並清算當初擁立景帝之臣，包括抗瓦剌名將于謙，當朝賜死。回顧于謙一生，留下許多關於堅守名節的詩文，例如〈無題〉中的「名節重泰山，利欲輕鴻毛」，說明他個人的堅持是輕小利、重名節。然而明英宗無法體諒于謙當時基於國家安定所作的考量，重新翻案定罪，導致忠孝為國的大臣萬念俱灰，明代後期的朝政也就每下愈況了。

唐代詩人李頎在送別友人的〈送陳章甫〉一詩中，讚賞陳章甫的志節操守與豪爽作為，其中有詩句：「東門酤酒飲我曹，心輕萬事皆鴻毛。醉臥不知白日暮，有時空望孤雲高。」李頎讚嘆陳章甫豪放不羈，能以灑脫的心境看待萬物，一切皆宛如鴻毛般輕。其實只要不去錙銖必較，擺脫自我束縛，身臥躺於大地，頭仰望著孤雲，便能重新定義人與自然的關係，雍容再現。相較於于謙的「名節重泰山，利欲輕鴻毛」，李頎在此以「心輕萬事皆鴻毛」作為比喻，陳章甫的修為顯得更是快意暢然。

允文允武，昭假烈祖

名句的誕生

穆穆[1]魯侯，敬明[2]其德，敬慎威儀，維民之則[3]。允[4]文允武，昭假[5]烈祖，靡[6]有不孝，自求伊祜[7]。

～魯頌・泮水

完全讀懂名句

1. 穆穆：美好。
2. 敬明：敬慎修明。
3. 則：法則。
4. 允：果真，的確。
5. 昭假：昭告，表達明誠之心。
6. 靡：無，不。
7. 祜：音ㄏㄨˋ，hù，福分。

語譯：美好的魯侯呀，臣子都敬重他的德行、敬畏他的威嚴，他是百姓效法的榜樣。魯侯既有文德又有武功，足以光耀列祖列宗。百姓沒有不盡忠盡孝的，希望為自己求得一樣的福氣。

名句的故事

魯僖公在武功方面頗有斬獲，參加了幾次會盟與九合諸侯等春秋大事。之後便在魯國都城泮水岸邊，築起了規模宏大的泮宮，以培養魯國的文人。魯國的泮宮是當時諸侯國中最早設立的學校，後來各諸侯國也爭相仿效。《禮記・王制》中記載：「大學在郊，天子曰辟雍，諸侯曰泮宮。」諸侯設的學宮叫做「泮宮」，天子所設的大學則稱為「辟雍」。漢朝大儒鄭玄指出，「泮」就是「半」的意思，因為泮宮的規模是辟雍的一半。

《毛詩正義》記載：「泮水，頌僖公能脩泮宮也。」〈魯頌．泮水〉這首詩是稱頌魯僖公修繕泮宮。事實上從詩中也能看到，魯僖公出征淮夷得勝之後，在泮宮慶功祝捷的情景。泮宮讓魯僖公有了文武雙全的形象，可以光耀祖宗，振民育德，威儀天下。泮宮也成了教育文化的象徵，位於泮宮東西門以南的水池，稱為「泮池」，「泮池」也是孔廟特有建築，呈半月形，池上的橋稱為「泮橋」。

明清時代，府、州、縣的學宮中也都規畫有泮池。凡是考中秀才，就可以取得入學資格，稱為「進學」或「入泮」；入學宮時必須拜謁孔子，稱為「遊泮」。

歷久彌新說名句

允文允武是一個美好的人格形象。中研院歷史學家邢義田先生，便發表過一篇〈允文允武——漢代官吏的一種典型〉，探討出仕者如何在社會上、官場進退中，維持其允文允武的典範。而這不只是做官者追求的目標，當皇帝也是一樣。《清史稿．本紀》中便記載史家對清太宗皇太極的評價：「太宗允文允武，內修政事，外勤討伐，用兵如神。」

至於現代，允文允武的領導者又有何等作為呢？在一篇關於布拉格的旅遊報導中提到：「捷克另一段為人所津津樂道的佳話，來自允文允武的劇作家總統哈維爾（Vaclav Havel）。」因為哈維爾不僅熱愛寫作，還親手設計城堡守衛的制服，當年他曾因帶頭反對共產黨而遭到多次拘禁。一九八九年柏林圍牆倒塌，東歐共產政權瓦解，哈維爾就是捷克「和平革命」的靈魂人物，並任職捷克總統十三年。

「允文允武」是一種全人教育的典範，大陸建校八十多年的南開大學，校訓就是「允公允能，日新月異」，其中「允公允能」意指既有德性，又有才識，才德兼備。這源自《詩經》的精神在今天成為莘莘學子的人生指引。

黃髮鮐背，壽胥與試

名句的誕生

黃髮鮐背[1]，壽胥[2]與試[3]。俾爾昌而大，俾爾耆[4]而艾[5]。萬有千歲，眉壽[6]無有害。

～魯頌．閟宮

完全讀懂名句

1. 黃髮鮐背：長壽的老人，也泛指老人。黃髮，老年人頭髮由白轉黃；鮐背，老人背上的斑點如鮐魚背般。
2. 胥：相，互相。
3. 試：比擬，比較。
4. 耆：音ㄑㄧˊ，qí，本指六十歲的老人，後通稱老人。
5. 艾：比喻老人、長壽者。
6. 眉壽：長壽。眉，镾字的假借，長也。

語譯：黃髮鮐背的長壽者，可與他們相比擬。神明使您昌榮盛大，使您長命高壽。您能夠活到千歲，長壽而無災難。

名句的故事

《詩序》有言：「閟宮，頌僖公能復周公之宇也。」〈閟宮〉這首詩是藉由新廟的落成，稱讚魯僖公緬懷先祖，安邦興業。因為周公的兒子伯禽當初就是被周武王分封在魯，是魯的先祖，所以追封周公的意義相當重大。僖公建立周公廟，廟中尊祭的先祖追溯到周王朝的遠祖姜嫄、后稷、太王、文王、武王、成王、周公等等。魯僖公慎終追遠，讓魯國的百姓也都能夠得到福德，長壽快樂，因此魯國人感動地做了這首詩。

〈魯頌．閟宮〉從周始祖姜嫄因為守貞而受上天眷顧，生下周朝的祖先后稷；后稷掌管五穀、教導百姓種植，延續了上天的福氣給太王；太王保護百姓，對抗暴虐的商朝君主，承接了上天的德澤；而文王、武王推翻商朝，取得天下，並十分照顧百姓；一直到周公分封天下，傳承祭祀祖先的大禮，讓周朝祖先的福德能夠澤及百姓。因此，魯國人對祖先與老者的智慧，都特別重視。

黃髮跟鮐背，都是用來形容老人。「鮐」是一種魚類，因為有兩個背鰭，第一個背鰭完全由細弱鰭棘組成，能折疊於背溝內，第二個背鰭和臀鰭後方各有小鰭五個，背側青黑色。有人稱長壽的人為「鮐背之年」，意思是說，老人褶皺的皮膚就好像是鮐魚背的斑紋一樣。

歷久彌新說名句

劉向《新序．雜事第五》記載了一則小故事。話說春秋戰國時代，年已七十歲的楚丘先生前去拜見孟嘗君，行走之間步履蹣跚，孟嘗君便說：「先生您年歲已高，有什麼指教呢？」楚丘一聽立刻反駁，如果是騎馬追趕、射箭獵鹿，那真的是老了，但如果是：「出正辭而當諸侯乎？決嫌疑而定猶豫乎？吾始壯矣，何老之有！」楚丘的意思是，若要他處理外交談判、決策定奪之事，他可是正當壯年之際呀！孟嘗君聽了之後，十分羞愧。

劉向在文末評論：「詩曰：『老夫灌灌，小子蹻蹻。』言老夫欲盡其謀，而少者驕而不受也。秦穆公所以敗其師，殷紂所以亡天下也。故書曰：『黃髮之言，則無所愆。』詩曰：『壽胥與試。』美用老人之言以安國也。」意思是，《詩經》中說，年長者誠懇地要貢獻他的智慧，年輕人卻驕傲地不當一回事，就好像當年秦穆公、商紂王不聽老臣之言，導致失敗。所以《尚書》認為，老人的勸勉是不會錯的，《詩經》也才說：「壽胥與試。」老人的見解可以指引國家的方向呀！

好樂無荒，良士瞿瞿

名句的誕生

蟋蟀在堂[1]，歲聿[2]其莫[3]。今我不樂，日月其除。無已[4]大康[5]，職[6]思其居[7]。好樂無荒，良士瞿瞿[8]。

～唐風・蟋蟀

完全讀懂名句

1. 堂：正房，大廳。
2. 聿：音ㄩˋ，yù，發語詞，有「已經」的意思。
3. 莫：音ㄇㄨˋ，mù，「暮」的古字，指日落、黃昏，有結束之意。
4. 已：過度，過分。
5. 大康：康樂，安樂。
6. 職：希望之意，常用於句首。
7. 居：所處的地位與責任。
8. 瞿瞿：音ㄐㄩˋ，jù，提高警覺，驚懼害怕的樣子。

語譯：蟋蟀進了堂屋，一年又快到歲末。如果現在不及時行樂，光陰便要一去不復返。行樂不可太過度，要記著自己的地位與責任。行樂不能荒廢正業，賢士要提高警覺。

文章背景小常識

話說周成王還小的時候，和最小的弟弟叔虞在梧桐樹下玩耍，當時周成王撿起地上的梧桐樹葉，撕成像玉璽一般，然後告訴叔虞：「你讓我當馬騎，我就把晉水邊上的土地給你。」沒想到輔政的周公聽見這玩笑話，認為君無戲言，便真的封叔虞於唐地，這就是著名的「桐葉封弟」的故事。

由於叔虞廣施周禮，積極開發農田水利，人民生活富足，締造「唐國封桐七百年，一戎衣而有天下」的盛況。而叔虞的兒子燮父，後來遷都到現今太原晉水之旁，所以將「唐」改為「晉」，晉國後來發展為春秋五霸之一。

〈唐風〉共十二篇，是晉地的詩歌，晉國疆域雖大，多為高原高山，民風淳樸，勤儉務實，也較具有憂患意識。〈唐風〉首篇〈蟋蟀〉就是晉國民風的代表作。

名句的故事

關於〈唐風．蟋蟀〉，有一說法是此詩在諷刺晉僖公太過節省，不合乎禮節。由於晉國民風節儉樸實，晉又處地脊之區，人民也特別勤勉農耕。〈蟋蟀〉的作者一方面勸晉僖公要及時享樂，另一方面則請他懂得節制，因為當時正值西周的「共和時代」，給北方外患犬戎製造了可進犯的機會，讓晉國的國土安危，受到無比的威脅。

所謂「蟋蟀吟於始秋」，「蟋蟀在堂」這個時序應該是九月、十月的秋天季節，轉眼就要進入歲末，也是「役車休、農功畢，無事也」，古人傳統歲末休養生息的季節。所謂的「役車」是指守衛邊疆士兵所乘坐的車子，「役車休」就是鬆懈了邊防戍守的工作，但是北方犬戎的威脅並沒有因為歲末而降低，因此詩人有了警戒之心。

〈唐風．蟋蟀〉全詩共分三章，每章皆以「蟋蟀在堂」為起首，感嘆歲月匆匆流逝，人生苦短，行樂應及時。最後都有「好樂無荒，良士瞿瞿」、「好樂無荒，良士蹶蹶」（行樂不能荒廢正業，賢士要勤勞刻苦）、「好樂無荒，良士休休」（行樂不能荒廢正業，賢士要知所節制）一番戒語。以感物傷時為開頭，以自我警惕來收尾，足見詩人思慮之深啊！

歷久彌新說名句

戰國時期，楚國的將領子發率兵攻打秦國時

斷了糧，因此派遣使者返回楚國補給，順便探望母親。子發的母親從使者口中得知，士兵們吃的是豆子蔬菜，而將軍兒子餐餐有菜又有肉。對此，她非常生氣，甚至子發打勝仗回家時，她都不願意開門，並嚴厲地訓誡他一番。

子發的母親說：「《詩經》上面不是說：『好樂無荒，良士休休。』享樂不可過度，知所節制才是賢士。她怒斥子發，士兵出生入死，將領自己卻吃好用好，即使打了勝仗，也不是件光榮的事，因此她不認子發是自己的兒子。子發聽完後慚愧萬分，向母親請罪。

《舊唐書．儒學傳下》也提到一則故事。有一次，唐中宗設宴邀請幾位近臣，讓大家展現才藝，取笑玩樂一番。有人誦佛經，也有人跳舞，只有一位國子學士郭山惲朗誦古詩兩篇，其中一篇就是〈蟋蟀〉，就當他唸到「好樂無荒」時，在場的中書令李嶠認為有諷刺之嫌，便出言制止他唸下去。沒想到隔天上朝時，唐中宗在眾臣面前，褒揚郭山惲能夠即時規勸、匡正得失，於是給予他一番賞賜。

詩經100

多識於鳥獸草木之名

關關雎鳩，在河之洲。窈窕淑女，君子好逑

名句的誕生

關關[1]雎鳩，在河之洲[2]。窈窕淑女[3]，君子好逑[4]。參差[5]荇菜[6]，左右流之。窈窕淑女，寤寐[7]求之。求之不得，寤寐思服[8]。悠哉悠哉，輾轉反側。

～周南・關雎

完全讀懂名句

1. 關關：狀聲詞，雌雄禽鳥相和的鳴聲。
2. 洲：水中的陸塊。
3. 窈窕淑女：體態美好又有德性的女子。
4. 好逑：好配偶。
5. 參差：長短不齊的樣子。
6. 荇菜：音ㄒㄧㄥˋ，xing，水草名，可食用。
7. 寤寐：寤，覺醒；寐，入眠。
8. 思服：思念。

語譯：在河中的沙洲上，有水鳥兒在那兒咕咕合鳴著。那位美好的姑娘，就是我的最佳伴侶。長長短短的荇菜，在水中左右漂流。那位美好的姑娘啊！真讓我朝思暮也想。追求她不成，白天晚上都想著她。唉！這漫長的夜啊！翻來覆去怎麼也睡不著。

文章背景小常識

〈周南・關雎〉是整部詩經的第一篇。正因為處在這麼重要的位置，歷來的經學家對〈關雎〉篇有許多精微的闡述。漢代《毛詩序》（即毛公對《詩經》的解釋）說〈關雎〉是

「后妃之德也，風之始也，所以風天下而正夫婦也」。這裡的后妃指的是周文王的妃子太姒。《毛詩序》認為〈關雎〉篇的主旨在讚美后妃的德行。周文王的妃子見到窈窕淑女便寤寐思求，希望能為文王增添一個好對象，絲毫沒有自己專寵的私心，所以〈關雎〉篇是拿來給普天下夫婦做示範的。

另外一位解經家申培有不同的看法，他說：「后夫人雞鳴佩玉去君所。周康后不然，詩人歎而傷之。」申培認為一般皇后妃子都是早上雞鳴就趕快離開國君的身旁，而周康王的皇后卻不遵禮法，致使康王晚起誤了朝政，〈關雎〉是詩人感嘆這種現象而作的。

這種認為《詩經》是「經夫婦，成孝敬，厚人倫，美教化，移風俗」的思想一脈相傳，直到宋代的朱熹仍然如此，這就是古代的經學大義。

近代則比較多人把〈關雎〉解為「吉士懷春」的愛情詩。見到了河中沙洲雌雄合鳴的水鳥，便想起佳人，相思之苦，讓人晚上輾轉反側難以成眠，這不正是談過戀愛的人都能體會的啊！正因如此貼近一般人的經驗，這首〈關雎〉能夠一再被傳誦，直到今天，仍然是許多人琅琅上口的一首詩。

名句的故事

詩經中有所謂的賦、比、興三種寫作技巧。賦是直述法，比是比喻法，興是觸景生情或觸物起情的聯想法，〈關雎〉就是很典型的興體寫法。依近代愛情詩的解法，整篇可以看成戀愛四部曲。

第一部是「邂逅」，在風光明媚的日子裡，男子見到合鳴的水鳥，這時他邂逅了夢中情人，並決定要展開追求的行動。

第二部是「相思」，河中的荇菜隨著水流搖擺不定，正像男子紛亂的思緒，不知如何才能得到佳人的青睞，因而他徹夜未眠。

第三部是「交友」，這時水中的荇菜已經是「左右采之」，不就暗喻君子跟佳人已經「搭上線」了嗎?君子追求的方法約莫是打聽佳人的興趣，得知她喜好音樂，君子便與她「琴瑟友之」，一起彈奏樂器、作朋友。

第四部是「成婚」，這時荇菜已到了「左右芼之」的地步，也就是經過摘採之後，接著要進一步煮食它。最後君子以「鐘鼓樂之」舉辦結婚儀式來與佳人共成連理。

當然，最後兩部曲是否實際發生或只是男子在失眠夜晚所擬出的作戰計畫，我們不得而知。不過，這樣的進展滿符合溫柔敦厚的程序，所以孔子說〈關雎〉是「樂而不淫，哀而不傷」，有戀愛的美好快樂卻不會太過縱容情緒，有相思的哀愁卻也不致太過放肆。這樣中正平和的涵養正是中國人所欣賞的美感。

歷久彌新說名句

窈窕與苗條，這兩個詞語看似接近，實則還是有所區別。現在提到「窈窕淑女」，恐怕許多人會想到七〇年代由奧黛麗赫本主演的「My Fair Lady」，故事敘述一位粗俗的賣花女，經由一位語言學教授的調教後，搖身一變成躋身上流貴族社會的大家閨秀。這部電影片名中譯為「窈窕淑女」，正可說明窈窕的含義。揚雄《方言》解釋：「美心為窈，美狀為窕。」王肅曰：「善心曰窈，美容曰窕。」可見窈窕不光是外表的美麗，還包括內心的美善。奧黛麗赫本主演的賣花女，外表之美不言而喻，粗俗的言詞反映了女主角的社會階層，而藉由改善一個人的談吐及遣詞用字，以提升內在品質，正是語言學教授的專長所在。

窈窕這個詞從《詩經》出現開始，歷代引用甚多。有趣的是，這個詞偶爾也有跟美善相反的意思，例如《後漢書．烈女傳．曹世叔妻傳》：「入則亂髮壞形，出則窈窕作態。」這裡的窈窕是形容妖冶的樣子，跟〈關雎〉中的窈窕淑女不可相提並論。

此外，窈窕也可運用在自然景物上，形容深遠的樣子。在郭璞描繪長江的〈江賦〉中有：「潛逵傍通，幽岫窈窕。」岫指山洞、岩洞。郭璞以窈窕來形容山上岩洞的深邃。又如陶淵明的〈歸去來辭〉：「既窈窕以尋壑，亦崎嶇而經丘。」陶淵明歸園田居之後，在農閒之時尋幽訪勝，這裡的窈窕便是形容山路幽深的樣子。

與窈窕相較，苗條的意思就簡單多了。基本上就是形容女子的體態細長、曲線優美。不過這個詞語得到了元代以後才比較常見於屬於民間的小說及戲曲中。例如《紅樓夢》第三回王熙鳳進場時是這麼描述的：「一雙丹鳳三角眼，兩彎柳葉吊梢眉，身量苗條，體格風騷，粉面含春威不露，丹唇未啟笑先聞。」

所以窈窕指的是內外兼修的美，而苗條說的是體態上的輕盈。兩者雖然近似，意思可是有高下的區別唷！

螽斯羽，詵詵兮。宜爾子孫，振振兮！

名句的誕生

螽斯[1]羽，詵詵[2]兮。宜爾子孫，振振[3]兮！螽斯羽，薨薨[4]兮。宜爾子孫，繩繩[5]兮！螽斯羽，揖揖[6]兮。宜爾子孫，蟄蟄[7]兮！

～周南‧螽斯

完全讀懂名句

1. 螽斯：蝗蟲的一種，善產子。螽，音ㄓㄨㄥ，zhōng。
2. 詵詵：音ㄕㄣ，shēn，聚集，眾多的樣子。
3. 振振：繁盛的樣子。
4. 薨薨：音ㄏㄨㄥ，hōng，形容群飛的聲音。
5. 繩繩：比喻綿延不絕。
6. 揖揖：聚會在一起。
7. 蟄蟄：音ㄓˊ，zhí，多的意思。

語譯：螽斯翅膀張，成群聚一堂，祝你子孫昌盛成群。螽斯翅膀張，聲音哄哄響，祝你子孫眾多綿長。螽斯翅膀張，紛紛聚一起，祝你子孫盈千又累萬。

文章背景小常識

這首〈螽斯〉節奏輕快、內容簡潔，並採用許多疊字，讓唱者氣勢磅礴、聽者聞之會意一笑。〈螽斯〉一詩從題名、宜爾子孫都可以看出是祝福新人多生貴子的賀文。中國古代社會以農業為主，生產力的來源多靠人力，因此多子多孫是當時經濟運作、社會傳承的重要條件，從螽斯善產子為譬喻，祝福他人子孫昌茂，開枝展葉，符合當時社會期望。

本首詩運用到許多今天一般較少見的詞彙，如詵詵、振振、薨薨、繩繩、揖揖、蟄蟄，其實在古代這些詞語也是相當特別的。經由後世學者的考證，當時的民風用語並沒有這種形容的方式，古代多將詵、振、薨、繩、揖、蟄當作單詞，各自有其本意，而且都不具備「多」的含義，而由於詩人豐富的創造力，煉用新字，賦予它們新生命，而成為形容「眾多」、「繁盛」的生動字眼。

名句的故事

螽斯是蝗蟲的一種，與蛐蛐、紡織娘、蟋蟀有相似的體型特徵，觸鬚細長、綠褐色，雄性有發音器，雌性則有聽器與產卵管，是一種喜於草叢中生活的昆蟲。古人注意到螽斯善產卵的特徵，於是在語言運用上便有以螽斯來譬喻子孫眾多的說法，例如成語「螽斯衍慶」，衍指延續，是頌揚對方子嗣繁盛的賀詞；另外還有「喜比螽斯」，希望對方能像螽斯一樣後代子孫滿堂。在現代這些成語比較少見，原因不外乎經濟環境變遷，從農業轉入工商業社會，對於人力的需求不同，家庭結構也隨之改變。然而在今天人口高齡化的發展下，鼓勵生產似乎又成一股趨勢，也許「螽斯」的典故與詞語將有「文藝復興」的一天呢！

關於螽斯還有一段慈禧太后與光緒皇帝的小故事，牽涉到清朝皇宮中的一座「螽斯門」。由於光緒皇帝並非慈禧太后的嫡生子，為了控制皇帝的意向，慈禧太后強迫光緒娶她自己妹妹的女兒為皇后，以作為耳目。儘管光緒皇帝並不喜歡，但無力反抗老佛爺的指示，雖然娶了隆裕皇后，卻一丁點兒也不想踏入她的寢宮。慈禧太后知道這個情形後，趁著光緒來請安之際，述說了螽斯門的來歷。據說清宮內的螽斯門源於明朝，由於具有象徵皇室子嗣旺盛的意義，因此沒有拆毀。慈禧太后藉此教誨光緒帝，光緒知道太后暗裡所指，於是趕緊表示知錯，承諾會與皇后加緊努力，然而光緒皇帝終其一生並無子嗣。

歷久彌新說名句

故宮博物院有個鎮宮之寶「翠玉白菜」，如同大家所知是一塊雕刻精細的碧玉，以晶瑩剔透的灰白玉為主體，上端含有著部分翠綠的輝玉，因此工匠以巧手細細雕刻出白菜翠綠的紋折、菜葉，將白色的部分當作梗部，整體呈現鮮嫩欲滴的視覺效果。談到翠玉白菜，除了雕刻精細的白菜外，最特別的應該是白菜上頭那兩隻活靈活現的螽斯，由於螽斯有多產的意象，翠玉白菜也蘊含著子孫眾多的意義。翠玉白菜來自於清末光緒帝瑾妃永和宮的收藏品，據說是瑾妃出嫁的陪嫁，取白菜晶瑩剔透象徵女性貞節純白無瑕，螽斯代表多子多孫，以此祈福未來能為皇族開枝展葉。但如「螽斯門」故事所言，光緒帝並無子嗣，瑾妃的願望是落空了。

故宮博物院的另一項收藏品「草蟲瓜實圖」，是宋代時期的吉祥畫，畫中描繪瓜熟蒂落、螽斯聞香而來的景象，也引喻有「瓜瓞綿綿」、「螽斯衍慶」的吉祥意涵。這幅畫採取簡單的構圖，以團扇圓弧的畫絹為體，將一顆大瓜置放於圖絹中下方，上頭再以翻捲瓜葉、站立的昆蟲螽斯來增色，給平面的圖畫點綴出生命活力。作者以精細的筆法，將瓜葉、瓜鬚（綿延蔓生）、瓜果（多子）、螽斯（生產力旺）栩栩如生地勾繪出來，觀者彷彿親臨現場，即將聞到瓜破撲鼻而來的香味，看到碩大螽斯正站在瓜葉頂上準備吸食汁液、食啃瓜肉呢！

蒹葭蒼蒼，白露爲霜。所謂伊人，在水一方

名句的誕生

蒹葭[1]蒼蒼[2]，白露為霜。所謂伊人[3]，在水一方。溯洄[4]從之，道阻且長；溯游[5]從之，宛[6]在水中央。

～秦風．蒹葭

完全讀懂名句

1. 蒹葭：音ㄐㄧㄢ ㄐㄧㄚ，jiān jiā，即現在所說的「蘆荻」。
2. 蒼蒼：深青色，形容蘆荻很多的樣子。
3. 伊人：那個人。
4. 溯洄：逆著水流。
5. 溯游：順著水流。
6. 宛：彷彿。

語譯：河邊的蘆荻叢生，一片青青，白露已經結成了霜。那個我所思念的人兒啊，在河水的另一方。想要逆流而上去找他，這道路是如此險阻而又漫長；順著水流去找他，他就好像在河水的中央。

文章背景小常識

這首〈蒹葭〉出自《詩經》中的「秦風」。所謂「秦風」，就是當時在秦國流行的歌謠。秦人尚武，因此秦風中的歌謠多半是描寫車馬畋獵，氣氛質樸慷慨，如〈無衣〉的「豈曰無衣？與子同袍」（誰說沒有軍衣穿？我和你同一件戰袍），即被認為是典型秦國的風格。現今軍人還互稱同袍，就是源於此處。

在這種好戰樂鬥的地方，忽然出現像〈蒹葭〉

這種高曠之作，前人認為一定是有所寄託。《詩序》認為這首詩是在諷刺秦國位處西周舊地，卻不以禮樂教化為務，而經營甲兵征戰。周朝的賢臣遺老，隱居水濱，詩人作詩，感嘆賢人不適於當世之用，有不勝惋惜之情。

其實詩的意境即在「言有盡而意無窮」，這首詩的措辭婉秀雋永，音節流轉優美，使人百讀不厭。詩中的「佳人」究竟為何？可由讀者依心情處境之不同去自由聯想，這首詩可以是情詩，可以是懷友詩，也可以是求賢招隱之作。深秋中翻飛的蘆葦，煙水與霜露交織的迷茫，詩人踽踽獨行，懷抱對佳人的想望。這樣高逸出塵的意境，無怪乎前人評〈蒹葭〉為詩三百中抒情詩的代表作。

名句的故事

二十世紀的三〇年代，楊振聲先生擔任青島大學校長，有一次他聽說胡適先生要乘船到上海，便請他順道到青島演講。胡適的船到青島附近海上，剛好遇上暴風雨，輪船無法靠岸，胡適便給楊振聲拍了個電報，上面只有五個字：「危在水中央」，就是化用〈蒹葭〉的「宛在水中央」一句。楊振聲也很幽默，收到電報後，便回了只有兩句的電報：「盈盈一水間，脈脈不得語。」這是古詩十九首中「迢迢牽牛星，皎皎河漢女」的最後兩句。老先生厚積薄發，信手拈來皆是生花妙筆之作，令人莞爾。

鄧麗君曾經翻唱過〈在水一方〉這首歌，歌詞是瓊瑤寫的，與詩經的原句不太相同，瓊瑤寫的歌詞是：「綠草蒼蒼，白霧茫茫，有位佳人，在水一方。」大陸二〇〇三年在中央電視台上演的連續劇「金粉世家」，改編自張恨水的小說，號稱大卡司大製作，但是在前兩集中就「露餡兒」了，劇中人物朗誦〈蒹葭〉一詩，卻唸成瓊瑤寫的歌詞，經典劇中發生這種不該出現的錯誤，一時被傳為笑談。

歷久彌新說名句

〈蒹葭〉中的「白露為霜」，點出了深秋的氛圃。中國二十四節氣裡，「秋分」之後就是「寒露」、「霜降」，此時萬物景象逐漸蕭條，加上以農為主的古代社會進入農閒時期，所以要舉行征戍、徭役、刑殺等，人的心理活動加上物候交替的影響，使得戰國時代辭賦家宋玉的一句：「悲哉！秋之為氣也，蕭瑟兮草木搖落而變衰。」開啟了中國古代文學的悲秋主題。有句話說：「『心』上有『秋』，意便成『愁』。」反映了此悲秋的感受與思想。在這種草木搖落的季節，更引人思念之情，清代杭謙有〈寒露日作詩〉云：「蒹葭江上欲為霞，秋老淮南月色涼。身在客中偏病酒，夢回那得不思鄉？」

德國寫實主義作家施托姆（Theodor Storm，一八一七至一八八八）的小說《茵夢湖》（*Immensee*），以「情」字為主題，描繪了一段情感經驗。書中的女主角伊麗莎白，就是作者年輕時候的愛侶貝爾塔，書中的男主角萊恩哈德，或許就是作者的自況。

茵夢湖中那朵白色的睡蓮，男主角涉水求之而不得，寓意了愛情的遙遠，與〈蒹葭〉的「所謂伊人，在水一方」頗為神似，因此許多詩人都將兩者相提並論。例如陳義芝的〈蒹葭〉一詩：「……亭亭那朵，在蒹葭的水域／在孤鷺斜飛的水中央／我偷眼望著，欹欹垂淚／費神地／為夜空繫上一顆顆／晦澀的星結／此後／應溯洄而上或溯游而下／應褰裳涉水或放棹流渡／啊，泠泠的弦音仍不斷從上游漂來／我隨手截撈，默默地咀嚼／白蓮清芬／萬種的風華。」在此詩中，便把古典的〈蒹葭〉與近代茵夢湖中的蓮花作了完美的結合。

野有死麕，白茅包之。有女懷春，吉士誘之

名句的誕生

野[1]有死麕[2]，白茅[3]包之。有女懷春[4]，吉士[5]誘之。林有樸樕[6]，野有死鹿。白茅純束[7]，有女如玉。舒[8]而脫脫[9]兮，無感[10]我帨[11]兮，無使尨[12]也吠。

～召南　野有死麕

完全讀懂名句

1. 野：郊外。
2. 麕：音ㄐㄩㄣ，jūn，獸名，獐，鹿屬，無角。
3. 白茅：茅草的一種，三四月開白花，根部很長，白軟如筋而有節，古代常用來包裹祭品。
4. 懷春：指少女情感萌芽，有求偶之意。
5. 吉士：男子的美稱。
6. 樸樕：叢生小樹。樕，音ㄙㄨˋ，sù。
7. 純束：一併捆起來。純，音ㄊㄨㄣˊ，tún，通「捆」。
8. 舒：徐緩。
9. 脫脫：遲緩。脫，音ㄉㄨㄟˋ，duì。
10. 感：為古「撼」字，撼動、掀動。
11. 帨：音ㄕㄨㄟˋ，shuì，女子繫於腰間，前垂至膝的佩巾。
12. 尨：音ㄇㄤˊ，máng，多毛之犬。

語譯：郊野地上有隻死獐，用白茅草包裹好。有個少女懷著春心，年輕男子逗引她，希望成為她的情人。森林裡小樹叢生，野地上有隻死鹿。以白茅草捆住死鹿，年輕男子想著那

純潔如玉的少女。輕輕地、慢慢地，不要掀動我的佩巾呀！不要驚動狗叫出聲呀！

文章背景小常識

此為年輕男女相悅之詩，詩中第一章「死麕」為古代捕鹿的誘餌，又稱「鹿媒」。第二章的「鹿」與「麕」同為鹿屬之獸，意指年輕男子希望藉麕鹿為禮，打動純潔少女的心。末章則白描少女心理，懷春少女經不住男子一再慫恿，兩人在野地叢林相會，少女先輕聲囑咐男子動作放輕放慢，又要求男子別掀她裙上的佩巾，才不至驚動狗的叫吠。少女這段如嗔似羞的話語，已把她之前「少女懷春」、「有女如玉」思春與純潔的形象，化為寫實生活的言語，淋漓表現初戀少女對異性的想像、害羞與渴望，既興奮又緊張，情緒錯綜複雜。

名句的故事

從〈召南．野有死麕〉的內容，清楚可見這是先民歌唱男女情愛的詩篇。然而在西漢毛亨的《毛傳》、東漢鄭玄的《毛詩箋》，以及唐代孔穎達的《毛詩正義》中，都一致認為〈野有死麕〉是「惡無禮」之詩，解釋詩中少女，希望男子依禮前來，兩人才可媒妁而婚，但男子卻等不及媒合之期，急於對她非禮相向，少女厭惡男子無禮行徑，故厲聲斥止。

到了南宋，朱熹《詩集傳》又將前人注疏發揚光大，直指此為「女子拒之之辭」，「其凜然不可犯之意，蓋可見矣」。〈野有死麕〉中的懷春少女，在歷代諸位經學大師的詮釋下，竟成了一位忠貞剛直、不畏強暴的烈女。直到清代，沿襲千年之久的貞潔烈女之說，才逐漸被推翻，〈野有死麕〉得以回歸純真本質，還給這對戀愛中的少女、吉士本來面目。

《左傳．昭公元年》（西元前五四一年）記載，晉國大夫趙孟、魯國大夫穆叔，以及曹國大夫一同前往鄭國，鄭簡公設宴款待各國貴賓。在宴會上，穆叔賦〈召南．鵲巢〉讚美趙孟賢能之德，意指晉國能成為眾諸侯的領袖，全都功在趙孟；又賦〈召南．采蘩〉，暗示魯、鄭、曹等小國，如蘩菜般渺小，但晉國能對小國愛護不棄。穆叔送給趙孟一頂高帽子，透過這番稱讚恭維，實想確保自身小國的安全。鄭國上卿子皮，知悉穆叔的用意，也賦唱了〈召南．野有死麕〉末章，將詩中少女要求情人不要掀其佩巾，別驚動尨犬吠叫，比喻趙孟為人尚禮崇義，絕不會非禮欺凌。

趙孟見大家對自己讚譽有加，心花怒放，回賦〈小雅．常棣〉，表示晉與各小國之間親如兄弟，又言「吾兄弟比以安，尨也可使無吠」，承諾將盡力保護小國，不會無禮相向。眾人聽到趙孟的保證，皆起身飲酒而拜，深表感謝。可見〈召南．野有死麕〉中的「無使尨也吠」，曾被古人引申為不可非禮之意。

歷久彌新說名句

歷來描寫女子「懷春」的作品非常豐富，但大多出自男性之手，表現男人所理解的女性情感，而由女性自己書寫其「懷春」感受的作品，相對較少。其中貴為皇后之尊，唐太宗之后長孫氏，就曾寫過一首春意盪漾的〈春遊曲〉，尤以首聯下句「蘭閨豔妾動春情」，刻畫豔美的懷春形象，又不失女子柔情。長孫皇后兼具賢德與智慧，雖僅在世三十六年，卻是唐代貞觀之治幕後一大功臣，從她的詩作，亦可見識這位令皇帝敬重、臣子愛戴的皇后，內心洋溢的風情萬種。

李清照是北、南宋之交的才女，與丈夫趙明誠感情甚篤，早期作品多有描寫夫妻小別、閨房少婦的思念之情，如〈蝶戀花〉上片「暖日晴風初破凍，柳眼梅腮，已覺春心動」，不但情景交融，並含蓄表達女子的春情款款。在趙明誠去世之後，女詞人的春情不減，從〈孤雁兒〉上片「沉香煙斷玉爐寒，伴我情懷如水。笛聲三弄，梅心驚破，多少春情意」，可見她仍懷抱滿腔似水柔情，無奈「春情意」早被「玉爐寒」、「梅心」的冰冷所淹沒，全化作無人堪寄的孤寂。如此淒然的春情，與情竇萌芽的春情，實有天壤之別啊！

焉得諼草，言樹之背

名句的誕生

其雨[1]其雨，杲杲[2]出日。願[3]言[4]思伯，甘心首疾[5]。焉得諼草[6]，言樹[7]之背[8]。願言思伯，使我心痗[9]。

～衛風・伯兮

完全讀懂名句

1. 其雨：該要下雨了吧。其，語助詞，表示推測之意。
2. 杲杲：音ㄍㄠˇ，gǎo，光明的樣子。
3. 願：這裡是思念的意思。
4. 言：這裡當作語助詞，無義。
5. 首疾：頭痛。
6. 諼草：即萱草，也就是金針花，古人認為食用可以忘憂，故又名忘憂草。
7. 樹：此處作動詞用，栽種之意。
8. 背：通古之「北」字，此指北堂，婦人所常居處之堂。
9. 痗：音ㄇㄟˇ，měi，病。

語譯：上天下雨吧！下雨吧！陽光如此的烈燄。思念呀！思念哥哥呀！頭痛也是我所心甘情願。哪裡可找到忘憂草，我要把它種在家中北堂。思念呀！思念哥哥呀！不絕的思念使我生出憂病！

文章背景小常識

此為〈衛風．伯兮〉的後兩章。在前面兩章，婦人一面極力讚揚丈夫出征在外的英勇，一面又低訴自己無心整理容顏的神傷，雖在表達她的隱憂，情意盡是含蓄委婉。但在這接下來的兩章，婦人顯然已無力承受與日俱增的思念，諸如「首疾」、「心痗」等身體不適的病痛，也都伴隨折磨人的憂思接踵而至，她不再故作堅強，直陳受思念牽絆的痛苦。她盼望上天下場大雨，但陽光總是熾烈如燄，不讓她如願；她又問何處有忘憂「諼草」，好讓她脫離止不住的憂傷。所謂「諼草」，不過是婦人想藉以「忘憂」的寄託物，事實上，只要丈夫仍遲遲未返，她終究還是難逃憂思纏繞的痛苦！從隱憂、懷憂到疾憂，到最後只能託交忘憂，詩人逐步揭開一個活在等待中的女人，飽受層層憂苦的歷程。

名句的故事

諼草，葉子狹長，枝頂端開出橙紅或黃紅色的花，屬於草本植物，又名萱草、金針、宜男草等，東漢許慎《說文解字》解其為忘憂草，明代李時珍《本草綱目》則記其有療愁功效。

三國時魏國的文學家，竹林七賢之一的嵇康，在《養生論》一書寫道：「合歡蠲忿，萱草忘憂，愚智所共知也。」意指枝葉密茂的合歡樹，風來輒可自解，不相牽綴，可使人拋棄忿恨，至於食用萱草，則有讓人忘記煩憂的功效。嵇康向來主張調養得理，以盡性命，是一位相當注重自然養生的文人，他不但肯定「萱草忘憂」的療效，並說明「萱草忘憂」是不分愚智都知曉的基本常識！

同是三國魏國的文學家兼音樂家，也是竹林七賢之一的阮籍，他留有十七首〈詠懷〉五言詩，其中一首有：「感激生憂思，諼草樹蘭房。膏沐為誰施，其雨怨朝陽。」明顯可見作者多引〈衛風．伯兮〉中的諼草、膏沐、憂思、雨、日等字語，描寫詩中女子對男子的傾心愛慕，卻造成無法自拔的痛苦。後人認為阮籍的〈詠懷〉是為諷刺魏國掌權大臣司馬昭，他以詩中女子對傾慕男子久念不忘、鍾情如一作為反喻，暗諷被皇帝倚重，且視為心腹的臣子，竟能乖離背君，心存叛意，情操遠不如弱女子。如此隱微曲折之筆，應是阮籍生在那個禍患時代，為求自保的情非得已。

歷久彌新說名句

《孟子．梁惠王》有一段孟子與齊宣王的對話。孟子以齊宣王曾與臣子莊暴提過喜歡音樂一事，作為話題。孟子問齊宣王獨自欣賞音樂快樂，還是與他人共享快樂？當齊宣王回答與許多人同享快樂時，孟子旋即道出勸諫主旨，他說為何齊國百姓一聽到齊宣王的音樂，出現的竟是「疾首蹙頞」表情，他們奔相埋怨國家征戰，使他們飽受親人離散之苦，在這種情況下又有誰能與齊王同享音樂的歡樂呢？孟子以音樂作為比喻，提出「獨樂樂，不如眾樂樂」的道理，藉以奉勸齊宣王重視民意，並以百姓之樂為樂，而不是漠視民間疾苦，獨自在宮中享樂。

其中，孟子舉「疾首蹙頞」一語，形容百姓聽聞齊王鐘鼓管籥之樂的痛苦表情。「疾首」指頭部疼痛，「蹙頞」為皺起鼻頸之意，此與〈衛風．伯兮〉中的「首疾」，都可解釋為人身心不適，所引發的頭痛症狀。孟子說這番話，就是要告訴那位好大喜功的齊宣王，他的「獨樂樂」是多麼不受百姓的歡迎！

〈衛風．伯兮〉中的諼草，本是婦人因思念丈夫，欲藉以忘憂之物，後代又衍生出諼草的母親象徵。相傳隋朝末年，李世民與父親李淵正在為大唐江山打拚，因時常在外作戰，母親思兒成疾，醫生便以具有明目、安神療效的萱草為處方，煎熬給李母服用，並在住家北堂種植萱草，希望李母可稍解思兒之苦。這原有忘憂療效的萱草，遂出現象徵母親的意涵。之後文人也常藉萱草描寫母親，如唐朝詩人孟郊的五言絕句〈遊子詩〉：「萱草生堂階，遊子行天涯。慈親倚堂門，不見萱草花。」又如元代詩人，也是著名的畫家王冕，其五言古詩〈今朝〉的前四句為：「今朝風日好，堂前萱草花。持杯為母壽，所喜無喧嘩。」以上兩位詩人都是寄寓萱草，表達對母親的思念與敬意。

視爾如荍，貽我握椒

名句的誕生

東門之枌[1]，宛丘之栩[2]。子仲之子[3]，婆娑其下。穀旦于差[4]，南方之原。不績[5]其麻，市[6]也婆娑。穀旦于逝，越以[7]鬷邁[8]。視爾如荍[9]，貽我握椒[10]。

～陳風・東門之枌

完全讀懂名句

1. 枌：音ㄈㄣˊ，fén，即白榆。
2. 栩：櫟樹的別名，落葉喬木。
3. 子仲之子：子仲是陳國大夫的姓氏，子仲之子指子仲氏的女兒。
4. 穀旦于差：選擇好日子。
5. 績：將麻絲或其他纖維搓成細線。
6. 市：音ㄈㄨˊ，fú，通「芾」，疾速也。
7. 越以：發語詞。
8. 鬷邁：同行。鬷，音ㄗㄨㄥ，zōng，聚集之意。
9. 荍：音ㄑㄧㄠˊ，qiáo，錦葵的別名。
10. 椒：花椒。

語譯：東門外有白榆，宛丘上有櫟樹。子仲的女兒在那裡翩翩起舞。挑一個好日子，到南邊的平原。放下手邊搓的麻，誰這麼能跳一圈舞？挑好日子出門，一路上同行。你美得像朵錦葵，你送我一把花椒。

名句的故事

相傳周武王把女兒大姬嫁給封於陳國的媯

滿。大姬用巫術祭祀來向上天祈求生子，後來得償宿願，也因此感染陳國人民都很相信巫術。古代的祭祀、巫術與舞蹈是息息相關的，以歌舞來娛樂神明，讓神明降福給自己，而舞蹈也成為抒發情感的一種方式。

〈東門之枌〉的女主角正是陳國大夫子仲氏的女兒，她在宛丘的大樹下翩然起舞，等待心愛的人前來示意。這是古代互相仰慕的男女，以跳舞交流情感。宛丘也是古代人們祭神的地方，花椒則是敬神用的香料之一，這裡被當作定情的信物，贈與所愛慕的對象，希望結成良緣，藉此含蓄地表達出雙方傾慕的情懷。

歷久彌新說名句

「視爾如荍，貽我握椒」，這其中的「椒」就是我們熟知的花椒，古人也會用花椒和泥，來塗房子的牆壁，這可以使房子變得溫暖，又能消除惡氣。此外由於花椒本身多籽，也象徵著住在這間屋子的人可以有很多的子嗣。漢朝有所謂的「椒房殿」，就是漢代皇后居住的地方，即「未央宮」三十二殿閣之一。後人因此用「椒房」泛指後宮嬪妃居住處，或是直接作為後宮嬪妃的代名詞，此外「椒庭」、「椒閣」，也都有同樣的意義。

唐朝的白居易以唐明皇、楊貴妃之間的情愛，寫下敘事長詩〈長恨歌〉。在描寫楊貴妃死後，唐明皇總是觸景傷情，白居易著筆：「梨園子弟白髮新，椒房阿監青娥老。」皇宮中的歌舞藝人都新添了許多白髮，在椒房伺候的太監、宮女，也都逐漸衰老。白居易巧妙地形容時間的流逝，襯托出唐明皇對楊貴妃的思念，竟是如此長久。

此外，相傳清朝乾隆皇帝出遊山東孔府時，食欲不振，山珍海味都挑不起胃口。這時掌廚的人便將鮮嫩的綠豆芽過熱水，然後將花椒爆香後，翻炒一下，便起鍋呈給乾隆皇帝。這道菜吃起來爽脆清香，居然讓乾隆胃口大開，讚賞不已。自此這道「油潑花椒豆芽」便成為孔府有名的菜色了。

蜉蝣之羽，衣裳楚楚。心之憂矣，於我歸處

名句的誕生

蜉蝣[1]之羽，衣裳楚楚[2]。心之憂矣，於我歸處[3]！蜉蝣之翼，采采[4]衣服。心之憂矣，於我歸息！蜉蝣掘閱[5]，麻衣[6]如雪。心之憂矣，於我歸說！

～曹風・蜉蝣

完全讀懂名句

1. 蜉蝣：蟲名，有羽翼，出生數小時即死。
2. 楚楚：鮮明的樣子。
3. 歸處：休息，之後的「歸息」、「歸說」相似，也有死亡的含義。
4. 采采：美盛的樣子。
5. 掘閱：穿穴而出。
6. 麻衣：古代諸侯、士大夫日常所穿的衣服，上下相連，以麻布縫製。

語譯：蜉蝣的翅膀，像衣服般鮮明漂亮。心裡憂傷啊，哪裡才是我的歸處？蜉蝣的羽翼，像衣服般耀眼華麗。心裡憂傷啊，哪裡才是我的歸宿？蜉蝣穿土而出，像身穿雪白的麻衣。心裡憂傷啊，哪裡才是我安息的地方？

文章背景小常識

曹國的故址約在現今山東省。周武王姬發起兵攻打商紂時，獲得他弟弟叔振鐸的鼎力相助，因此周武王將「曹」封給他。至春秋期間，曹國已發展成為國勢強盛的諸侯國之一。然而到了曹昭公時期，曹國卻被犬戎所攻陷，靠齊國的幫忙才得以復國。之後的曹共公姬襄

荒淫無度，還得罪當時出亡到曹國的晉國公子重耳。後來成為晉文公的重耳，帶兵打敗曹國，把曹國土地送給宋國。西元前四八七年，曹國為宋國所滅。《詩經・曹風》共存四篇，據說是曹昭公、曹共公時期的詩歌。

名句的故事

蜉蝣是一種昆蟲，翅膀非常漂亮，看起來透明而柔弱。蜉蝣的幼蟲生長在水中，成熟之後便脫離水面。成蟲之後的蜉蝣壽命相當短暫，古人便用「朝生暮死」來形容它。

《詩序》記載：「〈蜉蝣〉，刺奢也。昭公國小而迫，無法以自守，好奢而任小人，將無所依焉。」詩人用蜉蝣美麗的翅膀，比喻奢侈的曹昭公穿著華服；而以蜉蝣短暫的生命，諷刺曹昭公耽於逸樂，不知國家危在旦夕。曹昭公奢侈荒淫，任用小人，一度被犬戎所顛覆。詩人在這樣的環境下，已不知如何安身立命，又將安息在何方？後人以成語「蜉蝣在世」比喻生命短促。而本詩中的「衣裳楚楚」，或說「衣冠楚楚」，用來形容人的服裝講究。

歷久彌新說名句

宋朝大文豪蘇軾，宋元豐五年初秋，在白露橫江、水光接天的景色中，感悟萬物之常與變的生命哲學，他在〈前赤壁賦〉中寫下：「寄蜉蝣於天地，渺滄海之一粟。哀吾生之須臾，羨長江之無窮。」蘇軾感受世間無常，人就像蜉蝣一般渺小、短促，他羨慕起長江流水悠悠的無窮，以及宇宙的浩瀚廣大。

科幻小說作家倪匡在《快活祕方》中描述到，人們因為死亡的劫數遲早會來，而去尋求「快活祕方」。主角之一的溫寶裕說過：「蜉蝣絕不會擔心甚麼劫數，牠的生命只有一天，一百萬年一次劫數，牠遇上的機會是——」良辰美景即刻接道：「三億六千五百二十四萬分之一！作為蜉蝣，簡直不必擔心什麼劫數，若是蜉蝣擔心劫數的來臨，那是天下最大的笑話了！」與天地相較，人的生命如同蜉蝣一樣短促，這也意味著應該把握分秒認真生活。

豈其食魚，必河之魴？豈其取妻，必齊之姜？

名句的誕生

衡門[1]之下，可以棲遲[2]。泌[3]之洋洋[4]，可以樂飢。豈其食魚，必河之魴[5]？豈其取[6]妻，必齊之姜[7]？豈其食魚，必河之鯉？豈其取妻，必宋之子[8]？

～陳風．衡門

完全讀懂名句

1. 衡門：以橫木為門，表示非常簡陋。
2. 棲遲：棲身。
3. 泌：指泉水。
4. 洋洋：水盛的樣子。
5. 魴：魴魚，鯉魚的一種。
6. 取：同「娶」。
7. 齊之姜：齊國姓姜的女子。
8. 宋之子：宋國姓子的女子。

語譯：木頭一橫當作門，一樣可以棲身。泉水嘩啦地湧出，一樣可以充飢。難道吃魚，一定要吃黃河的魴魚？難道娶老婆，一定要娶齊國姓姜的閨女？難道吃魚，一定要吃黃河的鯉魚？難道娶老婆，一定要娶宋國姓子的閨女？

文章背景小常識

〈陳風．衡門〉的背景有幾個說法。一說是根據《詩集傳》記載：「此隱居者自樂而無求者之詞。」這是以為，〈衡門〉是一個對世事無所求，生性豁達且隱居的詩人所做的；也就是一個有德性的人，沉靜地守著貧窮，不願去求取功名。不過，在《詩序》中卻有迥然不同的解釋。

《詩序》：「誘僖公也，以僖公懿愿而無自立之志。」陳國的詩人因為看到自己的君王無法振作，也沒有雄心大志，因此做了這首詩想要誘導君王能夠自立自強，讓陳國興盛起來。詩人用反問的語氣強調，吃魚不見得一定要吃黃河中的魴魚、鯉魚，討個老婆也不一定要是齊國、宋國的女子，目的在於勸戒陳僖公要能守得住困境。

「衡門」是什麼呢？以橫木為門，就是形容住所的簡陋。「衡門之下」既然「可以棲遲」，那麼「泌之洋洋」，意即自然流出的泉水，也就「可以樂飢」。這是說一個人在貧困中的修持，可以自得其樂。所以，不論是說隱士的安貧樂道，還是用來激勵國君面對困境，這首詩似乎都有其詮釋的空間。

名句的故事

齊國、宋國都是具有文化歷史的諸侯國家，齊國可以追溯到姜太公，宋國則是殷商遺民，齊之姜與宋之子，就是指這兩個國家貴族的女子。娶了這樣的女子，身分地位自然跟著水漲船高。詩人把黃河的魴魚、鯉魚和齊國、宋國的女子相對應，將吃魚跟結婚互為比喻，實屬巧思，也有以魚類旺盛的繁殖力，象徵著結婚後家族興旺、人丁眾多的意涵。

關於齊國的女子有一個著名的故事〈晉文齊姜〉（《烈女傳．賢明傳》）。這裡的齊姜是齊桓公的宗女。齊桓公聽說晉國的公子重耳投奔到來，他知道重耳會是一個有作為的人，馬上派人迎接，禮數相當周到，還把自己家族的女子齊姜許配給他。這位齊姜非常不簡單，眼看自己的夫君日漸沉迷於齊國享樂，幾乎忘卻自己是被逐流亡在外的晉國公子，而且連身旁隨從的勸告也不聽了。她擔憂重耳不思振作，便與重耳的隨從商議，灌醉重耳，趁他昏睡之際，將他帶離齊國。重耳醒了之後，原本要大發雷霆，後來經過隨從的勸阻，終能體會齊姜的用心良苦。最後他返國成為晉文公，躋身春秋五霸之一。

「豈其娶妻，必齊之姜」，之後「齊姜」便用來形容高貴美麗的女子，《樂府詩集．隴西行》中有一句：「取婦得如此，齊姜亦不如。」娶到如此的好女子，連齊姜都比不上呀！

歷久彌新說名句

鯉魚的身價在唐朝李家天下時，水漲船高，因為這種魚跟皇帝同「姓」，唐玄宗開元三年更是公開宣布：「禁斷天下採捕鯉魚。」（《舊唐書．玄宗本紀》）因此，捕鯉魚、買賣鯉魚、吃鯉魚，在唐代都是犯法的，抓到鯉魚還得放生喲！唐朝皇室或是達官顯貴，「九品以上佩刀礪等袋，紛帨為魚形，結帛作之，為魚像鯉」（《舊唐書．卷三十七》），連服裝的佩飾也都作成鯉魚的樣式，甚至兵符也變成鯉魚形狀的「鯉符」。

關於鯉魚有一則感人的故事。晉朝時期人士王祥，生性孝順，他在很小的時候，母親便過世了，繼母朱氏待他並不慈愛，還在他父親面前挑撥，讓王祥的父親也逐漸不喜歡他。儘管如此，王祥仍舊恭謹侍親。由於王祥的繼母喜歡吃鯉魚，有一年冬天，他為了讓繼母可以吃到鯉魚，居然「解衣將剖冰求之，冰忽自解，雙鯉躍出，持之而歸」（《晉書．王祥列傳》）。這裡描述河水結冰，王祥便脫下衣服，臥在冰上，希望溶化冰塊求得鯉魚。就在此時，河冰突然裂開，跳出兩條鯉魚，王祥高興地抓住魚，拿回家侍奉繼母。這就是「二十四孝」中「臥冰求鯉」的故事。

吉夢維何？維熊維羆，維虺維蛇

名句的誕生

下莞[1]上簟[2]，乃[3]安斯[4]寢。乃寢乃興[5]，乃占我夢。吉夢維何？維熊維羆[6]，維虺[7]維蛇。大人[8]占之，維熊維羆，男子之祥[9]。維虺維蛇，女子之祥。

～小雅．斯干

完全讀懂名句

1. 莞：音ㄍㄨㄢˇ，guǎn，指蒲席。
2. 簟：音ㄉㄧㄢˋ，diàn，指竹席。
3. 乃：於是。
4. 斯：與之前「乃」字同義。
5. 興：起。
6. 羆：音ㄆㄧˊ，pí，熊的一種，即馬熊，體大性猛。
7. 虺：音ㄏㄨㄟˇ，huǐ，蛇的一種，即蝮蛇，形小有毒。
8. 大人：指占夢之官。
9. 祥：先兆。

語譯：下鋪蒲席上鋪竹席，安穩的沉沉睡去。入睡醒來，好占我的夢境。好夢是夢見什麼呢？是熊是羆，是虺是蛇。請占夢之官來解夢，夢見熊與羆，是生男孩的先兆，夢見虺與蛇，是生女孩的先兆。

文章背景小常識

〈小雅．斯干〉為祝賀新屋落成之詩。全詩共有九章，此為第六、七章，主要描寫新屋臥房的舒適，以及請占夢之官解夢，熊羆為雄壯的象徵，若在夢中出現，表示新屋主人有生男的預兆；虺蛇則為柔順的象徵，若在夢中出現，就是生女的預兆。由此可見，古代有透過夢境徵兆預測生男或生女的習俗。

名句的故事

「占」原意為視兆而斷吉凶，「卜」指以火灼龜甲以占吉凶。占卜帶有濃厚的神祕色彩，根據文獻記載，在伏羲、黃帝時代，占卜已相當流行，其重要內容之一即是占夢。從周朝設有占夢之官可知當時對占夢的重視，認為夢境與人事吉凶有關，也是鬼神與人溝通、傳達意旨的管道，有時並非清楚的明示，而是藉由象徵或隱喻，所以正如〈小雅．斯干〉中「大人占之」所述，必須請專人占解夢境，才能得知吉凶。

《禮記．檀弓上》記錄了孔子之死與占夢相符的故事。一次孔子睡醒告訴學生子貢：「予疇昔之夜，夢坐奠於兩楹之間。夫明王不興，而天下其孰能宗予？予殆將死也。」其中「奠」含有祭意，是凶象的徵兆。又因夏殷周三朝的喪葬禮俗各有不同，夏人將靈柩停在東階，猶如主人的角色；周人將靈柩停放西階，好比賓客的身分；至於殷人習俗是將靈柩置放兩楹柱之間，即大門中間，表示賓主相夾之意。孔子正為殷人後代，夢見自己坐在兩楹中間，接受饋食奠拜，而對子貢預言說自己將不久人世。七日之後，占夢之象果真應驗，孔子病逝在床，後代儒者深信這是聖人知天命的印證。

歷久彌新說名句

〈小雅．斯干〉的占夢之官解釋夢見熊羆為生男吉夢，夢見虺蛇為生女吉夢。唐朝詩人劉禹錫有兩首詩作將「夢熊」寫入詩中，他在七言律詩〈蘇州白舍人寄新詩，有歎早白無兒之句，因以贈之〉末聯寫道：「幸免如新分非淺，祝君長詠夢熊詩。」意在祝福友人白舍人及早生子，了結膝下無兒的人生憾事。另一首七言絕句〈答前篇〉最後兩句是：「聞彼夢熊猶未兆，女中誰是衛夫人。」此為劉禹錫與好友柳宗元以書法唱和時所作，其中「夢熊猶未兆」指柳宗元尚未得子，末句「衛夫人」是劉禹錫讚美柳宗元調教幼女練寫書法，其女長大後必如東晉女書法家衛鑠（即衛夫人，也是大書法家王羲之的書法老師）一樣傑出，希望藉此稍減柳宗元無子傳承的遺憾。

〈小雅．斯干〉以夢見「熊羆」作為生男徵兆，後人常引為祝福他人得子的美言，然而夢見「虺蛇」為生女吉夢的說法，後世卻鮮少有人引用。蔡琰為東漢文學家蔡邕之女，她博學多文，精通音律，不幸於東漢末的戰亂中被胡人擄去，身陷匈奴異域十二年，後來曹操遣使將她贖還歸漢。相傳蔡琰所作古樂府詩〈胡笳十八拍〉，即娓娓描述她從漢土被擄至胡地，無奈中成為胡人之妾，身心飽受的憂悒苦楚，其中有：「人多暴猛兮如虺蛇，控弦被甲兮為驕奢。」蔡琰即以「虺蛇」直陳匈奴殘暴狠毒的本性，與西周時期的〈小雅．斯干〉中「維虺維蛇」表徵女子柔順溫婉，前後意味早已不同。

鳶飛戾天，魚躍于淵

名句的誕生

鳶[1]飛戾[2]天，魚躍于淵。豈弟[3]君子，遐[4]不作人[5]？清酒[6]既載[7]，騂牡[8]既備。以享[9]以祀，以介[10]景福[11]。

～大雅・旱麓

完全讀懂名句

1. 鳶：音ㄩㄢ，yuān，鷂鷹，狀似鷹而嘴較短，尾較長。
2. 戾：音ㄌㄧˋ，lì，到達。
3. 豈弟：音ㄎㄞˇ ㄊㄧˋ，kǎi tì，同「愷悌」，和樂平易的意思。
4. 遐：何。
5. 作人：造就人才。
6. 清酒：祭祀的酒。
7. 載：陳設。
8. 騂牡：赤色雄性的牲禮。騂，音ㄒㄧㄥ，xīng，赤色之牲。
9. 享：獻。
10. 介：求的意思。
11. 景福：大福。

語譯：鷂鷹飛到天邊，魚跳躍在深水。和樂平易的君子，何不造就人才？祭祀的清酒已經擺設好，祭祀的紅色雄性牲禮也已具備。用來獻神祭祀，用來求得國家大福！

文章背景小常識

〈大雅・旱麓〉為一篇歌詠周王祭神求福之詩。全詩共有六章，此為第三、四章，第三章主要在讚美君子重視人才，詩人藉天上飛之鳶、深水潛之魚，比喻君子將天地萬物皆列入可造之才；第四章寫君子準備清酒牲禮祭神，誠心祈求國家大福！

名句的故事

〈大雅．旱麓〉中「鳶飛戾天，魚躍于淵」，原是鳶與魚的自然本能，詩人藉鳶在天空、魚入深水的天性，美言周王上下明察，是知人善任的有德君子。後人將這兩句詩合為「鳶飛魚躍」，用以形容君子具有和樂平易的美德，上及飛鳶，下及淵魚，無不歡欣喜悅。

古代儒者注疏解經，向有「傳不離經，疏不破注」的原則，也就是作傳要根據經典本意，寫疏的人，不可逾越箋注所言，目前注解《詩經》版本，首推西漢毛亨作傳、東漢鄭玄箋注，唐人孔穎達寫疏，以上三家已成歷來研究《詩經》者，不容忽視的參考文獻。毛亨將「鳶飛戾天，魚躍于淵」解為「言上下察也」，意指君王體察上下，使萬物得其所。但其後鄭玄、孔穎達卻提出另一種說法，認為鳶鳥既為惡鳥，又專門殘食小鳥，故「鳶飛戾天」指的是惡人遠離，使得魚兒跳躍於深水，展現適得其所的悠遊快樂，所以「魚躍于淵」描寫惡人遠離後，百姓從此安居樂業、自在生活。

孔子之孫孔伋，字子思，生長於戰國初期，相傳他為昭明先祖聖德而作《中庸》，之後被西漢戴聖收錄在《禮記》中。子思在《中庸》援引〈大雅．旱麓〉「鳶飛戾天，魚躍于淵」，藉以說明君子之道，上至鳶鳥、下至淵魚，體察天地萬物。子思想表達的是，希望一般人不要以為自己平庸愚昧，就無法企及君子之道，他認為即使身為聖人，也會有其所不知或無法做到之處，而所謂的君子之道，都是開始於匹夫匹婦的所知所行，至於君子之道的最高境界，就是聖德明察於天地之間。

若《中庸》確實為子思所作，子思年代更早於三家解經者，子思對「鳶飛戾天，魚躍于淵」的理解，顯然與毛亨「言上下察也」的說法相接近，而非鄭玄、孔穎達將「鳶」比為惡鳥。

歷久彌新說名句

鳶鳥以驚人速度，直衝上天，若人原處於平凡環境，突然功成名就，也可用「鳶飛戾天」來形容。不過中唐詩人權德輿的五言古詩〈奉和許閣老酬淮南崔十七端公見寄〉，則以「空悲鳶跕水，翻羨雁銜蘆」，寫鳶鳥落水的難堪處境。詩人看到原應於天上高飛的鳶鳥，不幸墮落水中，不禁心生悲情。當他望見雁群銜著蘆草，悠然在天空飛翔，與落難鳶鳥形成強烈對比，格外令他羨慕雁群的自在處境。

「魚躍于淵」原指魚類適於深水生活，但魚若有心向上躍升，也有可能化為威風凜凜的天上之龍。北宋人李昉編《太平廣記》，其中引東漢《辛氏三秦記》一則傳說，故事內容為：山西河津與陝西韓城間有一處龍門，每年春天都會出現黃鯉魚，從大海或各地河川爭相來此，一年之中，得以躍過龍門的魚不過七十二尾，只要牠們一躍入龍門，雲雨隨之而來，天上冒出火焰燒掉魚尾，讓牠們化龍飛去。所以後人常以「魚躍龍門」，誇讚人及第登高，身價頓時翻轉上揚了好幾倍。

晚唐擅寫花間詩詞的溫庭筠，一生懷才不遇，縱情於煙花脂粉裡，寫下許多情色綺婉之作，在五言古詩〈感舊陳情五十韻獻淮南李僕射〉，卻全不見穠麗之筆，其中有兩句「未知魚躍地，空愧鹿鳴篇」。溫庭筠曾於唐文宗開元四年（西元八三九年）科舉落榜，無法體會「魚躍龍門」的欣喜，面對過去嚮往《詩經．小雅．鹿鳴》君王宴飲群臣嘉賓的歡樂景象，如今想來，不禁感嘆愧對所讀詩書！至於詩題所言「李僕射」，是唐武宗會昌二年（西元八四二年），任職官檢校尚書右僕射、淮南節度使的李紳，隸屬當時「牛李黨爭」中李（李德裕）派人馬，也是寫出「誰知盤中飧，粒粒皆辛苦」老少琅琅上口〈憫農〉詩的作者。溫庭筠的政治理念，向來支持李派，他作〈感舊陳情五十韻獻淮南李僕射〉，是為了將自己無法如魚躍龍門的落榜挫敗，向同黨的李紳抒發陳情，一吐內心積累的鬱悶痛苦！

彼有不穫穉，此有不斂穧；彼有遺秉，此有滯穗

名句的誕生

有渰[1]萋萋[2]，興雲祁祁[3]。雨我公田[4]，遂及我私[5]。彼有不穫穉[6]，此有不斂[7]穧[8]；彼有遺秉[9]，此有滯穗，伊寡婦之利。

～小雅．大田

完全讀懂名句

1. 渰：一ㄢˇ，yǎn，雨雲興起的樣子。
2. 萋萋：雲濃密的樣子。
3. 祁祁：眾多茂盛的樣子。
4. 公田：公家的田。古代井田制度，田似「井」字，分為九區，中間為公田，四周為私田。
5. 私：這裡指私田。
6. 不穫穉：指未收割的幼禾。
7. 斂：聚集，收集。
8. 穧：音ㄐㄧˋ，jì，已收割的農作物。
9. 秉：成把、成束的穀物。

語譯：一片灰濛濛，烏雲布滿天。希望大雨降到君王的公田，也順便流到自己的私田。那邊有尚未割下來的幼稻穀，這邊有還沒收去的散禾；那邊有遺留的穀束，這邊有剩下的稻穗，這些都可以給那些寡婦呀！

文章背景小常識

〈小雅．大田〉的背景有幾個說法，一是記載農情，將農人辛勤耕作的過程，歷歷呈現；另一則是如《毛詩正義》記載，〈小雅．大田〉在諷刺周幽王，特別是：「幽王之時，萬民饑

饉，矜寡無所取活也。」因為周幽王在位時，政務繁複、賦稅重，加上有蟲災，可說是風不調、雨不順，百姓根本沒有受到照顧，只要是死了丈夫的寡婦、沒有父親的孤兒，生活往往會陷入苦境。因此善良的農民秉持互助的精神，農收時會留下拿不回去的穀物，送給孤兒寡母的家庭。

〈大田〉一詩共四章，從春耕播種、夏耘除蟲、到秋收豐富，最後以祭祀作結。農人感謝上天的照顧，畢竟「田祖有神」（第二章），所以此刻「以其騂黑，與其黍稷，以享以祀，以介景福」（第四章），也就是宰紅毛的牛、殺黑毛的豬，拿著收割下來的稻黍，去祭祀祖先、神明，祈求更多的福氣。

其中「彼有不穫穉，此有不斂穧；彼有遺秉，此有滯穗」四句，不從正面下筆，在側面對於收穫之多的描繪中，輕描淡寫出扶持生活艱苦之人的熱誠，更加令人感動。此種「從旁渲染」、「閒處襯托」的手法受到後世的讚嘆！

名句的故事

〈大田〉開章便說「大田多稼」，指出當時農作物的多樣性，緊接著就從春耕的犁田播種說起，特別是「既種既戒」，意思是挑選種子、修理農具，當時古人已懂得，根據土壤的特質來挑選合宜栽種的種子。再來就是鋤草去蟲、踏實耕種，加上風調雨順，「雨我公田，遂及我私」，秋天便能豐收囉！「雨我公田，遂及我私」向來被視為古代井田制度的證據之一，孟子曾特別根據這句話，闡述井田制度的精神。

孟子認為「雨我公田，遂及我私」就是「互助」，他說：「方里而井，井九百畝，其中為公田，八家皆私百畝，同養公田。公事畢，然後敢治私事。」（《孟子・滕文公上》）意即大家先共同將公有的田地灌溉完畢後，才各自去灌溉自己的私田；如果下雨也希望雨水先落到公田，才流經入私田，如此一來便能互助地完成所有的農耕工作。孟子的詮釋呼應了〈大田〉

的精神。

歷久彌新說名句

董仲舒在《春秋繁露》中舉出孔子的見解：「孔子曰：『君子不盡利以遺民。』」意思是說，真正的君子不會拿走所有的利益，懂得有所保留，並考慮到其他人。接著便提到：「彼其遺秉，此有不斂穧，伊寡婦之利。」可見孔子的看法與〈小雅．大田〉的精神相通。董仲舒繼續闡述：「故君子仕則不稼，田則不漁，食時不力珍，大夫不坐羊，士不坐犬。」君子如果當官就不去種田，打獵就不去捕魚，不要吃最好的，不要把羊當馬騎，也不讓狗來拉車；換句話說，要保留給每一個人、每一項器具各自生存與發揮的空間。

桓寬也在《鹽鐵論．錯幣》中討論到類似的主題。他感慨自三代以後的人已經不像孔子所說的懂得把利益留給別人，而是爭相賺取大小財富。桓寬主張比較不聰明的人以及有能力的人，都擁有同樣的生存價值，因此他相當贊成「彼有遺秉，此有滯穗，伊寡婦之利」這樣的善舉，意即一個人不要盡奪所有的財物，方能施惠於人。

從現代的觀點來看，〈大田〉此處所描寫的，就是一種基本的「社會福利」實踐，實踐必須透過一個有效的體制。德國即是世界上最早開始建立社會福利制度的國家，這與其文化中追求理性平衡的概念，深深影響政府政策有關。然而，社會福利的推動也有其窒礙的一面，如同前英國首相邱吉爾所說：「資本主義的原罪是，有福不一定大家共享；社會主義先天的美德是，有難大家一定同當。」一個富人可能有能力救助一百個窮人，卻不見得願意伸出援手。若能比較一下世界各國健保制度的問題，就知道「眾人之難」要大家共同擔負，是多麼不容易啊！

既方既皁，既堅既好，不稂不莠

名句的誕生

既方[1]既皁[2]，既堅既好，不稂[3]不莠[4]。去其螟螣[5]，及其蟊賊[6]，無害我田穉[7]。田祖有神，秉畀[8]炎火。

～小雅・大田

完全讀懂名句

1. 方：通「房」，指稻麥剛開始結成穀，好像人住的房子。
2. 皁：音ㄗㄠˋ，zào，已經結成但尚未堅實的穀實。
3. 稂：音ㄌㄤˊ，láng，一種野草，雜生於稻禾中，損害禾苗的生長。
4. 莠：音ㄧㄡˇ，yǒu，狗尾草的別名，長得很像稻子。
5. 螟螣：音，ㄇㄧㄥˊ ㄊㄥˊ，míng téng，吃稻苗的害蟲。
6. 蟊賊：專吃禾稼的蟲，比喻禍害、敗類。蟊，音ㄇㄠˊ，máo。
7. 穉：幼禾。
8. 畀：音ㄅㄧˋ，bì，付與，給予。

語譯：稻禾長大，結出穀實，成熟而堅硬。田裡沒有野禾，也沒有狗尾草。剷除吃稻穀的螟螣，連同蟊賊一起消滅，不讓牠們破壞田裡幼苗。田祖有神明，將害蟲全投進烈火燒死。

名句的故事

〈小雅・大田〉主要在描繪農事。詩人首先提到稻禾長的實在好，接著是農夫小心翼翼將吃稻心的「螟」、吃稻葉的「螣」、吃稻根的「蟊」、吃稻節的「賊」，全都消除了。而對付這些蟲害的方式，便是運用火攻。農人會在夜晚，利用火光把蟲子引出來，然後在旁邊挖一個坑洞，將燒死的害蟲隨即掩埋。

「不稂不莠」，原本是形容農田中沒有野草，因為稂、莠看起來都很像稻禾，卻不會結穀實，後來「不稂不莠」就用來比喻一個人不成材。另外「良莠不齊」則是說好壞參差，素質不一，不同於「不稂不莠」專指素質差者。

歷久彌新說名句

《三國演義》中，劉璋因為昏庸，無法守住祖宗的基業益州，他的手下張松便決定為益州的未來，尋訪一位明君。張松見到劉備時，劉備以東吳女婿的身分固守荊州。旁邊的龐統便說：「吾主漢朝皇叔，反不能占據州郡，其他皆漢之蟊賊，卻都恃強侵占地土，惟智者不平焉。」龐統言下之意，劉備才是漢室的正統，其他都只是「蟊賊」，意即害蟲。張松此行證明自己的眼光，後來的「張松獻地圖」，讓劉備保有三分天下的一席之地。

《紅樓夢》第八十四回，賈府的大家長賈母想給寶玉訂門親事，賈政聽了之後說：「老太太吩咐的很是。但只一件，姑娘也要好，第一要他自己學好纔好，不然，不稂不莠的，反倒耽誤了人家的女孩兒，豈不可惜？」這裡的「不稂不莠」與其說是沒出息，不如說是賈政希望兒子能有功名，符合賈府的社會地位。寶玉最後也參加科舉並獲功名，然後便揮一揮袖，告別了賈府的人生。

梁實秋在〈雙城記〉一文中將西雅圖與台北作了一番比較，並說：「夜不閉戶，路不拾遺，乃想像中的大同世界，古今中外從來沒有過一個地方真正實現過。人性本有善良一面、醜惡一面，故人群中欲其不稂不莠，實不可能。」梁實秋深感人群當中完全沒有惡人，就像詩經「不稂不莠」原意稻禾之中沒有雜草，是不可能的事情。

蔦與女蘿，施于松柏

名句的誕生

有頍[1]者弁[2]，實維伊何？爾酒既旨，爾殽既嘉。豈伊異人？兄弟匪他。蔦[3]與女蘿[4]，施[5]于松柏。未見君子，憂心奕奕[6]；既見君子，庶幾[7]悅懌[8]。

～小雅・頍弁

完全讀懂名句

1. 有頍：戴帽高聳的樣子。頍，音ㄎㄨㄟˇ，kuǐ，古代用來束髮，固定頭冠的髮飾。
2. 弁：音ㄅㄧㄢˋ，biàn，古代男子所戴的帽子。
3. 蔦：植物名，莖略能蔓爬，寄生在樹上，種子煎服，可治水腫。
4. 女蘿：植物名，就是松蘿，長達數尺，常攀附於其他植物上生長。
5. 施：蔓延。
6. 奕奕：憂愁的樣子。
7. 庶幾：或許可以。
8. 悅懌：喜悅愉快。

語譯：頭上戴著一頂高高的帽子，是為什麼呢？這酒是如此香醇，這菜是如此美味，難道是宴請外人？都是自己兄弟，不是別人。就像蔦與女蘿，纏繞在松樹上生存！沒看到君子，憂心忡忡，既見到君子，或許就會高興了。

文章背景小常識

根據《詩序》記載：「頍弁，諸公刺幽王也。暴戾無親，不能宴樂同姓，親睦九族，孤危將亡，故作是詩也。」這裡表示〈小雅．頍弁〉是周幽王同一宗族的親友，諷刺他而做的詩。周幽王性情暴戾，無法跟自己的兄弟共享歡樂，也無法跟其他親族的人和睦相處。周幽王當時的處境不僅孤立，而且有將要滅亡的跡象，因而同族的兄弟做了這首詩，抒發國家將亡的悲嘆。

〈頍弁〉中的「蔦」、「女蘿」，都屬於蔓生的植物，纏繞並依附在其他植物上生長，因此「蔦蘿」常用來比喻與他人有親戚關係，或指彼此的相互扶持。《幼學瓊林》中有言：「蔦蘿施喬松，自幸得依附之所。」比喻弱小的力量有了攀附倚靠的對象。

名句的故事

《臺灣文獻叢刊》收錄了一首〈棄婦詞〉：「蔦蘿耐松柏，空自結綢繆；風吹桃李花，一旦別枝頭。鴛鴦不偕老，團扇棄清秋；紅顏竟無主，欲粧臨鏡愁。」雖然蔦蘿是用來比喻兄弟之情，但是歷代許多詩人與作家常藉它形容男女之間的依附關係。這首詩便描述，蔦蘿依附著松柏生存，是它自己一廂情願的，就好像女子以為遇到一個可以終身依靠的男子，也是單方面的想法，其實男子早就被桃花李花般的嫣紅女子，給迷了去呀！女子別無他途，只好「日上望夫山，種萱以忘憂」，尋找其他方法排解寂寞了。

歷久彌新說名句

《紅樓夢》第九十九回賈政在書房中看書，接到一封同鄉想要締結親家的信，信上也用了一句：「想蒙不棄卑寒，希望蔦蘿之附。」賈政這個同鄉已經調任海疆官員，迎親雖是路途遙遠，終究一水可通。賈政決定將探春許配給這位鎮海總制周瓊之子。與《紅樓夢》中眾姊妹妹妹的遭遇相較，探春的婚姻可能還算順心的。之後賈府遭變，探春歸寧省親，「眾人遠遠接著，見探春出挑得比先前更好了，服采鮮明」（第一一九回）。這門「蔦蘿之附」的親事，也算讓讀者感到些許放心了。

鳳皇于飛，翽翽其羽，亦集爰止

名句的誕生

鳳皇[1]于飛，翽翽[2]其羽，亦集爰止。藹藹[3]王多吉士，維君子使，媚[4]于天子。

～大雅・卷阿

完全讀懂名句

1. 鳳皇：即鳳凰，古代的靈鳥。
2. 翽翽：音ㄏㄨㄟˋ，huì，狀聲詞，形容振翅高飛的聲音。
3. 藹藹：盛大眾多的樣子。
4. 媚：愛戴。

語譯：鳳凰飛翔，振翅揮動羽翼，又停落在樹枝上。天子身邊圍繞著許多人才，但只重用君子您，因為您愛戴並輔佐天子。

名句的故事

此篇第一章的開頭是：「有卷者阿，飄風自南。」其中的「卷阿」是指本詩的發生地「古卷阿」，位於現今陝西省岐山縣，因為地勢背靠著「鳳鳴岐山」的鳳鳴崗，東、西、北三面環山，只有南邊與平地相接，地形好像倒凹字，所以稱作「卷阿」，讀為「全窩」，這個地方是周人的起源地。

關於「鳳鳴岐山」，一則相傳周文王出世的時候，便有鳳鳴於岐山，意即西周聖主誕生，天意已定；另一相傳是周文王在西岐之地勤政愛民，各小國紛紛前來投靠，公推周文王為盟主。結盟當天周文王登上祭壇拜天，鳳凰突然從岐山飛來，聲震九霄，遠傳百里。鳳凰是百鳥之王，眾人都認為這是文王將得天下之兆。

成語「鳳凰于飛」，是指雄鳥的鳳、雌鳥的凰，雙雙相伴而飛，後人就以此來比喻夫妻之間的和諧關係。

歷久彌新說名句

相傳鳳凰是百鳥之王，《爾雅》記載：「雞頭、蛇頸、燕頷、龜背、魚尾，五彩色，高六尺許。」所有動物最美麗的部分，全集於鳳凰一身。而鳳凰是中國自古以來祥瑞的象徵，常用來祝福夫妻姻緣美滿，漢代司馬相如在〈鳳求凰〉中寫道：「鳳兮鳳兮歸故鄉，遨遊四海求其凰。」司馬相如大膽地在窗外表達他對卓文君的愛慕之情，窗內的卓文君怎能不感動呢！由於卓父的反對，兩人相約私奔，卓文君並嫁給了當時家徒四壁的司馬相如。

司馬遷《史記・日者列傳》中提到「日者」，就是精通卜筮之人。司馬遷以為，承受天命者雖然是一國之君，但是國君必須從卜筮者身上得知天命的方向。司馬遷認為日者是真正的君子，有智慧的人：「故騏驥不能與罷驢為駟，而鳳皇不與燕雀為群，而賢者亦不與不肖者同列。」意思就是，騏驥不和驢同駕一部車，鳳凰不和燕子、麻雀為群，而賢者也不會與不肖者同流合污。他將日者比喻為鳳凰，竊位者就像是燕雀，即使有享用不盡的財富，日者也不會與竊位者為伍，他會隱藏自己，暗中察訪，再將天命託付給真正的明君。

話說三國時代的孫權喜歡說笑，有一次，蜀漢的費禕出使吳國，孫權居然告訴他的臣子，當費禕入場時，大家盡量吃，不必起身迎接。結果費禕來時，只有身為主人的孫權起身相迎，其他人只是聽命地低頭猛吃，看也不看一眼。費禕面對這樣尷尬的場面，不慌不忙地笑著說：「鳳凰來翔，騏驥吐哺，驢騾無知，伏食如故。」費禕巧妙地把自己比作「鳳凰」，把孫權喻為「騏驥」，把猛吃猛喝的東吳群臣全當作「驢騾」。孫權沒想到，他的玩笑反而打了自己一巴掌。

詩經100

不學詩，無以言

誰謂鼠無牙，何以穿我墉？

名句的誕生

厭浥[1]行露[2]，豈不夙夜[3]？謂行多露。誰謂雀無角[4]？何以穿我屋？誰謂女[5]無家[6]？何以速[7]我獄[8]？雖速我獄，室家不足。誰謂鼠無牙，何以穿我墉[9]？誰謂女無家？何以速我訟？雖速我訟，亦不女從。

～召南・行露

完全讀懂名句

1. 厭浥：潮濕貌。浥，音ㄧˋ，yì。
2. 行露：道上的露水。
3. 夙夜：早晨和夜晚。
4. 角：此指嘴，古時鳥嘴獸角均稱角。
5. 女：通「汝」字，此指強行婚娶的男子。
6. 家：此指聘禮。
7. 速：招致。
8. 獄：此指因訟事而入獄。
9. 墉：牆。

語譯：路上的露水太過潮濕，我豈不想早晚趕路？是因路上露水濃重的緣故！

誰說麻雀沒有嘴？怎能啄穿我的屋子？誰說你沒有聘禮？怎能對我提出獄訟？即使你向獄訟之官控訴我，若不把媒聘之禮準備好，我絕不答應與你成婚！

誰說老鼠沒有牙？怎能穿破我的屋牆？誰說你沒有聘禮？怎能對我提出獄訟？即使你向獄訟之官控訴我，我也絕不屈從於你！

文章背景小常識

〈召南．行露〉主要寫男子未準備完整的聘禮，女子拒絕與之成婚，男子一怒之下，找上善於聽斷訟事的召伯，控告女方悔婚一事。此篇內容即是召伯聽訟時，女子替自己行為，提出義正詞嚴的答辯。全詩共有三章，首章先言迎娶當日，女子藉露水會沾濕衣裳為由，不願前往男方家中，事實是因為男方帶來禮聘之物，竟與當初媒妁所言不符。第二、三章形式複疊，章旨類同，由於男方認定女方既已承諾婚嫁，就不該以任何理由反悔。不過，此姝也並非柔弱女子，她向召伯侃侃訴說自己堅持不嫁，是為了遵從媒妁約定之禮，縱使最後決定判她入獄，也絕不向男方屈服！詩人生動描繪女子理直氣壯的說話神情，展現她性格剛烈的強悍形象。

名句的故事

前人們注解〈召南．行露〉，一致認為詩中女子守禮貞信、不畏強權，只恐違背禮而污其身。西漢文帝時期的經學博士韓嬰，也是著名的解經學者，他在《韓詩外傳》寫道：「夫〈行露〉之人許嫁矣，然而未往也，見一物不具、一禮不備，守節貞理，守死不往。」又稱許這名女子「得婦道之宜，故舉而傳之，揚而歌之，以絕無道之求，防污道之行乎」，對於女子極可能面臨敗訴入獄，也將頑強不從夫家之舉，韓嬰顯然給予極高評價。年代比韓嬰晚了一百多年的學者劉向，他在《列女傳．貞順篇》更直指〈行露〉所言女子，實為召南中人之女，文中也為女子守禮行為，作頌予以稱揚。

〈召南．行露〉中的「誰謂鼠無牙」、「誰謂雀無角」，原是女子藉老鼠、麻雀毀壞住屋的侵略行為，表達對男子無禮的氣憤之語，因兩人有訟事糾紛，後人將這兩句詩合為「鼠牙雀角」一成語，意指受到強暴侵凌所引起的爭訟，或用來比喻強暴勢力。明末程登吉撰《幼學瓊林》，這本書曾在清代風行全國，是以傳授各類知識為目的的啟蒙讀物，其中〈訟獄〉篇寫道：「與人構訟，曰鼠牙雀角之爭；罪人訴冤，有搶地籲天之慘。」淺簡說明與人打官司，有如「鼠牙雀角」，最後可能弄到傾家蕩產的下場，而當事者在申訴冤情時，以頭撞地、向上哭喊，陳述被冤枉的慘痛遭遇。

清宣宗道光十二年（西元一八三二年）考中舉人的劉家謀，在道光二十九年（西元一八四九年）來台灣擔任台灣府學教諭，由於對讀書人頗為照顧，贏得台灣百姓對他的尊敬。劉家謀作過一系列〈海音詩〉，內容多在陳述時事得失，或與民情風俗有關，其中一首為：「鼠牙雀角各爭強，空費條條誥誡詳；解釋兩家無限恨，不如銀盒捧檳榔。」大意是說，當雙方互不相讓，決定打起官司時，就像住屋遇到老鼠、麻雀的侵凌一樣，兩家還必須浪費時間，仔細研究繁鉅的法規條文。與其如此，倒不如拿出銀盒裝上檳榔，心平氣和坐下來談，不但可消弭訟事，還能化解彼此心中的怨恨。

歷久彌新說名句

《詩經》出現不少女子懷春或急欲出嫁，甚至不顧一切要追隨男子的愛情詩，但在〈召南．行露〉的女子，卻是為了男方聘禮不足，而拒絕成婚。雙方為此不惜訴訟，女子將男子喻為破壞住屋的麻雀和老鼠，表達她對男子惡劣行徑的不滿。

男方是否故意違背先前承諾聘禮數目，我們已不得而知，關於這場數千年前的訟事，詩人並未提及召伯最後到底公斷孰是孰非。不過，根據史料所記，周代媒人撮合婚事時，總會把話說得天花亂墜，或許造成這場訟事的罪魁禍首，就是他們的媒人。

西漢劉向所編《戰國策．燕策》中，提到「周地賤媒，為其兩譽也，之男家曰女美，之女家曰男富」，說明了周代媒人的不老實，只顧以收取謝金為目的。雖說周朝婚姻，未經父母同意，或沒有媒人居中協調，即難以順利完成，但對於媒人誇大不實的習性，也會讓人產生輕賤之感，故稱之「賤媒」。

另外，《袁氏世範》是南宋人袁采，在浙江樂清縣任職父母官所著，此書一直被視為研究宋代家族規範的重要史料。其中記載了「古人謂周人惡媒，以其言語反覆」，又表示「若輕信其言而成婚，則責恨見欺，夫妻反目，至於仳離者有之」。這更加證明周代媒人為求媒合成功，多採取欺騙模式，各對雙方說出不同聘嫁數目，好讓兩家先行同意，所以事後有人選擇拒絕成婚，有人則於完婚後再來翻前帳，往往導致本應結為連理的雙方失和，甚而出現對簿公堂的窘境！

如切如磋，如琢如磨

名句的誕生

瞻彼淇奧[1]，綠竹猗猗[2]。有匪[3]君子，如切如磋[4]，如琢如磨。瑟[5]兮僩[6]兮，赫兮咺[7]兮。有匪君子，終不可諼[8]兮。

～衛風・淇奧

完全讀懂名句

1. 淇奧：奧，音ㄩˋ，yù，岸邊水流彎曲的地方，通「澳」、「隩」。淇奧，淇水河岸的小灣。
2. 猗猗：音ㄧ，yī，美盛的樣子。
3. 匪：「斐」的假借。有斐即斐然，有光彩的樣子。
4. 磋：用錯刀錯治。
5. 瑟：鮮潔。
6. 僩：音ㄒㄧㄢˋ，xiàn，嫻雅。
7. 咺：音ㄒㄩㄢˇ，xuǎn，威儀顯著。
8. 諼：音ㄒㄩㄢ，xuān，忘記。

語譯：看那淇水河邊的小水灣，綠色的竹子長得多麼美麗茂盛！那位光華燦爛的君子，他修養自己的德行就像用刀子切磋骨器一般，又像細心的琢磨玉器一樣。多麼鮮潔又多麼雅嫻啊！威儀多麼顯著煥發啊！光華燦爛的君子，真讓人難以忘記啊！

文章背景小常識

〈衛風・淇奧〉是衛國人讚美衛武公的詩。衛武公名字叫做和，是釐侯的兒子、共伯餘的弟弟，根據《史記》，共伯餘很喜歡這個弟弟，常給他很多財物，和就拿這些財物賄賂武士。當釐侯過世之後，太子共伯餘即位，和趁著在父親墳上的時候，偷襲攻打哥哥，共伯餘不敵，躲進父親的墓道，自殺身亡。和於是即位為衛的國君。不過，也有很多學者認為《史記》這段記載不可信。

衛武公即位後，推行德政，人民安居樂業，他自律甚嚴，文獻記載：「昔衛武公年過九十，猶夙夜不怠，思聞訓道，命其群臣曰：『無謂我老耄而舍我，必朝夕交戒。』又作〈抑〉詩以自儆。」衛武公相當長壽，九十多歲時還希望群臣給他諫言，他做了〈抑〉（見《詩經．大雅》）為座右銘，其中如「夙興夜寐」、「不愧屋漏」、「投桃報李」、「耳提面命」、「諄諄藐藐」，都是今天常用的成語。周幽王時，犬戎入侵，衛武公率兵助周王室平定外患，提升衛國的地位。衛武公勵精圖治，所以很受人民愛戴。

這篇〈淇奧〉共分三章，第一章寫君子的德行「如切如磋，如琢如磨」，第二章寫君子的外表「充耳琇瑩，會弁如星」，第三章寫君子平易近人的態度，其言談「善戲謔兮，不為虐兮」。清代的方玉潤說這首詩極道學，卻沒有半點陳腐氣。要歌頌一位國君，又不落入俗套，詩經對於人物的描寫，值得細細品味。

名句的故事

成語「切磋琢磨」就是出自〈淇奧〉的「如切如磋，如琢如磨」。西周時期，骨器和玉器是主要的用具和裝飾品，骨器就是用動物骨骼雕刻磨製而成。玉本來是一種石頭，堅韌潤澤的特性，彷彿凝聚山川靈氣，因此自古以來一直有尊玉傳統，甚至把人的德行與玉相比擬，《詩經．秦風．小戎》就有詩句：「言念君子，溫其如玉。」

動物骨骼要變成日用品，得經過「切」、「磋」，磋是用錯刀慢慢錯治；同樣的，「玉不琢，不成器」，玉需要人為加工，形成特定型態後，才具備社會價值。處理玉的工法就是，慢慢細心雕「琢」、打「磨」，才能展現其美。

〈小雅．鶴鳴〉有云：「他山之石，可以為錯」、「他山之石，可以攻玉」，因為骨器、玉器質地特殊，不能用金屬敲打，得藉助其他材質的石頭來「切磋琢磨」。

《論語．學而》中，孔子和子貢有一段對話：「子貢曰：『貧而無諂，富而無驕，何如？』子曰：『可也；未若貧而樂，富而好禮者也。』子貢曰：『詩云：「如切如磋，如琢如磨。」其斯之謂與？』子曰：『賜也，始可與言詩已矣，告諸往而知來者。』」這段是說子貢問孔子：「貧窮不自卑，富貴不驕傲，這樣可以嗎？」孔子說：「可以啊！但不如貧窮卻快樂，富貴又能喜歡禮節啊！」子貢對於貧富，想到的是如何自守，孔子是積極看待貧富的精神層次，子貢接著說：「像詩經說的『如切如磋，如琢如磨』嗎？」處理骨器、玉器都要反覆不斷的切、磋、琢、磨，了貢的意思為：「是不是要精益求精呢？」孔子大樂，稱讚子貢聞一知十，可以開始跟他談論詩經了！

歷久彌新說名句

「如切如磋，如琢如磨」後來可以單用為「切磋」或「琢磨」。

「切磋」是互相研究的意思，例如《晏子春秋．內篇．諫下》：「入則切磋其君之不善，出則高譽其君之德義。」與國君獨處的時候，要與國君討論他做不好的地方，在外頭就盡量頌揚國君的德義，這才是「諫」的真義。

相對於「切磋」似乎是兩方的事情，「琢磨」比較常用在個人領域。琢磨常有獨自思考、研究的意思，例如李顒學在〈譯品〉一文中破題即提到：「平生讀書作文，最忌二事：一是他人下筆隨便，二是自己無暇琢磨。」

切磋琢磨是一種不斷精益求精的精神，現在經理人流行再回學校念EMBA，不就是切磋琢磨的具體實踐嗎！

出其東門，有女如雲

名句的誕生

出其東門，有女如雲[1]。雖則如雲，匪[2]我思存[3]。縞衣[4]綦巾[5]，聊[6]樂我員[7]。

～鄭風・出其東門

完全讀懂名句

1. 如雲：形容眾多。
2. 匪：此作副詞用，非、不是。
3. 思存：思之所在，思念的意思。
4. 縞衣：白色絹衣，屬於普通女子的服飾。縞，音ㄍㄠˇ，gǎo，白色的。
5. 綦巾：青黑色佩巾，屬於普通女子的服飾。綦，音ㄑㄧˊ，qí，青黑色的。
6. 聊：且，姑且。
7. 員：這裡是語助詞，也作「云」字。

語譯：走出東門之外，遊女成眾，有如天上美麗雲彩。雖然眼前眾美女多如雲彩，但都不是我所思念的人。只有那身穿白絹衣、青黑佩巾的女子，才能使我歡心。

文章背景小常識

此詩以第一人稱的手法，書寫男主人翁的情感世界，他雖身處美女多如雲彩之地，然而心中惦念之人卻是一身打扮素樸的女子。詩中以眾多耀眼美女作為素衣女子的反襯，更加突顯男子不隨便貪慕身邊美色，深化他用情專一的形象。

詩中第一章出現「縞衣綦巾」，是指白絹衣搭配青黑佩巾，第二章的「縞衣茹藘」，則是白絹衣搭配染紅麻布所做的佩巾，由此可略窺見周人衣著的布料與色彩。另外在〈鄭風‧緇衣〉、〈秦風‧終南〉以及〈大雅‧絲衣〉等篇章，也記錄西周時期以各類原料做成的織布，提供欣賞或研究前人服飾的素材。

名句的故事

《詩經》十五國風，除〈鄭風‧出其東門〉出現「有女如雲」之外，在〈鄘風‧君子偕老〉中以「鬒髮如雲」形容頭髮烏黑又濃密，而〈齊風‧敝笱〉則以「其從如雲」形容隨從人數的龐大。由此可知，「如雲」一詞，早盛行於二千多年前的傳唱歌謠。後人對「如雲」的運用，在視覺上有「美女如雲」、「高手如雲」、「賓客如雲」、「冠蓋如雲」等，也是沿襲《詩經》以「如雲」形容數目眾多之意。此外，在情境上有「往事如雲」、「聚散如雲」、「望之如雲」等，此處「如雲」用來比喻涵蓋範圍廣大的意思，或表示如天上的雲朵一般飄忽不定。

中國二十世紀初的作家瞿秋白，在其五言古詩〈紅梅閣〉中寫道：「出其東門外，相將訪紅梅。春意枝頭鬧，雪花滿樹開。」這是作者回憶年少歲月，時常遊於江蘇常州「紅梅閣」的情景。他將鄭風〈出其東門〉中的「出其東門」四字，原封不動入鏡詩裡，強調一踏出東邊城門之外，映入眼簾的全是梅花盛開的熱鬧景致，醞釀出一種驚喜的視覺效果。

歷久彌新說名句

南宋詞人辛棄疾〈青玉案‧元夕〉的下闋為：「蛾兒雪柳黃金縷，笑語盈盈暗香去。眾裡尋他千百度，驀然迴首，那人卻在，燈火闌珊處。」詞人以元宵賞燈所見眾多裝扮入時女子的嫵媚姿態，反襯不與眾美爭豔的素樸女子，在其心中的重要地位。若將此闋詞與〈鄭風‧出其東門〉相較，兩者都以眼前佳麗雲集的盛況，對比執念在心、且是獨一無二的意中人。

清代曹雪芹著《紅樓夢》（高鶚為續書者），

書中第九十一回寫林黛玉心疑賈寶玉與薛寶釵要好，便質問賈寶玉對薛寶釵的感情態度。賈寶玉回林黛玉一句：「任憑弱水三千，我只取一瓢飲。」此話出口才使原本忐忑難安的林黛玉稍作寬心，確信賈寶玉的心中僅她一人。賈寶玉的這番經典告白，與鄭風〈出其東門〉的專情男子，遙相呼應，兩人皆以唾手可得的多數，反襯心有所屬的唯一，並且是他人所無可取代的。

另外，在此值得一提的是，東周戰國末年楚國辭賦家宋玉的〈登徒子好色賦〉。文中宋玉以楚國大夫登徒子之妻「蓬頭攣耳，齞脣歷齒，旁行踽僂，又疥且痔。登徒子悅之，使有五子」為例，說明登徒子的妻子，不但貌醜無比，還染有疾病，而登徒子竟能與之生下五子，並對待她極好，以此證實登徒子對女色的妍媸不分，是名副其實的好色之徒。後世也多以「登徒子」統稱男人喜近漁色。

然而，若再深思登徒子的為人，發現他貴為一國大夫，卻能不見棄妻子的貌醜與身疾，對其寵愛有加，或許，他與鄭風〈出其東門〉的男子一樣，才是不折不扣情深義重的好男人呢！

穀則異室，死則同穴。謂予不信，有如皦日

名句的誕生

大車檻檻[1]，毳衣[2]如菼[3]。豈不爾思？畏子不敢。大車哼哼[4]，毳衣如璊[5]。豈不爾思？畏子不奔。穀[6]則異室，死則同穴。謂予不信，有如皦日[7]。

～王風・大車

完全讀懂名句

1. 檻檻：車子行駛的聲音。
2. 毳衣：古代王公大夫穿的毛績衣服。毳，音ㄘㄨㄟˋ，cuì。
3. 菼：音ㄊㄢˇ，tǎng，初生蘆荻，介於青白之間的顏色。
4. 哼哼：音ㄊㄨㄣ，tūn，車子行駛的聲音。
5. 璊：音ㄇㄣˊ，mén，赤色的玉。
6. 穀：生存、生長之意。
7. 皦日：明亮的太陽。

語譯：大車轟轟駛過，車上的人穿著青白的毛績官服。難道我不思念你嗎？就怕你不肯跟我走。大車隆隆駛過，車上的人穿著紅色的毛績官服。難道我不思念你嗎？就怕你不肯跟我走。活著時不能共住一室，但願死後葬同一墓穴。如果你不信我的話，有朗朗太陽為證！

文章背景小常識

這裡的「大車」，是指大夫的車子，乘車的人穿著古代王公大夫的服飾，可以推斷是一位貴族男子。這首詩描寫一位感情奔放的女子，

愛上了比自己社會階級更高的男子。然而「門當戶對」是古代傳統婚姻的基本要件，貴族與平民之間的婚姻，是受到限制的。所以癡情女子只能眼看著心愛男子的車子駛過，她在心中問道：「難道我不想你嗎？就怕你不敢跟我走！」對於愛情無畏的追求，她對天發誓：「雖然活著時不能共住一室，但願死後葬同一墓穴。」生死不渝的心志真切感人。

名句的故事

在《列女傳．貞順傳》中記載，春秋戰國時代楚文王率兵攻打息國，俘虜了息國君王。楚文王將息國國君貶為看守大門的更夫，並將他的夫人息媯納為自己的嬪妃。一天，楚文王外出遊玩，息媯趁機跑去找自己的丈夫，並且告訴他：「縠則異室，死則同穴。謂予不信，有如皦日。」她堅定的表示，現在兩人被拆散而無法生活在一起，但是希望死後能夠埋葬在一起。如果息君不相信，有太陽為證。息媯說完之後，便自殺了，息君見狀，也跟著自殺，夫妻倆死於同日。楚文王看到息媯夫人如此有情義，便以諸侯禮節，將兩人合葬在一起。

歷久彌新說名句

古樂府詩〈孔雀東南飛〉描述的是漢朝末年感人肺腑的愛情故事。焦仲卿與劉蘭芝原本為一對只羨鴛鴦不羨仙的夫妻。焦母卻妒恨媳婦與自己兒子之間的親密情感，百般刁難並要求焦仲卿休了妻子。焦仲卿與劉蘭芝立下誓言：「君當作磐石，妾當作蒲葦。蒲葦紉如絲，磐石無轉移。」意思是說，即便海枯石爛，也永不變心。沒想到劉蘭芝的兄長為了攀附權貴，為她另訂了一門親事，焦仲卿得知後又失望又憤怒，為此與劉蘭芝大吵一架。

再披上嫁紗的前一夜，劉蘭芝縱身躍入池塘。當天夜裡，焦仲卿發現烏鴉成群飛過，即知劉蘭芝已在黃泉路上等他，便自縊而死。隔天，兩人殉情的事在村子引起騷動，村民要求將他們合葬在華蓋山麓。墓地東西植松柏，南北種梧桐，雙棲雙飛的鳥兒，經常穿飛其中。

人之多言，亦可畏也

名句的誕生

將[1]仲子[2]兮，無踰[3]我園，無折我樹檀[4]。豈敢愛之？畏人之多言。仲可懷也，人之多言，亦可畏也。

～鄭風‧將仲子

完全讀懂名句

1. 將：音ㄑㄧㄤ，qiāng，發語詞，或作請求解。
2. 仲子：排行第二的兒子。
3. 踰：越過。
4. 檀：木名。

語譯：叫一聲二哥啊！不要翻進我的園子，不要折斷檀樹枝。哪裡是捨不得樹木，是害怕人們的流言蜚語。雖然我很想你，但是人們的議論，也是令我很害怕的。

文章背景小常識

這篇〈將仲子〉共有三章，三章層層挺進，第一章女子要男子「無踰我里」，因為「仲可懷也，父母之言，亦可畏也」；第二章則是「無踰我牆」，因為「仲可懷也，諸兄之言，亦可畏也」；第三章就到了「無踰我園」，因為「仲可懷也，人之多言，亦可畏也」。

古時的基層社區組織是五戶一鄰，五鄰一里，里的周圍是築有圍牆的；而第二章的「牆」，應該是指自家的院牆；第三章的「園」則是指自家菜園子的牆。顯見這位仲子應該已經是多次想要突破界線去一親芳澤，而女主角也並非不喜歡仲子，而是畏懼父母之言、諸兄之言，以及悠悠眾口。

《孟子．滕文公下》中寫道：「丈夫生而願為之有室，女子生而願為之有家，父母之心，人皆有之。不待父母之命，媒妁之言，鑽穴隙相窺，逾牆相從，則父母國人皆賤之。」就是這社會禮俗的約束，使得女主角心裡有著矛盾。她應該是希望自己的愛情是光明正大的，而非偷偷摸摸的形式。

詩經的十五國風都是民間歌謠，最能反映當時的社會狀態。鄭國和衛國流傳下來的詩歌最多，且情詩的比例很高，《禮記．樂記》云：「鄭衛之音，亂世之音也。」甚至李斯的〈諫逐客書〉也說：「鄭衛之女，不充後宮。」

這種想法在今日當然已不被認同。事實上，鄭風裡反映的愛情，正是當時民間最純真的一面。除了〈將仲子〉之外，〈丰〉描述一位女子對男子從最初的矜持，終而後悔，最後急於出嫁，說「叔兮伯兮，駕予與歸」（不管大哥或小弟，只要車子來了就嫁給你），很有後世樂府民歌「阿婆不嫁女，哪得孫兒抱」的味道。〈東門之墠〉是女子思念男友的詩，「豈不爾思？子不我即」（我想你想得好苦，你怎麼都不來找我），還有〈褰裳〉篇的「子惠思我，褰裳涉溱」（你如果想我的話，就提起衣裳渡過溱水來找我）。凡此種種，都使上古時期的愛情宣言流存至今。

名句的故事

語出〈將仲子〉的「人之多言，亦可畏也」，後來簡化成「人言可畏」四字成語。說到「人言可畏」，就令人不免想到阮玲玉的故事。

阮玲玉（一九一〇至一九三五），只活了二十五個年頭。她小時候父親就過世了，母親帶著她在上海張姓大戶幫傭。初中時，張家四公子張達民追求阮玲玉，使她大受感動，覺得這場主僕之戀，是奇異的緣分。後來他們就同居在一起。

誰知張達民是個無賴兼敗家子，儘管他繼承

了大筆遺產，但嫖賭吸鴉片很快就讓他囊空如洗。阮玲玉為了奉養母親，同時也為了自己的前途，在偶然的情況下，她踏進了演藝圈。當時的電影是沒有聲音的，也就是默片，演員只能憑藉自身的表情、動作、性格、氣質去塑造人物形象，因此，演員的特色一旦定型，為觀眾所接納所喜愛，便不宜再作大幅度的更改。但阮玲玉打破了慣例，她演交際花、歌女、舞女、妓女、尼姑、乞丐、農村少女、丫頭、女工、女學生、小手工藝者、女作家，有正角也有反角，由少艾演到老邁，然而共通的是，這些人物往往都有一個悲慘的結局。

阮玲玉便這樣供應著張達民，直到認識上海茶界大亨唐季珊，唐季珊的毛病是喜新厭舊，但阮玲玉卻如飛蛾撲火。後來張達民向阮玲玉索取結束同居關係的賠償，而唐季珊很快就又移情別戀。在種種的失落下，阮玲玉選擇了服藥自殺，留下兩封遺書，其中最著名的句子就是：「我一死何足惜，不過，還是怕人言可畏，人言可畏罷了。」

魯迅還寫了一篇〈論人言可畏〉，指陳媒體與大眾的嗜血，使得阮玲玉「被額外的畫上一臉花，沒法洗刷」。後來阮玲玉的遺書還有不同版本的羅生門事件，使得這位早夭的一代影后成了時代的傳奇。

歷久彌新說名句

人言可畏、眾口鑠金，這都說明了輿論的力量。在過去的傳統社會裡，輿論對人的影響是相當大的，與現代年輕人的「只要我喜歡，有什麼不可以」，完全不可同日而語。

《鶴林玉露．畏說》有云：「大凡人心不可不知所畏，畏心之存亡，善惡之所由分，君子小人之所由判也。」正因為心有所畏，所以人們「非禮不敢為，非義不敢動」，行為舉止都受到影響。孔子也說：「君子有三畏：畏天命，畏大人，畏聖人之言。小人不知天命而不畏也，狎大人，侮聖人之言。」（《論語．季氏》）君子對於天命的態度是一種敬畏，而小人根本不瞭解天命，因此也不知道要畏懼。

相對於阮玲玉的人言可畏，張愛玲則是說「成名要趁早呀」，因為知名度高低與錢財多寡常常是成正比的。十九世紀英國文壇才子王爾德在《道瑞恩．格瑞的畫像》裡有一句諷刺的話：「被人談論還是比沒有人談論好。」在現代，緋聞越多，就表示越紅，作秀才有人看，寫自傳才有人買，所謂的人言可畏其實根本就沒那麼多人在乎，如同魯迅所說：「她們的死，不過像在無邊的人海裡添了幾粒鹽，雖然使扯淡的嘴巴們覺得有些味道，但不久也還是淡，淡，淡。」

風雨如晦，雞鳴不已

名句的誕生

風雨淒淒，雞鳴喈喈[1]。既見君子，云胡[2]不夷[3]？風雨瀟瀟，雞鳴膠膠。既見君子，云胡不瘳[4]？風雨如晦[5]，雞鳴不已。既見君子，云胡不喜？

～鄭風．風雨

完全讀懂名句

1. 喈喈：雞鳴聲。
2. 云胡：如何的意思。
3. 夷：平的意思。
4. 瘳：音ㄔㄡ，chōu，病癒。
5. 晦：昏黑。

語譯：風雨淒淒，公雞開始啼叫。忽然見到心上人，心裡的不安都平息了。風雨瀟瀟，公雞持續啼叫。忽然見到心上人，心裡的鬱悶都一掃而空。風雨交加的夜晚，公雞叫個不停。忽然見到心上人，教我怎能不歡喜？

文章背景小常識

試想，在風雨交加的夜晚，女子守著窗兒，一夜未眠，擔心良人為何遲遲未歸。腦海中閃過千百個問號，就是不知答案為何。直到公雞啼叫，良人終於回來了，所有的擔心害怕瞬間消失得無影無蹤，只剩下喜悅與平靜。

〈鄭風．風雨〉就是這麼一篇風雨懷人之作。全篇共三章，風雨從淒淒、瀟瀟到風雨如晦，「如晦」二字點出時間是在深夜；雞鳴從喈喈、膠膠到雞鳴不已，可見天色已漸漸亮了。而既見君子的心情，三章都用「云胡不」這種「負負得正」的加強語氣，烘托出後面的「夷」（平靜）、「瘳」（病癒）、「喜」（喜悅）三種心情。

這樣一篇生活化的情詩，為何後來「風雨如晦，雞鳴不已」會成為傳頌千古的勵志名句呢？這要歸功於東漢鄭玄所作的箋。什麼是箋呢？西漢毛公講解詩經的內容稱為《毛傳》，鄭玄為毛傳作注，就稱為《鄭箋》。《鄭箋》說：「雞猶守時而鳴，喻君子雖居亂世，不改變其節度。」如此一來「風雨如晦，雞鳴不已」這個意象，變成君子在亂世中也能保持操守的象徵，也就是易經所說的：「天行健，君子以自強不息。」後來更簡化為「風雨雞鳴」，也是相同的意思。

名句的故事

「雄雞報曉，不怠不誤」，在沒有鬧鐘的古代，每天報曉的雞，附會了許多神話的色彩。東漢應劭《風俗通義》裡記載一則故事：相傳東海之濱的桃都山上，有一棵巨大的桃樹，樹幹盤曲三千里，桃樹上站著一隻金雞，每當日出時，金雞就鳴叫起來，天下的群雞聽到金雞啼鳴以後就跟著啼叫，人們便知道天快亮了，又是一天的開始。桃樹下住有兩位神，就是神荼和鬱壘，他們手執葦索到處巡視，專捉夜間外出擾民的惡鬼，遇到惡鬼就用葦索把他們綁起來，餵給老虎吃。後來人們為了驅鬼避邪，過年的時候就用桃木雕刻這兩位神的神像，然後掛在門上，或是在門板上畫這兩位的神像，這就是桃符、春聯的起源，也有在門上貼雞畫的，都有趨吉避凶的作用。

歷久彌新說名句

雞鳴代表黑夜即將過去，新的一天來臨。在不同情境中的人，對於雞鳴有不同的感受。同樣在詩經鄭風，〈女曰雞鳴〉描繪一對熱戀中的情侶，女子說：「雞啼了呢！」男子回答：「天色還是黑漆漆的哩！」有春宵一刻值千金的熱情。

齊風的〈雞鳴〉則是結婚後夫妻之間的對話。妻子叫丈夫起床：「雞既鳴矣，朝既盈矣。」（雞叫了！天亮了！滿朝文武百官都上朝去了！你也該起床了吧！）丈夫把棉被往頭上一蓋，說：「匪雞則鳴，蒼蠅之聲。」（不是雞啼，是蒼蠅嗡嗡叫。）即使在現代這樣的起床戲碼，想必還經常上演吧！詩中這位賢良的妻子勸丈夫起床，說：「蟲飛薨薨，甘與子同夢。會且歸矣，無庶予子憎。」（是啊！蒼蠅飛個不停，我也很想與你一起繼續入眠。但是百官的朝會都快結束了，你還是趕緊起床，才不會被記上一筆啊！）據說齊國的公務員多賢妻，由這篇〈雞鳴〉可見一斑。

然而對於天亮時分就要離別的人來說，雞鳴是令人感傷的聲音。中唐李廓有〈雞鳴曲〉云：「星稀月沒入五更，膠膠角角雞初鳴。征人牽馬出門立，辭妾欲向安西行。再鳴引頸簷頭下，樓中角聲催上馬。才分曙色第二鳴，旌旆紅塵已出城。婦人上城亂招手，大婿不聞遙哭聲。長恨雞鳴別時苦，不遣雞棲近窗戶。」雞初啼時，即將出征的丈夫已備好馬準備出發。當雞再鳴時，軍令號角已催促出發。跟妻子道別後，就揚長離去了。妻子登上城牆猛招手，丈夫又哪能聽到妻子的哭泣聲呢？所以說「長恨雞鳴別時苦」，希望這些雞離窗戶遠一點，以免惹人傷感。

與雞有關的千古名句，還有溫庭筠〈商山早行〉中的「雞聲茅店月，人跡板橋霜」。十個字中，只有名詞，就生動的勾勒出一幅充滿形、神、影、色美感的山村早春拂曉圖，也映襯出詩人心中的寂寥落寞。

唐代崔道融寫有一首〈雞〉：「買得晨雞共雞語，常時不用等閒鳴。深山月黑風雨夜，欲近曉天啼一聲。」的確，平常的雞鳴不覺有什麼特別，但在風雨如晦的夜晚，聽到一聲雞鳴，無異是一劑強心針，告訴我們：黑夜終將過去，白日即將來臨！

彼狡童兮，不與我食兮。維子之故，使我不能息兮

名句的誕生

彼狡童[1]兮，不與我言兮。維[2]子之故，使我不能餐[3]兮。彼狡童兮，不與我食兮。維子之故，使我不能息[4]兮。

～鄭風．狡童

完全讀懂名句

1. 狡童：狡滑的小子。
2. 維：只因為。
3. 餐：吃飯。
4. 息：喘息，此指極為鬱怒之意。

語譯：那個狡滑的小子啊！不和我說話了。只因為你的緣故，讓我吃不下飯啊！那個狡滑的小子啊！不和我一起吃飯了。只因為你的緣故，讓我喘不過氣來啊！

文章背景小常識

〈鄭風．狡童〉描述女子為了一名男子不再與她說話共餐，因而食不下嚥、呼吸困難。對於造成她如此失魂的男子，女子還是止不住要罵對方是個滑頭小子，充分展現出鄭國女子愛恨交織、直言無諱的性格。

名句的故事

漢儒解經，目的是為了教化，以及導正民風，他們時常將詩意解為諷刺某人，如這首描寫女子愛情不如意，因而憤憤難平的〈狡童〉，也被詮釋為諷刺東周春秋時期的鄭昭公，他因寵信權臣祭仲，導致賢臣無法與君王

圖謀國事。詩中「狡童」就是指鄭昭公。到了南宋朱熹《詩集傳》，雖已屏棄前人刺鄭昭公的說法，卻解說成「淫女見絕而戲其人之詞」，認為是淫蕩女子與男子分手後，故意以言詞戲謔對方，才會無禮直呼男子「狡童」。

不過，早在〈鄭風．狡童〉的四百多年前，也就是西周初期（大約西元前一一〇〇年左右）流傳一首〈麥秀歌〉，相傳這首古代歌謠，為殷商末代君主紂王的叔父箕子所作。他因屢諫紂王無效，只好裝瘋賣傻保全生命，之後被紂王關進牢中，視為奴隸，等到周武王消滅商紂時，才從大牢裡救出箕子，從此歸順了武王。當箕子進京準備朝見武王，路上經過殷商故墟，映入眼前已非前朝繁華城都，而是一片荒涼禾黍，令箕子不禁想起紂王暴虐無道，造成商朝亡國之恨，他在感傷之餘，寫下了〈麥秀歌〉，歌詞前段為：「麥秀漸漸兮，禾黍油油。彼狡童兮，不與我好兮。」箕子喻指紂王當初若肯聽他的勸告，殷商也不致走向滅亡！詩中「狡童」即指暴君商紂。西漢史家司馬遷在《史記．宋微子世家》也記載箕子作〈麥秀歌〉，並提到殷商遺民一聽到這首歌謠時，無不傷心的流下淚來！

歷久彌新說名句

〈鄭風．狡童〉到底是寫女子愛情不順遂，使她痛苦到無法喘息，或是諷刺君主無道，遠離賢臣，歷來可說見仁見智。不過可以肯定的是，自古以來「狡童」兩字，經常出現在詩文中，而各家對「狡童」的詮釋與運用也不盡相同。

《詩經．鄭風．山有扶蘇》寫道：「山有橋松，隰有游龍。不見子充，乃見狡童。」山上有高大的松樹，窪地有游龍草。怎不見漂亮小伙子來，反倒看見你這個滑頭小子！語氣俏皮輕鬆，應是戀人之間的打情罵俏，與〈鄭風．狡童〉描寫女子寢食難安，兩者神態可說完全迥異。

生長在戰國時期的孫臏，是齊國傑出的軍事家，其真名不詳，因他曾遭受龐涓陷害，被魏惠王處以「臏刑」（挖掉兩腿膝蓋骨的刑罰），故稱為「孫臏」。在他所著《孫臏兵法．將德》中有「愛之若狡童，敬之若嚴師」，意謂有德行的將帥，會像對待淘黠孩子般的愛護士卒，但在必須對士卒表現尊敬時，便會以嚴肅的態度視他們為老師。文中孫臏所言「狡童」，已無關乎男女情感，也沒有暗諷哪個君主禍國殃民，純然意指那些正在從軍的青年男子，他們淘氣天真的童心。

今人金庸所著武俠小說，部部膾炙人口，其中《神鵰俠侶》裡的反派人物「蒙古第一護國法師」金輪法王，不小心被男主人翁楊過襲劃一刀，楊過自知武功不如對方，便採智取策略，謊稱劍上有毒。金輪法王之前早已領教楊過的聰穎狡滑，對他所言自是存疑，但還是氣得回罵「花言巧語，無恥狡童」。由於金輪法王此行目的，是為了對付另一名重要人物郭靖，故心想「這狡童一劍之仇，後報再不遲」，才把目標從楊過身上轉移。金輪法王頻稱楊過為「狡童」，除了點出楊過善於臨場應變、狡黠機靈的個性之外，也暗示面對這號人物怒不可遏、卻又無可奈何的情緒！

另外，在〈鄭風．褰裳〉有詩句：「子惠思我，褰裳涉溱。子不我思，豈無他人？狂童之狂也且。」此處所言已非「狡童」，而是「狂童」。〈褰裳〉描述一名女子抱怨男子遲遲不來找她，認為男子若愛她，就該提起衣裳涉河來見她，若男子真不當她一回事，她可是還有其他人追求，末了仍直罵男子有什麼好狂妄！詩中女子從原本殷殷等待，轉為極度不耐煩，甚至惱羞成怒的威脅對方，自己也會選擇他人，變心而去，與〈鄭風．狡童〉之女相比，可就更加潑辣了！

總之，〈鄭風．褰裳〉的「狂童」，以及〈狡童〉、〈山有扶蘇〉兩篇的「狡童」，以上三篇雖說在情感對待、語氣應用有其分別，但整體來看，都可說是代表春秋鄭國女子敢怒敢言、敢愛敢恨的作品。

迨天之未陰雨，徹彼桑土，綢繆牖戶

名句的誕生

鴟鴞[1]鴟鴞，既取我子，無毀我室！恩斯[2]勤[3]斯，鬻子[4]之閔[5]斯！迨[6]天之未陰雨，徹[7]彼桑土[8]，綢繆[9]牖戶[10]。今女[11]下民[12]，或敢侮予！

～豳風・鴟鴞

完全讀懂名句

1. 鴟鴞：音ㄔ ㄒㄧㄠ，chī xiāo。猛禽名，俗名貓頭鷹。古人視為一種惡鳥，在此用來比喻壞人。
2. 恩斯：恩，愛也；斯，語助詞，無義。
3. 勤：辛勞的意思。
4. 鬻子：稚小的孩子。鬻，音ㄩˋ，yù。
5. 閔：憐憫。
6. 迨：及，趁。
7. 徹：剝取。
8. 桑土：桑根。
9. 綢繆：音ㄔㄡˊ ㄇㄡˊ，chóu móu，纏縛。
10. 牖戶：旁窗與門戶。牖，音ㄧㄡˇ，yǒu，窗。
11. 女：音ㄖㄨˇ，rǔ，同「汝」，指你或你們。
12. 下民：樹下的人，此指侵略者。

語譯：貓頭鷹呀！貓頭鷹！你既已取走我的孩子，別再毀壞我的屋子！我為了愛孩子，終日辛勤工作，年幼的小孩真可憐呀！趁著天還沒下雨，剝取桑根，把門窗纏紮牢靠，看你們樹底下人的，還有誰敢欺負我？

文章背景小常識

〈豳風．鴟鴞〉相傳為周公所作，主在表明輔佐年幼周王，安定國家的苦心。全詩共有四章，此為第一、二章。首章詩人將自己比為愛巢的老鳥，出聲斥責鴟鴞惡意破壞牠的巢穴。第二章描寫這隻老鳥，對未來充滿戒懼之心，牠將巢穴建築扎實，預防外來的侵略。全詩都以老鳥為第一人稱書寫，可說是我國相當早的一首寓言詩。

名句的故事

在《尚書．周書．金縢》以及《史記．魯世家》中，都認為〈鴟鴞〉的作者是周公姬旦，也就是周成王的叔父。當周武王去世時，其子成王年紀尚幼，聽見外頭流傳周公將不利於自己的謠言，不免懷疑起這位一心為國的叔叔，周公在東居雒邑的二年，寫下〈鴟鴞〉送給周成王，詩中將老鳥一意維護巢穴的辛勤苦心，生動感人的表達出來。

東周戰國《孟子．公孫丑上》中，孟子主張授予有賢德的人官位，讓有才能的人擔任重要職務，並要趁國家無內憂外患之際，修明政治、法律等制度，如果能做到這樣，大國也會有所畏懼。孟子以〈鴟鴞〉中「迨天之未陰雨，徹彼桑土，綢繆牖戶」作為例證，舉出連鳥類都知道要在還沒下雨前，就把巢穴堅固繫牢。接著又引述孔子的話，「為此詩者，其知道乎！能治其國家，誰敢侮之」，意思是，寫〈鴟鴞〉這首詩的人，真是懂得道理呀！人君若能治理好國家，誰又敢來欺侮呢？孟子認為當國家處在安定時，若國君只是一味貪圖享樂，毫無防患之心，那麼國家很快就會步入腐化一途，至於這一切禍害的發生，都是人為咎由自取、自作孽的緣故！孟子在此同時引用〈鴟鴞〉以及孔子之語，是為了強調防範未然的重要。

〈豳風．鴟鴞〉中這一句「迨天之未陰雨，徹彼桑土，綢繆牖戶」，原指鳥在未下雨之前，趕緊取得桑根，紮緊巢穴，以防侵略者的襲擊，之後被引申為，人在未發生危機禍患前，必須先做好萬全的防禦措施，這也是「未雨綢繆」的典故由來！

歷久彌新說名句

〈豳風．鴟鴞〉中「綢繆牖戶」之「牖」，原指旁窗或窗戶。在南朝宋劉義慶所編《世說新語．文學》裡，記錄文人們談論北、南兩方，為學不同的態度，其中一段寫道：「北人看書，如顯處視月；南人學問，如牖中窺日。」意思是，北方人讀書，像是在明顯處看月亮，無法鞭辟入裡，怎麼看都是浮光掠影；至於南方人讀書，則像是從窗戶窺視太陽，單從一孔片面，又太過陋寡。末句的「牖中窺日」，原是作為南方文人為學追求簡約的比喻，後用來形容人的見識淺薄。

據《宋史．李熙靖列傳》記載，宋徽宗時期，擔任職中書舍人的李熙靖，曾向皇帝進言，說燕山雖已平定，但還是要存有謹慎思慮之心，以防患未然，宋徽宗回說這就是詩經上所寫「迨天之未陰雨，徹彼桑土，綢繆牖戶」的道理吧！李熙靖見皇上有所回應，立刻再引《孟子．公孫丑上》中孔子的話：「為此詩者，其知道乎！能治其國家，誰敢侮之。」並且接著又說：「願陛下為無疆之計。」意指宋徽宗既然明白〈鴟鴞〉未雨綢繆的道理，希望他能多為國家社稷著想，不要以為平定燕山一地，就是天下太平了！宋徽宗聽到李熙靖這番忠告，給予他嘉許勉勵。只不過，後來歷史證明，這位喜愛詩詞、嗜好淫樂的皇帝，根本無法力挽敗壞的國政，最後遭到金人擄掠，受盡折磨死在金國，處境可說相當可憐。

另外，明末清初學者朱用純所撰的《治家格言》，又稱《朱子家訓》，旨在闡明修身齊家之道，對往後數百年中國童蒙教育產生莫大影響，其中有「宜未雨而綢繆，毋臨渴而掘井」，說明要在未下雨前就先補修好門戶，不要等到口渴時，才來鑿井找水喝！將〈鴟鴞〉中未雨綢繆的觀念，作更淺顯易懂的解釋。

揚之水，白石鑿鑿

名句的誕生

揚[1]之水，白石鑿鑿[2]。素衣朱襮[3]，從子于沃[4]。既見君子，云何不樂？揚之水，白石皓皓[5]。素衣朱繡[6]，從子于鵠[7]。既見君子，云何其憂？揚之水，白石粼粼[8]。我聞有命[9]，不敢以告人。

～唐風・揚之水

完全讀懂名句

1. 揚：激揚。
2. 鑿：音ㄗㄨㄛˋ，zuò，鮮明的樣子。
3. 襮：音ㄅㄛˊ，bó，衣領。
4. 沃：地名，即曲沃，古為春秋晉國之邑，今位在山西省曲沃縣。
5. 皓：潔白。
6. 朱繡：意思同「朱襮」，指紅線繡邊的衣領。
7. 鵠：音ㄍㄨˇ，gǔ，地名，位在曲沃附近。
8. 粼：音ㄌㄧㄣˊ，lín，清澈。
9. 命：命令，一說為水占吉兆。

語譯：激揚的河水，把白石沖刷得鮮明亮眼。身穿白色上衣，繡紅邊的衣領，我追隨你到曲沃。既已見到了堂堂君子，我還有什麼不快樂？激揚的河水，把白石沖刷得潔白純淨。身穿白色上衣，繡紅邊的衣領，我追隨你到鵠地。既已見到了堂堂君子，我還有什麼好憂慮？激揚的河水，把白石沖刷得清澈見底。我卜得水占吉兆，馬上前來見你，至今仍不敢告訴他人。

文章背景小常識

〈唐風．揚之水〉全詩共有三章，每章皆以湍急河水將水中白石沖刷得乾淨明亮為起始，然後再寫一女子追隨身穿白衣紅領男子到曲沃之地，當她見到男子時，心情快樂滿足，任何煩惱都不存在了！最後她告訴男子，之所以趕來與男子相見，是卜得吉兆之故，只是她還不敢對別人說。可見女子對前來曲沃　事，仍有所隱諱，所以不便向他人提起。

名句的故事

西漢以來的解經者，多認為〈唐風．揚之水〉是諷刺東周初期晉昭侯勢力微弱而作，其故事背景如下：周平王二十六年（西元前七四五年），晉昭侯封其叔父桓叔於曲沃，造成曲沃勢力強盛，相形之下，更顯晉都翼城的疲弱。〈揚之水〉藉詩中白衣紅領男子暗指桓叔，至於那件不可告人之事，即是欲叛晉國、投向桓叔的祕密。

《左傳．桓公二年》也記載了晉昭侯封曲沃給桓叔，就是種下日後晉國同族相殘的起因。桓叔封地曲沃的第六年（即西元前七三九年），擁護桓叔的人馬殺害晉昭侯，準備迎桓叔入主翼城，但翼城擁護晉昭侯的支持者也展開反擊，雙方你來我往的慘烈殺戮，直到周僖王四年（西元前六七八年），桓叔之孫武公，才完全擊敗晉昭侯的後代，武公改稱晉武公，正式掌握晉國政權，他並以重金賄賂周僖王，希望王室別干預晉國內亂。曲沃與翼城的流血鬥爭長達六十一年，桓叔無法當上晉主的心願，終可在其孫武公身上達成。當年，晉昭侯封桓叔曲沃的決定，不但造成自家人殘殺一甲子之久，也斷送晉昭侯及其後代世襲晉國諸侯的命運。

但近來研究者，多傾向依詩的本意解經，不去附會政治問題，他們認為〈唐風．揚之水〉與諷刺晉昭侯無關，純為女子得到水占吉兆，祕密與情人相會之詩。

歷久彌新說名句

《詩經》十五國風中，共計出現三篇〈揚之水〉，分別在王風、鄭風，以及這篇唐風，三篇皆以「揚之水」三字為各章首句。巧合的是，鄭風與王風在「揚之水」之後，都緊接著「不流束薪」、「不流束楚」，意指水流雖然湍急，卻沖不走捆綁成束的薪木與楚木，之後才表述兩篇的主人翁，各自遭遇到的困難處境。唯獨唐風的〈揚之水〉寫水流激揚，水中白石乾淨清澈，可見水中沒有阻塞物，然後寫女子欣喜奔會情人，與王風、鄭風的〈揚之水〉抒發憂慮心情，可謂迥然不同。

相傳古代有「水占」風俗，人們會將柴束放入水流，以占卜吉凶，若水流沖不走柴束，代表的是凶兆，反之，若能沖走即表示吉兆。在王風、鄭風的〈揚之水〉中，都寫到將柴束放入河流，卻被水中阻礙物擋住，依「水占」習俗，這就是不好的預兆。占卜者見到這情景，知道心中所願難成，因此吟出憂慮歌謠。

至於唐風的〈揚之水〉則隻字未提柴束，而是寫水流清澈，水中白石光亮鮮明，可想見占卜者得到了好預兆，所以高興的說出「云何其憂」，意指卜得吉兆，讓她心中憂慮一掃而空，其歌聲充滿雀躍歡喜之情。令人玩味的是，女子對於自己卜得吉兆一事，不願給情人以外的人知道，為何她難以啟齒告訴他人？全詩最末留下一個問號，給予讀者自行想像的空間。

錦衣狐裘，顏如渥丹

名句的誕生

終南[1]何有，有條[2]有梅。君子[3]至止，錦衣狐裘[4]，顏如渥丹[5]，其君也哉。

～秦風．終南

完全讀懂名句

1. 終南：山名，又稱秦嶺。
2. 條：山楸，材質細緻、耐潮濕，可供做車板、造船等。
3. 君子：這裡指秦襄公。
4. 錦衣狐裘：彩色絲衣，狐皮袍子，古代諸侯的禮服。
5. 渥丹：有光澤的朱砂，形容臉色紅潤。

語譯：終南山上有什麼呢？有山楸也有梅樹。秦襄公來到這裡，狐裘外面罩著彩色錦衣，氣色看起來光澤紅潤，越來越有君王的風範了。

名句的故事

《毛詩正義》記載：「美之者，美以功德受顯服。」秦襄公雖然未列位春秋五霸，但若沒有他替周室化解犬戎之危，受領岐山以西的土地，也就不可能有秦穆公「遂霸西戎」的局面，更遑論「戰國七雄」與中國第一個大一統帝國秦朝的出現了。在〈終南〉一詩中，詩人先從服裝開始，稱讚秦襄公越來越有君王的威儀，同時也是勸勉他勤於修德、建立功業。

古代封建制度社會中，人有階級區分，服飾也就成為身分的象徵，從天子以至庶民，祭祀、打仗、喪禮、婚宴時，服裝都有所不同。《毛詩正義》記載：「錦者，雜采為文，故云采衣也；狐裘，朝廷之服謂狐，白裘也，白狐皮為裘，其上加錦衣。」秦襄公穿上這樣華麗尊貴的諸侯服飾，人也顯得更加有丰采。正如〈終南〉第二章中再次頌讚的「黻衣繡裳，佩玉將將」，上穿黑青色花紋相間的禮服，下配五彩繡成的衣裳，身上的玉佩鏗鏘有聲，一代開國君主的風度與豪氣，躍然紙上。

歷久彌新說名句

《禮記》中有句「狐死正丘首，仁也」，相傳狐狸死時，頭必然朝向狐穴所在的山丘，後人即用「狐死首丘」表示不忘本。而「狐裘」也是今天所說的「皮草」，所謂「集腋成裘」才可製作完成一件皮草大衣，可見其珍貴。

星雲大師多年前在〈如何增進人生的幸福〉講座上，告訴大家「要認為自己是世界上最快樂的人」。他進一步開示：「一個人能從內心激發快樂的泉源，縱然住的不是華廈高屋，吃的不是瓊漿玉液，穿的不是錦衣狐裘，但是處處感到知足無缺，快樂無比。」大師認為，真正的快樂來自內心，而且是取之不竭、用之不盡的。

一位署名南航的作者曾在報上發表過一篇文章〈每個人都是一本書〉。他認為，生命像一本書，隨著歲月的增長，就會多加一頁，蓋棺論定時，才會知道書究竟有多少內容、多少頁。文中提到：「很多人錦衣狐裘，在自己的裝幀上花樣翻新。他們用塑膠封套給自己戴起朦朧的面紗，用檀香禮盒讓自己住進豪華的包間，常忘了充實裡頭的內容，反倒任憑其匱乏、瘠薄、荒蕪。」作者勸勉世人要充實內涵，不要只注重外表的光鮮亮麗，希望蓋棺之後，留給世人的都是「開卷有益」的回憶。

是究是圖，亶其然乎？

名句的誕生

妻子好合，如鼓瑟琴。兄弟既翕[1]，和樂且湛[2]。宜爾室家[3]，樂爾妻帑[4]。是究是圖[5]，亶[6]其然乎？

～小雅・常棣

完全讀懂名句

1. 翕：音ㄒㄧˋ，xì，和好。
2. 湛：ㄉㄢ，dān，快樂的意思。
3. 室家：指家庭。
4. 帑：音ㄋㄨˊ，nú，通「孥」，兒子、子孫。
5. 是究是圖：多多想想、多多考慮。究，探尋、追問；圖，思考。
6. 亶：音ㄉㄢˇ，dǎn，誠然，真實，實在。

語譯：妻子兒女和樂融融，就像彈琴奏瑟；兄弟之間也和睦相處，更加歡樂和諧。使你家庭融洽，讓你妻子兒女高興。仔細想想呀，是否確實有道理？

名句的故事

在〈小雅・常棣〉中，周公反覆說明兄弟遠比朋友重要的意義，並進一步衍生出「家和萬事興」的道理。在中國倫常觀念中，「兄弟」關係是相當重要的一環。元朝戲曲《凍蘇秦》有句：「可不道兄弟如同手足，手足斷了再難續。」手足可是血脈相連，如果任何一方有所損傷，就很難再復原。這是比喻兄弟姊妹之間的緊密關係，如果能看重這層關係，就知道去維繫它，而不是去破壞它。

古人推而遠之，只要是具備血緣關係的宗室親族之間，都可以用兄弟關係來論。例如《史記．晉世家》記載：「曹，叔振鐸之後；晉，唐叔之後，合諸侯而滅兄弟，非禮。」同出於一個宗室，卻彼此殘害，就像是殺了自己的兄弟一樣，這是違背倫常的。所以〈小雅．常棣〉說：「是究是圖，亶其然乎？」大家仔細想想，是否就是這個道理啊？

正如〈小雅．常棣〉篇開頭所言：「常棣之華，鄂不韡韡。凡今之人，莫如兄弟。」常棣開花一簇一簇，就好比是同一父母所生出的兄弟姊妹一樣。當有苦有難的時候，他們是真正與你同舟共濟的人。如果兄弟遠不如外人親密，那麼強敵壓陣時，也只有孤軍奮鬥了。

歷久彌新說名句

在漢代劉向編撰的《列女傳》中有一則〈齊傷槐女〉的故事。「傷槐女」就是指一個傷害槐樹的人的女兒。春秋時期的齊景公，他非常喜歡一棵槐樹，便派人日夜看守，並於樹的旁邊立了一個木樁，上面寫著「犯槐者刑，傷槐者死」。一天，有個喝醉酒的人居然撞傷了這棵槐樹，齊景公知道後便準備處決這個人。這個撞傷槐樹的人有個女兒婧，聽到消息之後，驚恐不已，立刻跑去求見晏嬰。傷槐女婧向晏嬰說明，如果齊景公處決他的父親，那麼：「恐傷執政之法而害明君之義也。」

晏嬰聽了之後深有同感，立刻勸戒齊景公，齊景公想了想，便下令不必再看守那棵槐樹，同時拔掉樹旁的木樁，也廢除了傷槐的法令，釋放了傷槐之人。對於這一則故事，劉向評論：「詩云：『是究是圖，亶其然乎？』此之謂也。」齊景公只要多想想，就會瞭解其中的道理了。傷槐之女的一番話讓齊景公不致淪為一個充滿殺伐之氣的君王呀！

伐木丁丁，鳥鳴嚶嚶。出自幽谷，遷於喬木

名句的誕生

伐木丁丁[1]，鳥鳴嚶嚶[2]。出自幽谷[3]，遷於喬木[4]。嚶其鳴矣，求其友聲。相彼鳥矣，猶求友聲，矧[5]伊人矣，不求友生？神之聽之，終和且平。

～小雅・伐木

完全讀懂名句

1. 丁丁：音ㄓㄥ，zhēng，伐木的聲音。
2. 嚶嚶：形容禽鳥和鳴的聲音。
3. 幽谷：深山谷。
4. 喬木：枝幹高大而有主幹的樹木。
5. 矧：音ㄕㄣˇ，shěn，況且。

語譯：斧頭砍樹錚錚作響，鳥兒啼鳴嚶嚶不斷。飛自幽深的山谷，遷往高大的樹木。聲聲鳥鳴傳來，是呼朋引伴的聲音。看那鳥兒啊，都知道要尋求友朋，更何況是人，怎麼能沒有朋友呢？

名句的故事

《詩序》記載：「伐木，燕朋友故舊也。自天子至于庶人，未有不須友以成者。親親以睦友賢，不棄不遺故舊，則民德歸厚矣。」〈小雅・伐木〉描寫宴請親朋好友的情景。開頭以伐木而鳥鳴、鳥鳴而尋友作譬喻，說明鳥兒都需要朋友，何況是人呢？這是教化百姓對於親人故舊要不離不棄，人民的德性便能敦厚。

曾有學者以這句名言作為依據，證明後人傳唱的「山歌」，就是始於工作的情境中。當砍

樹的工人互相唱和，驚動了鳥兒，紛紛鳴叫飛了起來。等到工作完成之後，就要濾酒準備宴客，長輩、平輩都得一一邀請。若招致批評，是因為酒菜準備不夠周到。所以啊，家裡如果有酒，就該濾過後拿來招待客人；家裡如果沒酒，便趕緊出去買酒。還要記得打鼓跳舞來助興呀！（「民之失德，乾餱以愆。有酒湑我，無酒酤我。坎坎鼓我，蹲蹲舞我。」）

從「伐木丁丁，鳥鳴嚶嚶。出自幽谷，遷于喬木」中，也蛻變出幾句後人常用來祝賀他人搬遷新居的題辭，例如「遷喬之喜」、「出谷遷喬」、「鶯遷喬木」、「喬木鶯聲」。

歷久彌新說名句

南北朝時期著名的駢文學家吳均，著有一篇〈與朱元思書〉，他是這樣描寫富春江岸的：「泉水激石，泠泠作響；好鳥相鳴，嚶嚶成韻。蟬則千轉不窮，猿則百叫不絕。」全文用了一百一十四個字，把富春江沿途絕妙的風景，以及河上水聲、鳥鳴、蟬鳴、猿啼，一一攬入文字影像中，在駢文中被譽為寫景的上乘之作。其中「好鳥相鳴，嚶嚶成韻」便與〈小雅．伐木〉的「鳥鳴嚶嚶」相唱和。

唐朝詩人沈亞之喜歡到外地去遊歷。有一次在途中，遇到一個年輕人，兩人在改詩上較勁，規定雅俗各兩句。年輕人先說：「伐木丁丁，鳥鳴嚶嚶。東行西行，遇飯遇羹。」沈亞之畢竟是個進士出身，很快地回答：「如切如磋，如琢如磨。欺客打婦，不當婁羅。」這「婁羅」是指盜匪的部下，沈亞之拐個彎戲弄小輩，意思是說他人小鬼大。（宋．李昉《太平廣記．卷第二百五十一》）

交通大學有一本刊物《友聲》，這本校刊的命名源自《詩經》的「嚶其鳴矣，求其友聲。相彼鳥矣，猶求友聲，矧伊人矣，不求友生？」這是當年凌竹銘校長的神來之筆，期待藉由《友聲》傳遞交大人情同手足、彼此關愛的情誼。從此刊物命名中，看得出為人師表的殷切期盼。

蕭蕭馬鳴，悠悠旆旌

名句的誕生

蕭蕭[1]馬鳴，悠悠旆旌[2]。徒御[3]不驚？大庖[4]不盈？之子于征，有聞無聲。允矣[5]君子，展也[6]大成！

～小雅・車攻

完全讀懂名句

1. 蕭蕭：馬鳴聲。
2. 旆旌：指旌旗。
3. 徒御：徒是步兵；御是馭手、車夫。
4. 大庖：君王的廚房。
5. 允矣：讚歎詞，說真正的。
6. 展也：讚歎詞，和允矣的意思一樣。

語譯：馬兒蕭蕭嘶鳴，旗幟隨風緩緩飄動。士兵和馭手難道不警戒，君王的廚房難道不豐盈。打獵的人遠行，聞其事但不聞鬧聲。這真是君子，事業一定大成啊！

名句的故事

根據《詩序》記載：「〈車攻〉，宣王復古也。宣王能內脩政事，外攘夷狄，復文武之竟土，脩車馬，備器械，復會諸侯於東都，因田獵而選車徒焉。」在共和時代結束後繼位的周宣王，重振周朝的聲威，史稱「宣王中興」。周宣王勵精圖治，會集諸侯於東都舉行狩獵。〈車攻〉就是讚美宣王出獵的詩歌。

古代的狩獵不僅是打獵而已，還是武術、戰事的一種日常講習活動，所以講究挑選正確的兵車、馭手與步卒，隨行外出打獵，就像在挑選上戰場的精良士兵一樣。

周宣王號稱中興君王，狩獵的陣仗自是非比尋常，「蕭蕭馬鳴，悠悠旆旌」，聽得到馬奔走嘶鳴聲，也看得到大旗隨風飄揚。但是參加的諸侯、士卒，都沒有發出任何吵雜聲音。馬鳴越是喧鬧，旗海越是飄揚，更加突顯「有聞無聲」的境界。整個狩獵隊伍秩序整齊，訓練有素，紀律嚴明，完全不擾民。所以詩人稱讚，這就是君子可以成就大事業的緣故啊！

歷久彌新說名句

李白有一首五言律詩〈送友人〉，是這麼描述離別的場景：「浮雲遊子意，落日故人情。揮手自茲去，蕭蕭班馬鳴。」送君千里，終須一別，友人已經揮手離去，詩人的心情該是酸澀的，但是他沒有平鋪直敘說出來，而是用了「蕭蕭班馬鳴」。這匹馬就是故人所騎的馬，藉由馬兒離去時仰天長嘯的情景，婉轉吐露自己的離情依依。

李白之外，杜甫〈兵車行〉的首句便是：「車轔轔，馬蕭蕭，行人弓箭各在腰。」轔轔是形容車子行進時輪子發出的聲音。「車轔轔」應出自〈秦風．東鄰〉的「有車鄰鄰」，「馬蕭蕭」則與〈小雅．車攻〉相關。杜甫在〈後出塞五首．其二〉中還有一句：「落日照大旗，馬鳴風蕭蕭。」間接從「蕭蕭馬鳴，悠悠旆旌」中翻脫出來。

古典文學中，旌旗與馬似乎是形影不離。不過話說《西遊記》第四回孫悟空被玉皇大帝封為「弼馬溫」，歡天喜地上任去。怎知「弼馬溫」是個「不入流品」的位置，連個「官品」都排不上。堂堂花果山的大王，豈能只做個馬夫！孫悟空氣得下凡與眾妖王喝酒解悶。鬼王知道後，立刻慫恿孫悟空：「大王有此神通，如何與他養馬？就做個『齊天大聖』，有何不可？」急躁的孫悟空回道：「就替我快置個旌旗，旗上寫『齊天大聖』四大字，立竿張掛。」孫猴子就怕人家不知道他的新稱號，要求猴子猴孫去通報各洞妖王。這猴子要大旗的畫面，可真是絕妙啊！

我視謀猶，伊于胡厎

名句的誕生

潝潝[1]訿訿[2]，亦孔[3]之哀。謀之其臧[4]，則具是違，謀之不臧，則具是依。我視謀猶，伊[5]于胡[6]厎[7]？

～小雅・小旻

完全讀懂名句

1. 潝潝：音ㄒㄧ，xī，相和，附和。
2. 訿訿：音ㄗˇ，zǐ，詆毀。
3. 孔：甚也。
4. 臧：音ㄗㄤ，zāng，善的意思。
5. 伊：發語詞，無意義。
6. 胡：何也。
7. 厎：音ㄓˋ，zhì，到達之意。

語譯：一面在君主面前假裝附和，一面又在背後詆毀，實在令人感到悲哀！好的謀略，一概不予聽從；壞的主意，全都依照實行。我看那些君臣之謀，將會有什麼結果？

文章背景小常識

〈小雅・小旻〉主要表達朝廷小人當道，導致正道不彰，希望在上位者能有所警戒。全詩共有六章，此為第二章，詩人感嘆朝中小人態度反覆無常，令君主是非顛倒、善惡不分，憂心國家未來前途。

西漢《毛傳》作者毛亨認為，〈小旻〉是大夫諷刺西周末代君主周幽王而作，但東漢經學家鄭玄則主張〈小旻〉諷刺對象並非幽王，而是其祖父厲王，不論詩中主角為幽王還是厲王，兩人都是歷史公認的西周暴君。到了南宋朱熹作《詩集傳》時，已不言〈小旻〉是針對何人所作，朱熹認為此詩是朝中大夫見君王惑於邪謀，無法辨認是非善惡，憂心寫下這首充滿勸戒意味的詩篇。

名句的故事

清宣宗道光十八年（西元一八三八年），鴻臚寺卿黃爵滋上奏皇帝，請求下令將吸食鴉片者處以死刑，奏摺中寫：「以中國有用之財，填海外無窮之壑，易此害人之物，漸成病國之憂，日復一日，年復一年，臣不知伊于胡厎。」其中引〈小雅．小旻〉「伊于胡厎」四字，以表對國家前途的憂心忡忡。皇帝讀到黃爵滋的奏摺，不禁悚然動容，立即召集各省督撫，商討如何解決大量進口鴉片的問題。時任湖廣總督的林則徐，力表對黃爵滋的支持，更促成道光皇帝堅定嚴禁鴉片的決心。

不過，當時上至文武百官，下至市井小民，幾乎都染上鴉片癮，黃爵滋敢於直言極刑嚴懲，自是得到禁煙派的讚賞，可惜這股禁煙風潮為時短暫，鴉片帶來龐大的誘惑與商機，使得朝廷嚴禁與弛禁兩派內鬨。兩年後，更引來英國發動鴉片戰爭，戰敗的清廷在道光二十二年（西元一八四二年）簽下中國歷史上第一個不平等條約——「南京條約」。至於當初主張禁煙的林則徐、黃爵滋等人，也都遭到貶官的下場。

歷久彌新說名句

清朝才子紀昀（即紀曉嵐）著有《閱微草堂筆記》，其中〈灤陽續錄〉記錄一則清朝學者戴東原說過的鬼故事。話說戴東原有一祖父輩，租到一間空屋，傳說這房子鬧鬼，但他仍堅持住進去。果然一到夜晚，鬼影幢幢，鬼先大聲怒斥，希望嚇走這個人，接著又做出各種恐怖情狀，但此人完全不為所動。之後，鬼的態度逐漸溫和，開始與他談條件，希望對方說出一「畏」字，即離去不再打擾。這個人任由鬼再三請求，依然不願答應，最後鬼只好無奈地表示從未見過如此不肯低頭的蠢人，豈能與這種人同處一室，說完鬼即不見蹤影。

事後此君向友人轉述此事，友人罵他說：「畏鬼者常情，非辱也，謬答以畏，可息事寧人，彼此相激，伊于胡厎乎？」意指怕鬼是人之常情，並非羞辱，假裝說出怕鬼，即可平息鬼怒，為何要弄到人鬼對抗，不知最後下場如何？面對朋友的好意建言，此君回答自己並非擁有高尚修養或去妖除魔的本領，只是運用人的正氣與鬼對抗，若禁不住鬼的引誘，說出怕鬼的話，正好落入鬼的圈套，造成正氣的衰竭，鬼自然有機會來傷害他。

另外，近人梁啟超在推翻滿清、革命成功後，於一九一二年二月七日寫信給他的老師康有為，當時政局仍相當混亂，他在信中說道：「更閱歲時，伊于胡厎？兩虎同斃，漁入利焉。」意思是，時間不斷更替，再這樣下去，後果將會更加嚴重，好比兩虎相殘，同時斃命，漁夫不費力氣就可坐收全部利益。康有為與梁啟超師生原本往來甚密，但歷經光緒時期「維新變法」的失敗，兩人遂漸行漸遠，康有為仍力挺保皇派，梁啟超轉而投身革命陣營。梁啟超明知康有為無法諒解他的選擇，依然寫信給昔日恩師，多藉古往今來之例，表達推翻滿清政權的正當性。〈小雅．小旻〉的這句「伊于胡厎」，存有對未來不堪設想的語意，因而經常被後人引用，成為一成語名句。

發言盈庭，誰敢執其咎

名句的誕生

我龜[1]既厭，不我告猶[2]。謀夫[3]孔多，是用不集[4]。發言盈庭[5]，誰敢執其咎[6]？如匪[7]行邁[8]謀，是用[9]不得于道。

～小雅・小旻

完全讀懂名句

1. 龜：龜甲，此指占卜。
2. 猶：此指吉凶之道。
3. 謀夫：謀士。
4. 集：成就。
5. 盈庭：充滿王庭。
6. 咎：責任。
7. 匪：通「彼」。
8. 行邁：指行路的人。
9. 用：以。

語譯：卜龜已經生厭，不願告訴我吉凶之道。謀士是如此的眾多，所謀卻都毫無成就。發表言論的人充滿王庭，但有誰敢站出來承擔責任？如同向行路的人詢問謀略一樣，是不可能合於正道。

文章背景小常識

〈小雅・小旻〉全詩共有六章，此為第三章，接續前章對小人影響朝政的憂慮。詩人仔細分析國家無法走向正道的原因，強調小人的邪謀禍國，連卜龜都感厭煩，不願顯示正確徵兆。朝廷空有一群謀士提供君主謀略，全是信口雌黃，自然無所成就，且事後無人敢出面承擔咎責，但君主卻依然採信他們的建議，終與正道越行越遠。

名句的故事

東周春秋時期，鄭國是一個小國，介於楚、晉兩大國之間。《左傳．襄公八年》（西元前五六五年）記錄鄭國大夫們，面對楚國出兵伐鄭，進行了一場內部辯論，其中子駟、子國、子耳等大夫傾向順從楚國，子孔、子蟜、子展等大夫主張不可親楚，必須等待晉國救援。

子駟認為保衛人民免於戰爭之苦才是首要之事，不管是楚國或晉國欲攻打鄭國，鄭國可以犧牲幣帛玉器獻給兩國，交換鄭國百姓的身家安全！子展卻持不同看法，他說鄭、晉先有盟好協定，此時鄭國若順從楚國，晉國必會出師伐鄭，況且晉君賢明、卿大夫和睦，而楚國地遠偏僻，楚軍在糧食匱乏之下，很快就會離開鄭國，根本不足以懼之。兩方人馬各持己見，僵持不下。最後，子駟便引用了〈小雅．小旻〉「謀夫孔多，是用不集。發言盈庭，誰敢執其咎？如匪行邁謀，是用不得于道」這段詩文，表明自己願意擔起這次決策的全部責任，希望子展等人採納他的決定。

根據《左傳》所記，子駟的親楚決策，造成鄭國日後無窮禍患，同時也正如子展所料，晉國在隔年（西元前五六四年）聯合十餘國攻打鄭國，接著楚國又來分一杯羹。鄭國努力討好晉、楚兩國的下場，換來的仍是不斷的軍事威脅。至於當初氣魄恢宏語出「發言盈庭，誰敢執其咎」的鄭國大夫子駟，兩年後（即西元前五六三年）因重劃鄭國貴族田地，造成不逞之徒憤恨不已，闖入宮中劫持鄭國簡公，子駟也在這場政變中遭到殺害。

歷久彌新說名句

南朝梁人劉勰撰有《文心雕龍》，此書堪稱中國第一部系統完整的文學理論專著，共有五十篇。其中〈議對〉篇是針對朝政議事、對策技巧的文理析論，文中寫道：「自兩漢文明，楷式昭備，藹藹多士，發言盈庭。」意指兩漢皇帝作風文明，無論官員、儒生皆可面聖，表達對國家政策的具體建言。劉勰列舉多位漢代政治家，作為評論實例，如賈誼在漢文帝時期，敢於朝廷侃侃議論、盡之以對，說出他人想言又不敢言的話。吾丘壽王在漢武帝時，力駁丞相公孫弘所提「民不得挾弓弩」的奏議，認為三代以來，上自天子，下至庶民，皆有大射之禮，怎可為了官吏捕捉盜賊之便，而禁令百姓持有弓弩。韓安國在漢武帝詢問滿朝臣子，如何處理匈奴提議和親一事時，便精闢析論國家現況，闡述漢與匈奴作戰的種種不利，不但說服原本反對的人，也讓漢朝北方維持多年停戰紀錄。賈誼的曾孫賈捐，在漢元帝時力表上陳，建議皇上忍下珠崖、儋耳二郡叛亂之怒，不可出兵遠征南蠻之地，以免勞民傷財，造成國家危機。總體而言，劉勰認為漢代政治家的議事文章，寫作風格雖不盡相同，但皆有掌握事理明確的一大重點。

〈小雅．小旻〉中的這一句「發言盈庭，誰敢執其咎」，原指西周王庭，眾多謀士爭相發言，主意雖多，卻無人勇於負起成敗責任，到了劉勰筆下的「發言盈庭」，不僅象徵漢代朝廷中人才濟濟，也表明這些人為其政治主張，勇於向上直言不諱的精神。

不敢暴虎，不敢馮河

名句的誕生

不敢暴虎[1]，不敢馮河[2]，人知其一，莫知其他。

～小雅・小旻

完全讀懂名句

1. 暴虎：本指以戈擊虎，表示勇而無謀。後指徒手搏虎。暴，通「搏」。
2. 馮河：徒步涉水渡河。馮，音ㄆㄧㄥˊ，píng。

語譯：不敢徒手與猛虎搏鬥，不敢徒步涉水渡河，人們只知道這一種危險，卻不知還有其他危險的事。

文章背景小常識

〈小雅・小旻〉全詩共有六章，此為第六章的前四句，詩中提到人們對徒手與虎搏鬥、徒步涉水渡河，這類顯而易見的危險，都會有所防範，但對其他隱而不明的危害，卻不懂得事前預防之道。在此點出：人若無遠慮，日後必有近憂禍患。

名句的故事

《論語・述而》記載了孔子教育血氣方剛的子路必須慎行其勇的故事。孔子原本在稱讚顏淵凡事量力而為，對於做不到的事，絕不會勉強，孔子又表示能做到這點的僅自己與顏淵而已。子路聽到孔子獨讚美顏淵一人，心中有些不是滋味，他知道老師眾多弟子裡，自己尤擅於政事，便故意問孔子若擔任三軍將帥時，會希望誰陪同作戰？孔子回答子路：「暴虎馮河，死而無悔者，吾不與也。必也臨事而懼，好謀而成者也。」這段話的意思是：因空手搏虎、徒步過河，而輕易失去性命也不後悔的人，孔子不會找他一同作戰，他要找的是遇事有所戒懼，深具謀略，能成就大事的助手。

子路原以為憑恃自己一手本領，孔子必會說出找他並肩作戰的話，好讓他在同學面前炫耀。孔子早看穿子路的心思，引〈小雅．小旻〉的「不敢暴虎，不敢馮河」提醒他，若連「暴虎馮河」這樣明顯的危險，都不懂得避開，空有一身匹夫之勇，又怎能成就人事！

歷久彌新說名句

荀子生於東周戰國的趙國，為儒家思想的繼承者，他主張禮法兼治、王霸並用，認為後天教育與完備法治，才足以規範人的不良習性與行為，門下弟子韓非、李斯，後來都成法家的代表人物。在《荀子．臣道》篇中，荀子系統分明的論述為臣之道。荀子認為人臣事君，必須具備順、敬、忠三大品德，有關敬的部分，荀子語出重話，抨擊不敬君王的臣子，如同禽獸與狎虎，禽獸讓國家混亂，狎虎可使國家危亡。接著，荀子援引〈小雅．小旻〉「不敢暴虎，不敢馮河，人知其一，莫知其他」，作為不肖臣子亂國之喻，意指眾人皆知徒手搏虎、徒步涉河的危險，殊不知國家若有不肖臣子，其危險更甚暴虎馮河，藉此荀子闡明不敬之臣將使國家走向災難，甚至滅亡。

文中荀子雖再三強調為臣敬君之道，但對未能躬逢聖明之君的臣子，荀子也提出一套權宜方法。臣子若事才德中等之君，可上諫國君禮義是非，但態度要不諂不諛；萬一不幸遇上暴君，臣子要技巧婉轉的匡正國君，身段要柔從不屈，盡力彌補國君的缺失。可見荀子所言忠順敬君，並非一味盲從，端視國君賢明與否，而人臣更要謹慎因應，這也看出想成為仁德臣子，要下的功夫還真不少呢！

如臨深淵，如履薄冰

名句的誕生

戰戰[1]兢兢[2]，如臨深淵，如履[3]薄冰。

～小雅・小旻

完全讀懂名句

1. 戰戰：恐懼貌。
2. 兢兢：音ㄐㄧㄥ，jīng，戒慎貌。
3. 履：踩踏。

語譯：保持惶恐謹慎的態度，就像站在深淵的邊緣，就像踩在薄薄的冰層上面。

文章背景小常識

〈小雅・小旻〉全詩共有六章，此為第六章的最末三句，詩人希望上位者保持高度謹慎戒懼，並以人站在深淵邊、踩在薄冰上作比喻，闡明人若不細察所處險境，後果難以預料！

名句的故事

《左傳・宣公十六年》（西元前五九三年），晉國大將士會率兵滅了赤狄，凱旋歸來。晉景公想借用士會長才，特向周王室表彰士會的功勞，周定王因此賜士會冕服，晉景公即命士會為晉國的中軍將領，又為褒顯他的功績，尊封大傅。士會為人言信行義、剛廉威武，自他上任以來，親自勸導百姓為善，使在晉國猖獗作亂的盜賊，奔相離開逃至秦國。晉國大夫羊舌職聽聞此事，便以〈小雅・小旻〉這最後的三句「戰戰兢兢，如臨深淵，如履薄冰」為喻，讚許士會美好的品德，也指出晉國上位者賢明良善，凡事戒懼，惶恐因應，不敢稍有懈怠。

晉國為春秋時期的一大強國，除了晉國君王深諳禮臣之道，更要歸功內有眾多卿大夫的盡心輔政。羊舌職認為上位者有善德，人民不致好逸惡勞，那些為非作歹之人，也就毫無機會行惡，最後只能從晉國逃之夭夭。

歷久彌新說名句

孔子的學生曾子，一生都在躬行、宣揚孔子的思想，《論語》就是曾子與其門人所整理完成的一部經典。《論語．泰伯》記錄曾子晚年病重時，心中念茲在茲仍是孔子生前的教誨，包括對孝道的基本實踐——愛護己身。

當曾子自知來日無多，特別召集門下弟子到身邊，要求打開他的衣衾，看他全身手足是否有所毀傷，然後引〈小雅．小旻〉的名句「戰戰兢兢，如臨深淵，如履薄冰」，道出自己終其一生，時刻懷抱戒慎恐懼之心，深怕不小心毀傷身體，有損孝道。曾子在人生即將落幕之際，仍盡力保全身體的完整無傷，並給門下弟子一次機會教育，告誡弟子他所切身力行的，皆符合《孝經．開宗明義》孔子所言的「身體髮膚，受之父母，不敢毀傷，孝之始也」。

再看唐代詩人白居易，年少時本是意氣風發、滿腔理想，後來進士及第，入朝為仕，上疏所諫，經常觸犯當時的權貴派。在唐憲宗元和十年（西元八一五年），從太子左贊善大夫，被貶為江州司馬，六年之後，即發生動亂朝廷數十年之久的朋黨之爭。

白居易看盡爭奪惡鬥，唐文宗太和七年（西元八三三年）罷官回到洛陽家中。他在五言古詩〈出府歸吾廬〉寫道：「吾觀權勢者，苦以身徇物。炙手外炎炎，履冰中慄慄。」意指那些權力顯赫的大官，身心實被名利富貴等外物牽累，外表看似炙手可熱，其實內心像踩在冰上冷颼不安。白居易在六十二歲時寫下這首詩，可算是在宦海沉浮多年的深切省思，其中〈小雅．小旻〉「如履薄冰」的「履冰」，正是比喻權勢者內心暗藏的恐懼痛苦。

如跂斯翼，如矢斯棘，如鳥斯革，如翬斯飛

名句的誕生

如跂[1]斯[2]翼[3]，如矢[4]斯棘[5]，如鳥斯革[6]，如翬[7]斯飛，君子攸[8]躋[9]。殖殖[10]其庭，有覺[11]其楹[12]，噲噲[13]其正，噦噦[14]其冥，君子攸寧[15]。

～小雅・斯干

完全讀懂名句

1. 跂：音ㄑㄧˊ，qí，踮起腳跟。
2. 斯：之，其。
3. 翼：人的兩手附身，如鳥翼附體，此指恭敬的樣子。
4. 矢：箭。
5. 棘：此指箭的稜角。
6. 革：翅膀，此指張開翅膀的樣子。
7. 翬：音ㄏㄨㄟ，huī，五彩羽毛的野雞。
8. 攸：於是。
9. 躋：音ㄐㄧ，jī，升、登的意思。
10. 殖殖：平正的樣子。
11. 有覺：覺然，高而直的樣子。
12. 楹：門前的兩柱。
13. 噲噲：音ㄎㄨㄞˋ，kuài，明亮的樣子。
14. 噦噦：音ㄏㄨㄟˋ，huì，昏暗的樣子。
15. 寧：休息安寧。

語譯：新屋挺拔雄偉，如人恭敬竦立，四隅像箭稜角分明，屋簷像鳥展開雙翼，又像五彩野雞振翅欲飛，君子於是進入堂室。新屋的庭院四周平正，門前楹柱高大筆直，前廳寬敞明亮，內室深廣幽暗，君子於此安寧生活。

文章背景小常識

〈小雅．斯干〉為一首祝賀新屋落成的長詩。全詩共有九章，此為第四、五章，主要是描述新屋的外貌，第四章從遠處觀望建築的氣勢宏偉，屋子的稜角如箭、屋簷如鳥之展翼，還有像野雞羽毛般五彩亮麗的光輝。先形容房子外表的壯美華麗，最後表示新屋主人雍容登入新屋。第五章更換角度，從近處觀察新屋的格局，如庭院的方正、樑柱的筆直，以及大廳的明亮、內房的昏暗，皆為住屋的最佳風水。最後一句表示新屋主人將住在這個美好的環境中，生活安寧。

名句的故事

相傳〈小雅．斯干〉是西周宣工修築廟寢，於廟寢落成時所歌詠之詩。周宣王是中興周朝的一位明君，其父厲王暴虐無道，被流放於彘，其子幽王寵愛褒姒，導致西周的滅亡，僅宣王在位的四十六年，維持西周最末一段榮景。

東漢班固《漢書．楚元王傳》，其中有：「周德既衰而奢侈，宣王賢而中興，更為儉宮室，小寢廟。詩人美之，〈斯干〉之詩是也。」史家班固刻意舉周宣王築建新室，奉行儉樸美德，贏得詩人作〈斯干〉讚美，藉以提醒治國者應遵行儉樸之道，方能使國家走向富強。

北齊人魏收《魏書．世宗紀》中，記載北魏宣武帝景平三年（西元五〇二年）冬天的詔書，最末寫道：「今廟社乃建，宮極斯崇，便當以來月中旬，蠲吉徙御。仰尋遺意，感慶交衷。既禮盛周宣〈斯干〉之制，事高漢祖壯麗之儀，可依典故，備茲考告，以稱遐邇人臣之望。」北魏原為鮮卑族拓跋部所建，到了北魏道武帝拓跋珪遷都平城（今山西大同），中國歷史從此進入南北朝對峙時期。之後，北魏出現一位致力推行漢化的孝文帝拓跋宏，他於太和十八年（西元四九四年）以南征為由，從平城遷都洛陽。此詔書即為北魏宣武帝在其父親遷都洛陽的八年後，準備舉行新建廟社慶典所寫，他將周宣王成室之禮〈小雅．斯干〉作為慶典的儀式標準。雖有後世研究者認為，〈斯干〉與周宣王新築廟寢之事根本無關，而是慶祝貴族新屋落成的禱頌詩，但從以上兩家史書所記，仍可見識〈斯干〉給予後代君主的影響！

歷久彌新說名句

〈小雅．斯干〉的第四章「如跂斯翼，如矢斯棘，如鳥斯革，如翬斯飛」，與第五章「殖殖其庭，有覺其楹，噲噲其正，噦噦其冥」，細繪古代王室貴族新屋的外觀與格局，可見當時建築的規模已具審美功能，也成為後人研究西周建築的一則珍貴實錄。到了東周時期，各國君主對宮寢建築崇尚奢華之風，如《左傳．昭公二十六年》（西元前五一六年）記載齊景公與晏子，坐在一百多年前齊桓公一手打造美輪美奐的行宮前，景公說出「美哉室！其誰有此乎」的感嘆語，顯示齊桓公時代行宮的壯美，堪稱華麗建築的代表。

到了秦始皇併吞六國，命令手下將戰國各諸侯的宮寢，摹圖繪出，回到咸陽築蓋一座前所未有的豪華宮殿，即為歷史上著名的「阿房宮」。唐朝詩人，史稱「小杜」的杜牧，根據文獻史料寫下〈阿房宮賦〉，首段為「六王畢，四海一。蜀山兀，阿房出。覆壓三百餘里，隔離天日。驪山北構而西折，直走咸陽。二川溶溶，流入宮牆」，指出阿房宮占地的遼闊廣大。其後接著寫「五步一樓，十步一閣。廊腰縵迴，簷牙高啄；各抱地勢，鉤心鬥角」，極其細膩地勾勒出阿房宮內部構造的精雕細琢。

杜牧作〈阿房宮賦〉旨在說明秦國大興土木，建造奢華寢宮，不顧百姓疾苦的行徑，其下場就是被楚人推翻，並放一把火將阿房宮燒了三個月，昔日繁華成一片焦土，詩人希望後人能以秦的亡國為借鏡。阿房宮雖已不再，但透過杜牧的細膩描寫，仍能想像出阿房宮雄偉磅礡的氣勢、精心設計的結構，與〈小雅．斯干〉同為歷來一窺古代宮寢建築的紀實文字。

他人有心，予忖度之。躍躍毚兔，遇犬獲之

名句的誕生

奕奕[1]寢廟[2]，君子作之。秩秩[3]大猷[4]，聖人莫[5]之。他人有心，予忖度[6]之。躍躍毚兔[7]，遇犬獲之。

～小雅・巧言

完全讀懂名句

1. 奕奕：形容建築物美盛、高大的樣子。
2. 寢廟：泛指宗廟。古時稱皇帝宗廟的前殿為廟，後殿為寢；廟為祭祀之處，寢為放置靈位與先人遺物的地方。
3. 秩秩：從容有序、清明的樣子。
4. 大猷：大道。
5. 莫：通「謨」，謀略、計畫的意思。
6. 忖度：揣測。
7. 毚兔：狡猾的兔子。

語譯：高大莊嚴的宗廟，由君子來建造。國家的法度秩序，由聖人來策劃。他人心中有害人的詭計，是可以預先揣測到的。就好比活蹦亂跳的野兔，遇上了獵犬就被追捕到。

文章背景小常識

〈小雅・巧言〉是諷刺周幽王聽信讒言，讓小人搬弄是非，擾亂國家朝政，最後導致亡國。周幽王稱不上君子，更不是聖明的皇帝，他不瞭解「他人有心，予忖度之」的道理，加上又寵幸褒姒，忽略了眾臣的想法。

當時有個大夫名叫家父，他寫過一首〈節南山〉的詩，收錄在《詩經・小雅》中，他說：

「昊天不平，我王不寧。不懲其心，覆怨其正。」此詩的背景是關於當時有個尹太師，盡在做荼毒百姓的事情，連累天子也無法安寧，如果尹太師再不改變他的壞心，百姓都要因為怨恨天子放縱尹太師，而出來造反了。這是家父希望周幽王從奸臣尹太師的讒言中覺悟。

名句的故事

掌握「心」，是「度人」的要訣，也是智慧的運用。在《三國志》的謀略中，便非常重視「心」的揣測與推論，所謂「知人善察，難眩以偽」（《三國志．魏書》），如果能洞察一個人的言行舉止，來瞭解他的所作所為，那麼外表的假象便不會迷惑我們的雙眼了。

話說曹操挾持漢獻帝後，遲遲不敢明目張膽表露自己想要篡位的野心，於是他運用策略，來測試眾臣的心意。一日，他邀請漢獻帝外出狩獵。將士排開圍場，有三百餘里，曹操與漢獻帝並駕齊驅，後面跟著曹操的心腹大將，而其他文武百官都不敢隨意靠近。突然，一隻大鹿跑了出來，漢獻帝連射兩次，都未射中，於是他請曹操舉箭。沒想到曹操一箭射出，大鹿應聲倒地，遠遠的文武百官都以為是皇帝射中，於是齊聲高呼：「萬歲！」沒想到曹操居然策馬擋在漢獻帝的前面，享受歡呼，眾臣們都大驚失色。（《三國演義》第二十回）

漢獻帝發現了曹操的野心；曹操看出文武百官畏懼的心態。結果，帝位彷彿一隻兔子，而曹操就是那守株待兔的獵人啊！

歷久彌新說名句

《戰國策》中有一則故事，話說秦國將領白起要率兵再度攻打楚國，楚襄王在面臨亡國之際，聽聞有個名叫黃歇的人，博學且有辯才，便派他出使秦國，希望化解這次的危機。黃歇見到秦昭王後，談及當初吳國便是在相信越國的情況下，全力攻打齊國，在凱旋歸國的途中，吳王卻被越王擒殺。黃歇繼續強調，秦國現在相信魏國，所以要全力攻楚，卻忽略楚國的覆滅會增強魏國的實力。黃歇接著引用《詩經》：「他人有心，予忖度之。躍躍毚兔，遇犬獲之。」提醒秦昭王如果過分親信魏國，就好像當初吳王相信越國一樣，恐怕會重蹈前人覆轍。最後，在黃歇舉證歷歷之下，秦昭王放棄攻楚，並願意與楚國友好，黃歇成功地挽救自己國家免於覆亡的危難。

宋朝張靖著有《棋經十三篇》一書，其中第八篇〈度情篇〉，便是將「他人有心，予忖度之」的道理靈活應用到下棋上。張靖談到下棋時的情緒控制，必須要做到「氣情難見」，一旦情緒有所激動，勝敗便立即分曉。所以下棋的雙方要謹記「語默有常，使敵難量」，讓人摸不著頭緒，無法揣測出你下一步的招數。但是如果動靜無度，也將惹人反感，不願再與之切磋。所以動靜之間，取捨於己，千萬不要為了求勝，裝模作樣過了頭。

近代散文家梁實秋先生在〈罵人的藝術〉一文中，是這樣說的：「罵人是和動手打架一樣的，你如其敢打人一拳，你先要自己忖度一下，你吃得起別人的一拳否。」罵人或是打人之前，都該先忖度一下，如果自己遭受同樣的對待，是否禁受得住？梁先生又說：「你罵別人荒唐，你自己想想曾否吃喝嫖賭。否則別人回敬你一二句，你就受不了。」其實，你怎麼看待別人，別人眼中的你，也就是那副模樣。因此，如果你罵別人荒唐時，也先想想，自己在別人眼中，是否也是個荒唐之徒？否則，別人隨便回敬一兩句，就可能對你「正中要害」，到時候，傷心的不是別人，而是自己啊！

蛇蛇碩言，出自口矣。巧言如簧，顏之厚矣

名句的誕生

荏染[1]柔木，君子樹之。往來行言[2]，心焉數之。蛇蛇[3]碩言[4]，出自口矣。巧言如簧[5]，顏之厚矣。

～小雅·巧言

完全讀懂名句

1. 荏染：柔弱的樣子。
2. 行言：指流言。
3. 蛇蛇：音ㄧˊ，yí，自大誇張。
4. 碩言：誇大的話。
5. 簧：樂器中用於振動發聲的薄片。

語譯：那些柔弱的小樹，君子栽培它們。流傳的謠言蜚語，要在內心分辨。誇誇其言的大話，都出自小人之口。動聽得就像是簧片奏出，臉皮真是厚啊！

文章背景小常識

關於〈小雅·巧言〉，《詩序》表示這是一首刺周幽王信讒致亂之詩。有一天，周幽王照例早朝，岐山的守臣稟報：「涇、河、洛三川，同日地震。」幽王聽了之後笑笑說：「山崩地震，此乃常事，何需稟報呢？」太史伯陽父與大夫趙叔帶非常擔憂，因為涇、河、洛三川發原於岐山之地，如果阻塞或是河水枯竭，恐有山崩之虞。

太史伯陽父與大夫趙叔帶皆認為，幽王荒廢國政、任用佞臣，身為臣子應盡所能，提出諫言。然而他們的對話遭人偷聽，並密報虢石

父。虢石父善諛好利，他馬上跑去晉見幽王，說這兩人毀謗朝廷，周幽王竟然深信不疑。過了幾天，岐山的守臣又來稟報：「三川都乾枯，岐山崩塌，民居死傷無數。」幽王仍然不為所動，趙叔帶於是不顧一切上諫，希望幽王能勤於政事，不只是尋訪美女云云。

虢石父便說：「國朝已經建都豐鎬，千秋萬歲！岐山就像荒廢之地，有什麼重要呢？叔帶有毀謗君王的企圖。」周幽王同意這個看法，隨即免除趙叔帶的官職。虢石父便是君子深惡痛絕的讒人，「巧言如簧，顏之厚矣」便形容這類花言巧語、不知羞恥之徒。

名句的故事

在《唐書．張仲方列傳》中提到，唐朝中期朋黨傾軋相當嚴重，唐憲宗時，曾呂溫、羊士諤因誣告宰相李吉甫被貶，張仲方是會呂溫的門生，在李吉甫過世後，擔任度支郎中一職。當時眾官為了李吉甫的諡號有不同的意見，一說是「恭懿」，一說是「敬憲」。不知張仲方是否有些挾怨報復，他對這兩個諡號都表示反對，並且批評李吉甫這個人：「諂淚在臉，遇便則流；巧言如簧，應機必發。」在他的眼中，李吉甫善用眼淚來博取同情；說起話來頭頭是道，而且懂得見風轉舵。然而唐憲宗聽了張仲方的這番批評，不以為然，且非常生氣，還把他的官給貶了。

歷久彌新說名句

不同於巧言如簧，「舌粲蓮花」是形容口才好，能說善道。這個典故發生在南北朝時期，當時的後趙君王石勒要召見佛教高僧佛圖澄，想試試他的道行，以確定是否真可拜他為師。沒想到佛圖澄「取應器盛水，燒香祝之」，不一會兒，器皿中居然「生青蓮花，光色耀目」，石勒看得心生懺悔，立即拜佛圖澄為師（《晉書．佛圖澄列傳》）。蓮花在佛教中是慈悲的化身，能夠把話說的這麼好，去感動一個人，就像是口中吐出蓮花一樣。後人便以「舌粲蓮花」，比喻言語動聽、富含哲理。

維南有箕，不可以簸揚；維北有斗，不可以挹酒漿

名句的誕生

維南有箕[1]，不可以簸揚[2]；維北有斗[3]，不可以挹[4]酒漿。維南有箕，載翕[5]其舌；維北有斗，西柄之揭[6]。

～小雅・大東

完全讀懂名句

1. 箕：星宿名，指箕星，因在南方，又稱「南箕」。
2. 簸揚：用簸箕使米起落，以除去糠秕。
3. 斗：星宿名，有六星，形狀如古代盛酒的長柄湯勺。
4. 挹：以勺舀取。
5. 翕：音ㄒㄧˋ，xi，吸引，通「吸」。
6. 揭：高舉的意思。

語譯：南方有箕星，無法拿它來去除糠秕；北方有斗星，無法拿它來舀取酒漿。南方有箕星，縮起舌頭張大口；北方有斗星，斗柄高翹朝向西方。

文章背景小常識

《詩序》記載：「〈大東〉，刺亂也。東國困於役而傷於財，譚大夫作是詩以告病焉。」簡單來說，這首詩淵源於「東國」，即指位於周王室東邊的諸侯國。由於春秋時期衰弱的周王室需要制衡強大的諸侯國家，於是向一些小國徵調兵役、賦稅。東方的諸侯國對於周王室的剝削欺壓，感到不堪其擾，國力、財力、民力均難負荷，因此做了這首詩。

譚國就是這些東方小國之一，在齊國的西邊。齊桓公尚未繼承王位之前，曾因內亂出奔到這裡，當時的譚國君王對齊桓公很不禮貌。齊桓公正式繼任為齊國君王時，譚國也沒有派人前去祝賀。按照春秋封建制度的禮法，這是非常失禮的，因此管仲建議齊桓公出兵。齊國不費吹灰之力就滅掉譚國，擴大了齊國的領土，奠定齊桓公成為春秋霸主的基礎。

名句的故事

東方小國面對沉重的徭役、賦稅，生活困苦，詩人比喻說，就好像織女星在織布，織出來的布卻是空的；又如南邊的箕星雖然有個簸，卻無法揚米去糠；北方的斗星也有個勺子，但不能盛酒，一切空有其表。

有一個成語「南箕北斗」，便是用來比喻徒有虛名而無實用。

歷久彌新說名句

南朝陳後主下召徵求賢良實學的人才，他說：「應內外官九品已上，可各薦一人，以會彙征之旨。且取備實難，舉長或易，小大之用，明言所施，勿得南箕北斗，名而非實。」（《陳書・本紀卷六》）這裡強調挑選出人才，還必須給予相當的職位與職務，讓他們有所發揮，否則導致徒有虛名，卻無所用處，對國家來說就是一種浪費。

劉鳳誥是清乾隆間江西省萍鄉人，有「獨眼探花郎」之稱。相傳劉鳳誥當時雖然高中進士，但在殿試的時候，乾隆看到他臉部的缺陷，有意取消他的資格，但又顧慮別人會說他是「以貌取人」，便出個對聯，打算測試劉鳳誥的能耐。乾隆戲謔地說出上聯：「獨眼不登龍虎榜。」劉氏聽後很快回答：「半月依舊照乾坤。」乾隆很是驚訝，又再出了上聯：「東啟明，西長庚，南箕北斗，朕乃摘星漢。」劉鳳誥不假思索地說出：「春牡丹，夏芍藥，秋菊冬梅，臣是探花郎。」這下子乾隆皇帝可是服氣了，欣然地欽點劉鳳誥為探花。

人亦有言，進退維谷

名句的誕生

瞻彼中林，甡甡[1]其鹿。朋友已譖[2]，不胥[3]以穀[4]。人亦有言，進退維谷[5]。

～大雅・桑柔

完全讀懂名句

1. 甡甡：音ㄕㄣ，shēn，眾多並行。
2. 譖：毀謗，誣陷。
3. 胥：相、互相。
4. 穀：善的意思。
5. 谷：窮困。

語譯：看看那森林裡呀，鹿都是成群結伴。朋友之間卻是猜忌毀謗，無法互相善待對方。人們曾說：前進或後退，都會陷入困境啊！

名句的故事

周武王分封姬姓子弟時，建立了芮國，芮國的統治者即稱為「芮伯」。芮伯世代都是周朝王室的重臣，周厲王時期的芮伯叫做芮良夫，〈桑柔〉就是芮良夫諷刺周厲王無道、寵信奸臣，使國家陷於危難。當時的奸臣榮夷公總是慫恿周厲王作壞事，對於芮良夫的勸戒，周厲王只當耳邊風。芮良夫與周厲王之間最大的衝突，來自「芮伯獻馬」。

芮良夫應周厲王的要求，率兵征討西戎，期間獲得一匹好馬，他準備獻給厲王。旁邊的人趕緊勸說：「厲王可能聽信讒言，會認為你不只有一匹好馬，而繼續向你討索，到時候就無法應付，這是『買禍』呀！」果真，良夫獻馬之後，榮夷公便又派人來索馬，良夫當然拿不出來。榮夷公就向厲王進讒言，說是芮伯把好馬藏起來了。周厲王一怒之下便將芮伯驅逐到彘，其他正直的官吏看到自己的君王如此無道、昏庸，便聯合起來趕走周厲王，也將他流放到彘，因而開啟了西周的共和時代。

所以芮良夫要當忠臣也不是、要做佞臣也不是，真是「進退維谷」。「進退維谷」成了後人常用的成語，形容一個人處於進退兩難的困境，與「騎虎難下」意思相近。

歷久彌新說名句

好大喜功、生性猜疑的隋煬帝攬掌政權之後，急著南征北討，又加重百姓徭役，至於忠良將士更是動輒得咎。史書這樣評論：「賞不可以有功求，刑不可以無罪免，畏首畏尾，進退維谷。」（《隋書．卷七十》）蒙受賞賜，不能是因為有所功業；受到刑罰，也不可能無罪赦免，因此忠良將士一舉一動莫不戒慎恐懼，深怕一不小心，就落入進退維谷的窘境。

隋煬帝死後，王世充率先稱帝，他將自己的姪女許配給投靠他的楊慶。不久，李世民攻打到洛陽，楊慶見風轉舵，想要背叛王世充，他的妻子苦勸不可，但是楊慶不聽。隨後，妻子告訴身邊的人：「唐兵若勝，我家則滅；鄭國無危，吾夫又死。進退維谷，何以生焉？」（《舊唐書．烈女傳》）一方面可能失去娘家，另一方面可能失去丈夫，誰勝、誰敗，對她而言都是陷入困境，最後她選擇仰藥自殺。而楊慶則是投降李唐，做了宜州刺史。

《臺灣文獻叢刊》收錄了一篇〈黑水溝〉，這個「黑水溝」就是指台灣海峽。作者說：「黑水溝為渡臺最險處。水益深黑，必藉風而過，否則進退維谷。」由此可見當年唐山過台灣時，冒了很大的風險才橫渡台灣海峽。文中又說：「溝中有蛇，皆長數丈……舟過，溝水多腥臭，蓋毒氣所蒸也。」讀到這裡，對於先民們篳路藍縷，開墾台灣這塊土地，感到由衷敬佩。

日就月將，學有緝熙于光明

名句的誕生

敬之[1]敬之，天維顯思，命不易哉！無曰高高在上，陟降[2]厥士，日監在茲。維予小子，不聰敬止。日就月將[3]，學有緝熙[4]于光明。佛[5]時[6]仔肩[7]，示我顯德行！

～周頌・敬之

完全讀懂名句

1. 敬：通「警」，警惕。
2. 陟降：上下升降，此指神靈降臨。
3. 日就月將：每日有成就，每月有進步。
4. 緝熙：光明的意思。
5. 佛：音ㄅㄧˋ，bì，輔佐的意思。
6. 時：是。
7. 仔肩：擔負責任。

語譯：要警惕，要警惕啊！老天的眼睛是雪亮的，保有天命不簡單啊！別說祂高高在上，神靈降臨在此，天天都在監視世人。我這渺小的人，不夠聰明，也無法上承天道，只能每日累積成果，每月求得進步，學習磊落的德行，邁向光明的前途。請輔佐我承擔治國重任，教導我光明的德行。

名句的故事

《詩序》認為〈周頌・敬之〉在描寫君臣商議國家大事的場景；而另有一說則認為這是周成王自我警惕勉勵的詩。事實上，在周公的輔佐下，周成王確實是「日就月將，學有緝熙于光明」，二十歲的時候親自執政。周公輔佐成王七年中，安內攘外，並重新分封諸侯，設官分職，制禮作樂，然而如果周成王沒有些許擔當，又如何接掌周公所交出的政權呢？

從周成王到繼位的康王，政治清明，百姓安居樂業，相傳其中有四十年之久，周朝沒有動用刑罰，是史家所謂的「成康之治」。從〈敬之〉一詩中可以看出成王是如何期勉自己虛心求教，以承擔統領國家的重責大任。

周公讓出了王位，仍不時對成王提出建言，如〈無逸〉（收錄於《尚書》）便說：「君子所其無逸！先知稼穡之艱難，乃逸，則知小人之依。」全篇旨在告誡成王，以商朝賢君與周文王為榜樣，瞭解百姓疾苦，並舉縱情享樂、荒廢政事，導致國力漸衰的例子引以為鑑。

歷久彌新說名句

《幼學瓊林．歲時類》鼓勵學子：「為學求益，日就月將。」讀書就是要天天下工夫，日積月累，自然會有收穫。錢賓四先生在《論語新解》中對於孔子自述一生學習進程，曾說道：「學者固當循此努力，日就月將，以希優入於聖域。」

此外，〈海東書院學規〉中有一條「立課程」：「每旬日，諸生將所註簿子彙繳，憑院長逐條稽查，以驗所學之勤惰。如有疑義不明，即面相質問，以著教學相長之義。如此，則循序可以漸進，積累於以有成；將日就月將，自無廢棄之日矣。」（《續修臺灣府志卷八》）依此規定在書院中每十天，學生就要繳交作業給院長查核，檢驗學習成果。如果學生有不明白的地方，要當面提出疑問，如此一來，日就月將，學生便無所怠惰了。

近年來中國大陸發展快速，《瞭望》雜誌專稿介紹《二〇〇二中國發展報告》時便說：「用『日就月將』來概括二〇〇二年的中國，並非矯飾之辭。」在這塊人口眾多、市場龐大、飛速發展的亞洲大陸上，有機會，也有陷阱，看看每年趨之若鶩的經商與就學人潮，何止是「日就月將」可以形容的呢！

白圭之玷，尚可磨也；斯言之玷，不可為也

名句的誕生

質[1]爾人民，謹爾侯度[2]，用戒不虞[3]。慎爾出話，敬爾威儀，無不柔嘉。白圭[4]之玷[5]，尚可磨[6]也；斯言之玷，不可為也。

～大雅・抑

完全讀懂名句

1. 質：待人謙恭守禮。
2. 侯度：諸侯的法度。
3. 不虞：出人意外的事情。
4. 白圭：皎潔白玉。
5. 玷：音ㄉㄧㄢˋ，diàn，玉的瑕疵。
6. 磨：研磨、拋光。

語譯：謙恭守禮對待你的百姓，謹慎恪守諸侯法度，戒備意料外的事。說話要謹慎，舉止儀態要恭敬，沒有不溫和美好的。皎潔的白玉若有瑕疵，還可以研磨去除；言語若有疏錯，什麼也無法補救呀！

文章背景小常識

〈抑〉又名〈懿〉，是一首箴諫、警惕的詩歌，寫作時間約在西周末年、東周初期。內容主要是鑒於周厲王、幽王亡國敗政的亂象，勸戒當前君主應該省思革新。全詩共十二章，從說明「靡哲不愚」——聰明人的愚昧行徑都是自己的過失，到道德修養以及行為舉止均一一提出建議，而「白圭之玷，尚可磨也；斯言之玷，不可為也」，此句便是探討君子應有的言行。詩人以身為老臣、長者之心，諄諄勸導注

重個人品行與執行善政。文中不斷稱呼王上為「小子」，語露飽經世事的老者對年少君主嚴厲的規勸，顯現對未來國運憂懼的苦心。〈大雅·抑〉成為後世儒家思想中教養君主乃至於君子修德養心的重要教材。此外，「無言不讎，無德不報」（說話都有回響，德行都有回報）、「匪面命之，言提其耳」、「視爾夢夢，我心慘慘；誨爾諄諄，聽我藐藐」等句都是出自此篇。

名句的故事

「白圭之玷，尚可磨也；斯言之玷，不可為也」，是教人慎言，因為話一說出口就覆水難收了。《論語·先進》中有言：「南容三復白圭，孔子以其兄之子妻之。」南容是孔子的弟子，每當獨處時總是心懷仁德，未曾鬆懈，在公開場合中談吐也句句合乎道義。有一次南容捧著《詩經》讀到「白圭之玷，尚可磨也；斯言之玷，不可為也」，當下大受震撼，因此反覆背誦，謹記於心，並以此作為言行的準則，自我砥礪。孔子觀察到南容的美德，將哥哥的女兒嫁給南容。後世便以「三復白圭」意指反覆吟誦《詩經》這句話，引申為十分重視說話謹慎的功夫。

「白圭之玷」也是出自此名句的另一個成語，多用來借指人的行為道德稍有污損。清末民初的國學大師章太炎，早年倡導革命，曾率領地方組織加入國父對抗滿清的行列，為民主革命貢獻心力，「中華民國」的稱號也源自於章太炎的想法，當時被喻為最有學問的革命家。民國建立之後，章太炎官運顛簸，抱負心志無法暢達，敵對者甚糾舉他有收賄之嫌，使得社會輿論對他的評價不甚佳。當章太炎去世時，來追悼的官商士人不滿百人，魯迅看到這種情形便寫了〈關於太炎先生二三事〉一文為之抱不平，認為「這也不過白圭之玷，並非晚節不終」（魯迅《且介亭雜文末編》），希望引起後人對於這位儒學大師的重視。

歷久彌新說名句

「白圭之玷，尚可磨也；斯言之玷，不可為也」，與此相似的還有「一言既出，駟馬難追」；前者以白玉為喻，後者以馬匹腳程的迅捷作為比擬，都指語言若出現不當，後果將難以挽回。《論語．顏淵》記載衛國大夫棘子成曾說：「君子質而已矣，何以文為？」也就是說君子只要有好的品德、本質就可以了，為什麼還要注重文采？子貢聽了相當不以為然，嘆息棘子成這麼談論君子是錯誤的，而他這句話就像「駟不及舌」，一言既出駟馬難追了。子貢先惋惜棘子成說話未經深思熟慮，然後才進入主題，認為文采、本質二者一樣重要，缺一不可。

孔子相當重視慎言，《論語．顏淵》記載，有一次個性急躁且多話的司馬牛問孔子，「仁」究竟是什麼？孔子因材施教，回答這位多言的學生說：「仁者，其言也訒。」言下之意是，要做到仁，就別隨便開口說話。司馬牛聽了大為疑惑，又問這樣真的夠嗎？孔子不再繞圈子，點明說：「為之難，言之得無訒乎？」想得簡單，實踐起來可是很困難的，要學習克制口舌之快，「慎言」而後行。

除了「駟不及舌」，相關詞語還有「一言不再」。東漢趙曄所寫的《吳越春秋》中提到，吳王夫差打敗越王勾踐，勾踐來到吳國當人質，吳國大臣伍子胥主張斬草要除根，但由於范蠡使技收買吳國大臣嚭，不斷為勾踐說話，再加上勾踐個人謙下的表現，讓他逃過一劫。勾踐除了臥薪嚐膽，記取教訓不忘復國，同時也努力討好夫差，當夫差生病時還為他嚐便解病，夫差大受感動，便放勾踐回越國。臨走前勾踐說道，感謝吳王哀憐他又孤又窮，讓他得以生還歸國，他願意和范蠡、文種一起效命於麾下，也以上天為誓，不違背其誓言。吳王聽了之後相當高興，但也警告地表示，「吾聞君子一言不再」，希望他可不要自食其言啊！然而事實證明，最後夫差就是敗在勾踐復仇的計畫下。

詩經100

思無邪

思無邪，思馬斯徂

名句的誕生

駉駉[1]牡馬，在坰[2]之野。薄言駉者：有駰[3]有騢[4]，有驔[5]有魚[6]，以車祛祛[7]。思無邪，思[8]馬斯徂[9]。

～魯頌・駉

完全讀懂名句

1. 駉駉：音ㄐㄩㄥ，jōng，馬匹肥壯。
2. 坰：ㄐㄩㄥ，jōng，離城很遠的郊外。
3. 駰：音ㄧㄣ，yīn，毛色淺黑帶白的馬。
4. 騢：音ㄒㄧㄚˊ，xiá，赤白雜毛的馬。
5. 驔：音ㄉㄧㄢˋ，diàn，脊毛黃色的黑馬。
6. 魚：這裡指白色眼圈的馬。
7. 祛祛：強健的樣子。
8. 思：發語詞。
9. 徂：音ㄘㄨˊ，cú，行，往。

語譯：肥壯高大的公馬，生長在離城很遠的郊外。說起這些好馬啊，有毛色淺黑帶白的，有赤白雜毛的，有黑色黃脊的，也有白色眼圈的，拉起車來都非常矯健。心思純正啊，馴養的馬匹才能如此奔馳。

名句的故事

〈魯頌・駉〉是歌頌魯僖公功德的詩。詩中透過魯僖公養馬的政策，來讚頌他的功德在於「思無疆，思馬斯臧」、「思無期，思馬斯才」、「思無斁，思馬斯作」、「思無邪，思馬斯徂」。魯僖公時時刻刻都想著禮賢下士，總是一心一意，永遠不會厭煩，就好像他時時想著養的這些馬，個個都是好馬，很能拉車、很能奔馳，並要好好地善加運用。

孔子也用「思無邪」來總結《詩經》的特色，他說：「詩三百，一言以蔽之，曰：『思無邪』。」（《論語．為政》）意思是，詩人做詩歌都是出自於真情，而這樣的真情，展現古人對於感情世界、群體生活、農耕工作、政治思想、戰爭事實的各種評論。因此，孔子說詩可以「興、觀、群、怨」，也蘊藏「邇之事父，遠之事君」的道理，並有「多識於鳥獸草木之名」的效用（《論語．陽貨》）。孔子還認為「不學詩，無以言」（《論語．季氏》），如果沒有讀過《詩經》，就無法有知識內涵與人談論應對啊！

歷久彌新說名句

「思無邪，思馬斯徂」透露出魯國厚道仁慈的民風，這還可以從另一個故事中印證。慶父是魯莊公的兄弟，他在魯莊公、魯閔公時期，危害魯國國政，蓄意篡奪王位，最後被魯國人民驅逐出境。慶父被驅逐後，齊桓公便出手確立魯僖公為新國君。被驅逐出境的慶父知道之後，自縊而亡。慶父一死，「魯難」便解除了。然而，魯人秉持親情仁義，罪只及於慶父，對於他的親族卻照顧有加。雖說「慶父不死，魯難未已」，然而鑄下這般大錯卻未罪及親屬，只有魯國人的厚道，才做得到啊！

許多已婚男性台商隻身前往大陸發展，因為異地生活寂寞，感情容易出軌，造成「包二奶」的現象。深圳地方報有篇報導〈怎能「思無邪」？〉，談到當地有一幅看板上面寫著「發包」兩個字，引起許多市民投訴，原來大家都錯以為這是「包二奶」的廣告。因為看板上有性感女子的巨幅剪影，文案的「包」字又用黃色突顯，看到之後很難不叫人有所聯想。當地工商部門對這些投訴的回應是，大家不應該往邪處想。其實，社會風氣已經影響普羅大眾的觀感。思無邪？有時恐怕是難啊！

我心匪石，不可轉也。我心匪席，不可卷也

語譯：我的心不是鏡子呀！豈能任人恣意相照。雖有同胞手足情，難以倚仗與安棲。遇難前往訴苦水，竟然遭到斥怒。我的心不是石頭呀！哪能任人恣意轉動。我的心不是席子呀！哪能隨人恣意收捲。我儀態嫻靜端正，豈容你們踐踏指點呢！

名句的誕生

我心匪鑒[1]，不可以茹[2]。亦有兄弟，不可以據[3]。薄言往愬[4]，逢彼之怒。我心匪石，不可轉也。我心匪席，不可卷[5]也。威儀棣棣[6]，不可選也。

～邶風．柏舟

完全讀懂名句

1. 匪鑒：不是鏡子。
2. 茹：容納的意思。
3. 據：依靠。
4. 愬：音ㄙㄨˋ，sù，同「訴」，訴苦。
5. 卷：同「捲」。
6. 棣棣：賢淑端正的樣子。

文章背景小常識

歷代解詩者對於〈邶風．柏舟〉的執異，主要有兩種說法，一是繼承《詩序》，認為是懷才不遇的洩憤詩。故事發生在西周夷、厲兩王的時代，上位者德性不正、貪利鬻爵，衛頃公以賄賂封為侯。衛頃公上任之後，不能致力於內政，〈柏舟〉即是衛國臣子諷諫頃公不能知人善任的詩作。

另一種解釋，則是女子不得意之說，到了宋代朱熹進一步指出〈邶風．柏舟〉是「婦人不得于其夫，故以柏舟自比」，婦人受到眾妾的排擠而失寵，因而寫下這首憤恨憂傷的詩。

名句的故事

以女性之軀代替男兒壯志未酬的比擬寫法，在後代有其發展脈絡。戰國時代的愛國詩人屈原，因楚懷王聽信讒言遭受貶謫，跳汨羅江自盡。在他的重要作品〈離騷〉中可見〈邶風．柏舟〉的影響，例如「眾女嫉余之娥眉兮，謠諑謂余以善淫」，詩人將自己比擬為女兒身，將過去女性形象中善妒、謠傳用於自身處境上。

另外，中唐詩人朱餘慶的代表作：「洞房昨夜停紅燭，待曉堂前拜舅姑。妝罷低聲問夫婿，畫眉深淺入時無？」乍看之下，以為是洞房花燭、情意脈脈的詩作，而詩題是〈近試上張水部〉，究其創作背景才知是「干謁詩」。朱餘慶應考科舉前，寫詩拜謁主考官張籍，探問自己上榜的機率。這種以「女體為文」的風氣歷久不衰，宋詞、元曲都有類似手法。

歷久彌新說名句

女性對於自身境遇的主觀表達又如何呢？東漢才女班婕妤，在後宮為趙飛燕所讒陷，不得寵幸，在〈怨歌行〉中她將自己比喻為一把合歡團扇，可以貼近君身，搧來涼意，但「常恐秋節至，涼飆奪炎熱，棄捐篋笥中，恩情中道絕」。怕的就是秋天一到，扇子被丟棄在抽屜角落裡，與君恩義絕。相較之下，二十一世紀的女詩人席慕容豁達許多，「當一切都已過去／我知道／我會慢慢地將你忘記／……生命原是要不斷地受傷和不斷地復原／世界仍然是一個／在溫柔地等待著我成熟的果園／天 這樣藍／樹這樣綠／生活原來可以這樣的安寧和美麗。」（〈禪意二〉）不憤恨、不怨嘆，繼續向前走，開創另一座樂園。

我思古人，實獲我心

名句的誕生

綠兮絲兮，女所治[1]兮。我思古人[2]，俾[3]無訧[4]兮。絺[5]兮綌[6]兮，淒其以風。我思古人，實獲我心。

～邶風・綠衣

完全讀懂名句

1. 治：同「製」，此指織染、紡織等事。
2. 古人：即故人，指亡妻。
3. 俾：音ㄅㄧˋ，bì，同「使」。
4. 訧：音ㄧㄡˊ，yóu，過失的意思。
5. 絺：音ㄔ，chī，細葛布。
6. 綌：音ㄒㄧˋ，xì，粗葛布。綌與絺皆為古代夏季優良的布料名。

語譯：綠色絲啊綠色絲，絲絲縷縷由妳織。憶起我的愛妻啊！時常勸責讓我無過失。夏布細啊夏布粗，吹來淒涼一陣風。想起我的愛妻啊！樣樣吻合我心意。

文章背景小常識

〈綠衣〉一詩分為四章，以「衣」貫穿通篇。歷代各家對於〈綠衣〉的解釋分為兩派，儒者詮釋派偏向以衣暗喻妾室受寵，正室失位，彷如夏季薄衣，得不到丈夫的重視。近來學者對於《詩經》的研究傾向回到詩文本體，而認為〈綠衣〉文中描述喪妻的男子，看到妻子生前縫製的衣服，睹物思人，哀慟不已。回憶妻子生前的種種，從操持家務、協助丈夫待人接物，到不假他人之手細細縫製衣裳，無一不令丈夫悵然不已。〈綠衣〉觸物感懷，以物抒情，開後代文學悼亡詩之先河。

名句的故事

〈綠衣〉一詩以純樸寫真的文字，從日常衣物著手，抒發丈夫對亡妻的不捨與思念。西晉的潘岳在妻子李氏葬殮後，因為即將赴京任職，於收拾衣物時觸物傷懷，寫下了〈悼亡詩〉三首，其中有名句：「望廬思其人，入室想所歷。幃屏無髣髴，翰墨有餘跡。流芳未及歇，遺挂猶在壁。」舉目所視妻子身影歷歷，廬室、屏風、翰墨猶在，然而如今天人永隔，睹物思情，不堪回首啊！潘岳由於仕途不順、依附錯人，最後慘遭滅族。相對而言，早逝之妻較少受到命運的折磨吧！

擷取〈綠衣〉睹衣思人典故的，還有唐代詩人元稹，他在妻子韋叢過世之後，回憶亡妻寫下三首〈遣悲懷〉，其中有：「昔日戲言身後事，今朝都到眼前來。衣裳已施行看盡，針線猶存未忍開。」此處引發詩人睹物思情的不只是衣裳，還有妻子用的針線盒。韋叢過世兩年之後，元稹續弦，由於他長期宦遊各地，家中無人照料，加上牽線人又是長官，在人情事理上恐難以推卻。他總共娶了三位女子，時間上並無重疊，相較當時許多文人狎妓蓄妾，歷代對於元稹的評斷多少是苛責了些。

歷久彌新說名句

憶亡妻的文學主題，繼承〈綠衣〉的基調，不斷受到文人的援引。在武俠小說中也有思念妻子的鮮明形象，例如金庸的《神雕俠侶》中，黃藥師即是這般癡情人物。話說楊過帶著負重傷的小龍女回到古墓，當他望著小龍女虛弱的睡顏，才總算領悟為何黃藥師於妻子常處的廳房內，垂擺題著「春蠶到死絲方盡，蠟炬成灰淚始乾」的詩句，出自晚唐詩人李商隱懷念亡妻所作的〈無題〉。金庸於文學中挑到情感最為濃烈、也最為沉重的李商隱，為筆下亦正亦邪的黃藥師添上幾筆浪漫的情感色彩。

南有嘉魚，烝然罩罩。君子有酒，嘉賓式燕以樂

語譯：南邊有肥美的魚兒，一網一網地去捕呀，好客的主人準備了酒菜，邀請嘉賓飲酒作樂，十分盡興。南邊有肥美的魚兒，一網一網地去捉呀，好客的主人準備了酒菜，邀請嘉賓飲酒取樂，十分歡欣。

名句的誕生

南有嘉魚[1]，烝然[2]罩罩[3]。君子有酒，嘉賓式[4]燕[5]以樂。南有嘉魚，烝然汕汕[6]。君子有酒，嘉賓式燕以衎[7]。

～小雅・南有嘉魚

完全讀懂名句

1. 嘉魚：美味的魚。
2. 烝然：發語詞。
3. 罩：一種捕魚器。
4. 式：用也。
5. 燕：宴飲，招待人家吃飯喝酒。
6. 汕：捕魚器。
7. 衎：音ㄎㄢˋ，kàn，和樂的意思。

名句的故事

《毛詩正義》記載：「作南有嘉魚之詩者，言樂與賢也，當周公成王太平之時，君子之人已在位有職祿，皆有至誠篤實之心，樂與在野有賢德者，共立於朝而有之，願俱得祿位，共相燕樂，是樂與賢也。」因為有賢明的領導者周公、周成王，所以天下有道，君子也都願意出來作官、報效國家，這些人具備誠信篤實的性格，非常願意與賢德人士，共同來商理國

政，一起分享天下太平的喜樂。

在南宋進士趙彥肅所傳奏唐朝開元時期的《風雅十二詩譜》中，包含了〈鹿鳴〉、〈四牡〉、〈皇皇者華〉、〈魚麗〉、〈南有嘉魚〉、〈南山有臺〉、〈關雎〉、〈葛覃〉、〈卷耳〉、〈鵲巢〉、〈采蘩〉、〈采蘋〉等篇章，其中部分篇章就是過去傳統士大夫所謂「鄉飲酒禮」的禮俗根據，而最早賦予音律的就是孔子。

《孔子家語．觀鄉射》記載有：「笙入三終，主人又獻之，間歌三終。」這個「間歌三終」就是歌〈魚麗〉、〈南有嘉魚〉、〈南山有臺〉等三首。唱什麼詩歌倒不是挺重要的，重點在於宴客禮節的內容是否彰顯「王道」的意義，因為這些詩歌出現的背景就是在「王道顯」的時候，人們才有和樂太平的生活。

歷久彌新說名句

基本上，古代設宴都有一定的禮儀，並選定吟唱的詩篇以及吹奏的樂器，用來為宴客助興，也代表上菜、上酒的程序。而宴席間吟唱賦詩在六朝也特別流行，例如「書聖」王羲之的代表作〈蘭亭集序〉，反應了東晉時期名士文人集會賦詩時，透過「一觴一詠」、「暢敘幽情」，找尋到瀟灑的生命智慧。

關於宴客，《紅樓夢》中有一段經典描述，話說賈母開心設宴款待第一次進大觀園的劉姥姥，席間氣氛愉快，劉姥姥耍寶似地高聲說道：「老劉，老劉，食量大似牛，吃一個老母豬不抬頭。」這時只見「史湘雲撐不住，一口飯都噴了出來；林黛玉笑岔了氣，伏著桌子叫『噯喲』；寶玉早滾到賈母懷裏，賈母笑得摟著寶玉叫『心肝』；王夫人笑得用手指著鳳姐兒，只說不出話來；薛姨媽也撐不住，口裡的茶噴了探春一裙子；探春手裡的飯碗都合在迎春身上；惜春離了座位，拉著她奶母叫『揉一揉腸子』」（《紅樓夢》第四十回）。曹雪芹將這個歡樂的盛宴寫的真是靈活靈現！

靜女其姝，俟我於城隅。愛而不見，搔首踟躕

名句的誕生

靜女其姝[1]，俟[2]我於城隅[3]。愛[4]而不見，搔首踟躕[5]。靜女其孌[6]，貽[7]我彤管[8]。彤管有煒[9]，說懌[10]女[11]美。自牧[12]歸荑[13]，洵[14]美且異。匪女[15]之為美，美人之貽。

～邶風．靜女

完全讀懂名句

1. 姝：音ㄕㄨ，shū，美麗。
2. 俟：音ㄙˋ，sì，等待。
3. 城隅：城牆上的角樓。
4. 愛：古「薆」字的假借，隱蔽。
5. 踟躕：徘徊。
6. 孌：音ㄌㄨㄢˊ，luán，美好的樣子。
7. 貽：音ㄧˊ，yí，贈與。
8. 彤管：紅色長管。彤，音ㄊㄨㄥˊ，tóng，紅色。
9. 煒：音ㄨㄟˇ，wěi，赤色。
10. 說懌：兩字同義，皆為喜悅之意。說，音ㄩㄝˋ，yuè，同「悅」字；懌，音ㄧˋ，yì。
11. 女：同「汝」字，此指彤管。
12. 牧：郊外。
13. 歸荑：歸，通「饋」字，饋贈；荑，音ㄊㄧˊ，tí，初生的茅草。古代的男女常互贈花草作為信物。
14. 洵：真實，確實，實在的意思。
15. 女：同「汝」字，此指荑。

語譯：文靜的女孩長得美，約我在城上角落

相會。女孩故意躲藏讓人看不見，我只能抓著頭在那裡來回徘徊。文靜的女孩長得美，送我彤管表示情意，彤管的顏色鮮明亮麗，惹人對你愛悅不已。從郊外贈我嫩茅草，實在漂亮又奇異，並非嫩茅草你長得好，全因為你是美人所贈之禮。

文章背景小常識

此詩以男子口吻，描寫他與心儀女子的約會，以及女子贈禮訂情的事。起章以「靜女其姝」描繪女子的姣好面容，再以「愛而不見」、「搔首踟躕」勾勒女子的俏皮個性、男子的憨直模樣，將兩人約會時的形貌神態，生動活現眼前。第二、三章轉以女子饋贈男子訂情物為主題，男子先大力稱讚心上人贈禮之美，又對著禮物喃喃自語，說並非它真有那麼美，是緣於美人所贈，禮物才顯得特別珍貴。詩人在此將禮物「擬人」，表現男子愛屋及烏的投射情感，全詩充滿趣味的情調。

名句的故事

〈邶風．靜女〉中的男主人翁，在等不到心上人出現時，表現「搔首踟躕」的不安與心急神色，已成古今癡心漢的經典形象。然觀讀李陵〈與蘇武詩〉中的「良時不再至，離別在須臾。屏營衢路側，執手野踟躕」，這裡的「踟躕」卻展現一種人生無法選擇的悲壯之情。李陵是漢朝名將李廣的孫子，武帝天漢二年（西元前九十九年）出征匈奴，率領五千士兵，遇上十萬匈奴大軍，他雖奮勇作戰，根本不敵匈奴，被擄的李陵選擇投降，武帝對他未以死保節，相當不諒解。漢朝使節蘇武，正好在李陵投降前一年出使匈奴，當時單于脅迫蘇武投降匈奴，他寧死不屈，被強留在北海十九年，直到漢昭帝時與匈奴和親，蘇武才得以返國。李陵與蘇武的理念不同，但兩人時常往來，一直是好友關係。等到蘇武要光榮返回漢土，李陵心中自是百感交集，他的「踟躕」，含有對好友的不捨、對先帝漢武帝的不滿，以及對自己落在蠻荒異地、生根為家的複雜心情。

三國時魏國曹植在〈贈白馬王彪〉中寫：「欲還絕無蹊，攬轡止踟躕。踟躕亦何留？相思無終極。」曹植因不忍與異母弟白馬王曹彪道別，他攬著轡繩裹足不前，接著又問自己為何留戀不走？相思本是無法停止的呀！「踟躕」兩字蟬聯在詩句中，是上遞下接的「頂針」法，表現內心激動情感，增添曲折緊湊。曹植作此詩有其背後來由，在魏文帝黃初四年（西元二二三年），曹植的兄長曹丕已稱帝三年，但他一直疑心、妒嫉弟弟們的才能，親弟曹彰已在洛陽被他毒死，曹植、曹彪正準備返回封地，他又命令監國使者不准兩人同路而行。曹植有感自此一別，將難再見，憤而寫下這篇五言長詩，表達對兄弟相殘、人生無常，以及後會無期的層層悲慟。

歷久彌新說名句

除〈邶風．靜女〉中「貽我彤管」、「自牧歸荑」，描寫女子贈心上人彤管荑草，象徵示愛之外，在其他詩篇也有類似情節，如〈陳風．東門之枌〉的「視爾如荍，貽我握椒」，女子以花椒表意，願與對方結成良緣，並為其生養子女。又如〈衛風．木瓜〉中「投我以木瓜，報之以瓊琚」，女子藉由投擲木瓜的動作，吸引心儀男子的目光，而對方也有所回應，回贈佩玉，表示彼此中意。至於〈鄭風．溱洧〉的「伊其相謔，贈之以勺藥」，則是女子用一臉燦爛的笑意挑逗男子，她還送上勺藥草，主動求愛。以上隨處可見的花草果實，都被先民女子拈來作為愛情信物，從中可感受她們追求愛情的勇氣。

南宋詞人朱淑真〈生查子．元夕〉（一說為歐陽修作）上片的「去年元夜時，花市燈如晝。月上柳梢頭，人約黃昏後」，這是詞人回想去年與情人相約賞花燈，兩人當時甜蜜恩愛，猶比花燈之美。其中「月上柳梢頭，人約黃昏後」可與「靜女其姝，俟我於城隅」媲美，皆為描寫男女約會的千古佳句。

之死矢靡它

名句的誕生

汎[1]彼柏舟，在彼中河[2]。髧[3]彼兩髦[4]，實維我儀[5]，之[6]死矢[7]靡它[8]。母也天只[9]！不諒[10]人只！

～鄘風・柏舟

完全讀懂名句

1. 汎：飄浮的狀態。
2. 中河：「河中」的倒裝。
3. 髧：音ㄉㄢˋ，dàn，頭髮垂下來的樣子。
4. 髦：音ㄇㄠˊ，máo，古代男子未成年時，前額垂髮至眉，後面則梳成兩絡。
5. 儀：匹配，心儀。
6. 之：通「至」。
7. 矢：發誓。
8. 靡它：指除此之外，別無他心。
9. 母也天只：如同呼喊「母啊、天啊」。
10. 諒：體諒，諒解。

語譯：飄蕩的柏木小舟，就在河的中央。那個垂髮在兩邊的男子，才是我心儀的對象，我發誓至死都不會變心的。母親啊！上天啊！為何不能諒解我！

文章背景小常識

〈鄘風・柏舟〉是一首描寫女子對抗父母之命，追求婚姻自主的故事。《詩序》解釋詩中女子是共姜，她嫁給了衛國太子共伯，夫妻兩人鶼鰈情深，共伯不幸早死，共姜立志為夫守節，不再改嫁。然而父母不懂她的想法，強令她另配他人，共姜堅決不肯，寫下這首詩宣誓決心！文中言「母也天只」可看作是對親情的呼喚，希望能獲得父母的諒解。

就此詮釋，「汎彼柏舟，在彼河中」，彷彿訴說著丈夫過世後，生活失去了倚仗，只能隨波逐流，意涵著對丈夫深刻的思念。從〈柏舟〉既深情又堅決的措詞中，不難體會到共姜對丈夫無限的愛戀與不事二夫的決心，後世便將寡婦守節的堅貞比喻為「柏舟之節」。也因「柏舟」的典故，後世稱喪夫之痛為「柏舟之痛」。

名句的故事

儒家教化與禮教規範的深根，強化了女性貞節觀，同時也成為羈絆女性的沉重枷鎖。對於女性守貞的要求，到宋朝理學興起後更是嚴格，有鑒於唐代社會風氣較為開放，宋代理學大師們從家庭倫理秩序的規範下手，試圖改善當時「不良」風氣，其中女性的貞節觀即是重點之一。從道學家程頤的一句「餓死事小，失節事大」，到將「一女不事二夫」的守貞上比為「忠臣不事二君」，獲得政府大力的支持。

明朝以後，演變更為激烈與僵化。明太祖為表彰貞節婦女的烈舉，不僅「旌表門閭」，也給予這些人家賦稅徭役的優惠，因此使得社會風氣與現實利益掛勾。對於當時社會鼓吹寡婦守貞的現象，也出現了批評與嘲諷，例如有：「閩風生女半不舉，長大期之作烈女。婿死無端女亦亡，鴆酒在尊繩在梁。女兒貪生奈逼迫，斷腸幽怨填胸臆。族人歡笑女兒死，請旌籍以傳姓氏。三丈華表朝樹門，夜聞新鬼求返魂。」此詩道出節婦貞女背後不為人知的辛酸歷程，所謂為貞為節來殉命，家族沉重的壓力與貪求盛名才是主因。

不僅已婚、成年女性須嚴守禮教，甚至連童稚的女孩也要謹遵男女之防。明朝曾發生一則「海瑞殺女」的故事。海瑞是明朝的大臣，以清廉直諫著稱。海瑞某天回家看到五歲的小女兒正在吃點心，隨口就問說誰給的餅，女兒回答是男僕給的，海瑞聽了之後相當生氣，一個小女孩怎麼可以從男人手中拿過東西？於是怒罵女兒說她不配當自己的女兒，女兒驚嚇不已，不吃不喝絕食了七天而喪命。

歷久彌新說名句

唐代詩人孟郊曾以〈烈女操〉來表達其對婦女殉夫的看法，詩云：「梧桐相待老，鴛鴦會雙死；貞婦貴殉夫，捨生亦如此。波瀾誓不起，妾心井中水。」梧桐相依、鴛鴦交頸，都是常用來形容夫妻感情鶼鰈比翼，琴瑟和鳴。詩文中流露出男性對妻子守貞的期待，最好是捨身殉夫，不能的話也要心如止水，為不幸死去的丈夫守一輩子的寡。在梧桐、鴛鴦的意象下，詩詞的隱喻包裝的卻是埋葬女性意志甚或性命的父權思想。

翻閱台灣通史或台灣方志，被列入記載的女性相當少，而且都集中於德性、孝行受旌賞才被收入，其中又大略可以區分為「貞女」、「烈女」、「節孝婦」、「節烈婦」等。相關記載中最常出現的就是「守柏舟之志」、「矢志柏舟」、「矢志靡它」等詞彙，甚至也引用共姜的典故稱「共姜苦誓柏舟」，都是用來形容這些女性的貞烈。

此外，澎湖南方有座「七美島」，島上有七美人塚，傳說七位女子在明初倭寇入侵時，因不甘受辱相偕投井殉節，事後鄉人以井造墳，表彰她們貞烈的節操。七美島又稱「寡婦島」，因為該處地形彷彿一位女性平躺貌的礁石，傳說是婦人等待丈夫打魚久未歸來，於是化作礁石守候著海洋與夫婿。今天當我們遊覽這名稱浪漫的島嶼，揣想貞女節婦「之死矢靡它」的堅決意志，碧海藍天的景致似乎也染上一抹心酸的顏色……。

巧笑倩兮，美目盼兮

名句的誕生

手如柔荑[1]，膚如凝脂[2]，領[3]如蝤蠐[4]，齒如瓠犀[5]，螓[6]首蛾眉[7]，巧笑倩[8]兮，美目盼[9]兮。

～衛風・碩人

完全讀懂名句

1. 柔荑：荑，音ㄊㄧˊ，tí，初生的茅芽，色白且柔嫩，用以比喻女子的手細白柔美。
2. 凝脂：凝固的油脂，多用來形容皮膚如油脂般光滑柔白
3. 領：頸。
4. 蝤蠐：音ㄑㄧㄡˊ ㄑㄧˊ，qiú qí，天牛的幼蟲，身長而色白。
5. 瓠犀：瓠瓜的種子。瓠，ㄏㄨˋ，hù。
6. 螓：音ㄑㄧㄣˊ，qín，一種小蟬，其額廣闊。
7. 蛾眉：像蛾的觸鬚細長而彎的眉毛。
8. 倩：美好。
9. 盼：眼睛黑白分明。

語譯：纖纖玉手像初生的茅芽，細白柔嫩；皮膚就像凝結的油脂那般的光滑；頸子白皙修長，好似一條蝤蠐；牙齒就像瓠瓜種子似的整齊；額頭寬闊，長長的眉毛細細彎彎；笑起來雙頰嫵媚真好看，一雙眼睛黑白分明。

文章背景小常識

這是一段描寫美女的經典語句，詩人眼中的

模特兒名喚莊姜。莊姜是春秋時代齊莊公的女兒、衛莊公的大老婆。這首〈碩人〉就是在傳頌莊姜出嫁時，她是如何的美麗、身分如何的尊貴、婚禮排場如何盛大的一首詩。

《左傳》記載：「衛莊公娶于齊東宮得臣之妹，曰莊姜，美而無子，衛人所為賦〈碩人〉也。」莊姜是齊國東宮太子得臣的親妹妹，之所以要特別點出她與齊國太子的關係，正表示莊姜與太子（未來的國君）是同一個母親所生，她不是庶出，其身分之尊貴即在此。《史記．衛康叔世家》也有云：「莊公五年，娶齊女為夫人，好而無子。」衛莊公五年也就是西元前七五三年，換句話說，這段文字描寫的是距今約兩千七百年前的美女。據歷史記載，這位美女雖然很美，但卻沒有生小孩，這在古代「母以子貴」的社會裡，是非同小可的事情，這意味著莊姜無法當上國君的母親，無法享有至高無上的權力。也因為莊姜「美而無子」，所以後來衛莊公又娶了陳國的厲嬀和戴嬀兩姊妹，戴嬀生的小孩也就是後來的桓公，莊姜視他為己出。

關於莊姜的故事，流傳下來的便只有她嫁給衛莊公和她將衛桓公視為己出的這兩段。除了因為丈夫和小孩的原故，過去的女性很少有機會在歷史留名，因此莊姜稱得上是位「幸運」的美女，由於身分的尊貴、出眾的容貌而有機會被傳頌，直至世世代代。

名句的故事

「巧笑倩兮，美目盼兮。」這句話在先秦時代大概就已經是眾人琅琅上口的流行語了。《論語．八佾》中記載：「子夏問曰：『巧笑倩兮，美目盼兮，素以為絢兮。』何謂也？」「素以為絢兮」中的「素」就是所謂的「素顏」，指的是不化妝的膚質；而「絢」也就是「上妝」的意思。子夏不明白這句話的意思，向孔子請教。孔子說：「繪事後素。」解釋要在培養良好的繪畫環境之後，才能談繪畫的事情。想必現代愛美的女性們都能理解並贊同這句話，因為沒有良好的膚質，再多的彩妝也掩飾不住歲月的痕跡。

「素以為絢兮」，這句並不在我們今天所見到的詩經裡，可能是當時其他詩中的語句。因為詩經時代精彩的佳句，流傳各地，常常為其他詩所採用。子夏聽了孔子的解釋後，馬上舉一反三說：「禮後乎？」孔子在《論語．雍也》曾經說過：「質勝文則野，文勝質則史，文質彬彬，然後君子。」本質與外在的禮儀是不能偏廢的，但若真要分個先後，本質還是比較重要，徒有外在的禮節，卻不是真誠發自內心的話，那不過是個「偽君子」罷了。孔子非常高興子夏的「聞一知二」，因此稱讚子夏說：「起予者商也！始可與言詩已矣！」孔子表示：「能夠給我啟發的就是子夏啊！可以開始跟他討論《詩》了！」

由此可見，現代女性保養皮膚的準則若延伸到修身養性上，也是放諸四海皆準的。

歷久彌新說名句

有人說，如果問一百個人什麼樣的女子稱得上美女，將會得到一百零一個答案。這代表「美」這件事是相當主觀的，每個人的看法都不一樣。而且「美」還有時代及地域的差異，不同時代及不同地方的人，對美的定義往往也大相逕庭。

關於詩經時代的美女，〈碩人〉開宗明義便說「碩人其頎」，「碩人」就是我們所說的「美女」，「頎」是修長高大的意思，當時美女的身材一定要高大健壯才行。今天如果我們用「碩人」去稱讚女生的話，肯定會招來白眼，因為現代女性最怕跟「壯」、「碩」這些「胖」的近義詞發生關係。不過在古羅馬時代，標準的美女可是腰臀肥碩、胸部豐滿的。古羅馬人最怕的就是變瘦，一但消瘦就會引來旁人「關愛」的眼神，是否生病了？還是生活窮困、情緒鬱悶？因此古羅馬人心目中的美女要有圓滾豐腴的體態，一如中國的唐朝，每個唐代的仕女俑一律都是大圓臉及雙下巴。

正因為「美」是如此的主觀又經常因時因地制宜，所以中國文學中很少像詩經〈碩人〉篇這樣詳細且具體地描繪美女的五官，反而常用一種朦朧的感受或透過旁人的反應來襯托出女性之美。例如宋玉在〈好色賦〉中提到鄰家愛慕他的美女是：「增之一分則太長，減之一分則太短，著粉則太白，施朱則太赤。」完全是「以虛寫實」的手法。漢樂府〈陌上桑〉那位羅敷美女的美是這樣的：「行者見羅敷，下擔捋髭鬚；少年見羅敷，脫帽著峭頭。耕者忘其犁，鋤者忘其鋤。來歸相怨怒，但坐觀羅敷。」這些文字宛如一段生動的短片！觀眾完全看不見羅敷的容貌，但是透過這些過路人的雙眼與癡醉行徑，我們早已被美女的耀眼光芒給迷得神魂顛倒了！

東漢崔駰〈七依〉對於美女是這樣形容的：「迴顧百萬，一笑千金。振飛縠以長舞袖，裊細腰以務抑揚。當此之時，孔子傾於阿谷，柳下忽而更婚，老聃遺其虛靜，揚雄失其太玄。」「迴顧百萬，一笑千金」兩句是有點俗氣，不過「孔子傾於阿谷，柳下忽而更婚，老聃遺其虛靜，揚雄失其太玄」，稱得上是極盡誇張的經典四句，如果連古往今來的聖賢都不能自持，這位美女可真是給人無限的遐想空間啊！

青青子衿，悠悠我心

名句的誕生

青青子衿[1]，悠悠我心。縱我不往，子寧[2]不嗣[3]音？青青子佩[4]，悠悠我思。縱我不往，子寧不來？挑兮達兮[5]，在城闕兮。一日不見，如三月兮！

~鄭風·子衿

完全讀懂名句

1. 衿：即「襟」，衣服的交領。
2. 寧：何的意思。
3. 嗣：遺留，給予。
4. 佩：這裡指貫穿佩玉的絲帶。
5. 挑兮達兮：獨自往來的樣子。

語譯：那青色衣襟的人啊，教我思念在心裡。縱然我不去找你，你難道就不會捎個音訊給我嗎？那位繫著青色佩玉帶的人啊，我在心中思念你！縱然我不去找你，你難道就不能過來一趟嗎？在城牆上徘徊往來，真希望能見上一面。一天不見，就像過了三個月那麼久！

文章背景小常識

這篇〈子衿〉短短的四十九個字，沒有具體交代前後內容，可是「言有盡而意無窮」，歷代對於這首詩有幾個不同的解釋。

《詩序》指青衿是周代學子的服裝，所以認為這篇的主旨，是在諷刺學校的不修。清代姚際恆懷疑是思友的作品。當然，寄一段「縱我不往，子寧不嗣音」給好朋友是滿不錯的，但是思念朋友需要到城闕上去「挑兮達兮」嗎？

朱熹因著「挑兮達兮，在城闕兮」而認定〈子衿〉是「淫奔之詞」，這又未免言重了，但多少洞察詩中的訊息。

其實就詩的文辭來看，不難讀出〈子衿〉是一首先秦時代古老的情歌。《禮記．深衣》解釋說：「具父母，衣純以青；如孤子，衣純以素。」《注》：「純，衣之緣也。」也就是說古代父母健在的人，衣領到胸前相交的衣襟是青色的，所以青衿不一定是學生的服裝，而是父母健在男子的服裝，因此這首〈子衿〉很顯然是少女思念男友的作品。

名句的故事

現代我們還常用「一日不見，如隔三秋」來表達相思之苦，這樣的譬喻在詩經時代就已經是很流行的說法了。〈子衿〉的「一日不見，如三月兮」還略有些兒含蓄，試看〈王風．采葛〉中的主人翁是如何思念情人的：「彼采葛兮，一日不見，如三月兮。彼采蕭兮，一日不見，如三秋兮。彼采艾兮，一日不見，如三歲兮。」這裡的三秋指的是三季。從「一日不見，如三月兮」，層層遞進直到「一日不見，如三歲兮」，雖然是誇張的手法，其實也有一點「科學」的根據在其中。有一則關於「相對論」的笑話是：「炎炎夏日，坐在一個火爐前度日如年，但如果坐在一個美女身邊那就度時如秒。」林清玄《在蒼茫中點燈》一書中也舉了一個好玩的例子：「體重五十公斤的女朋友和一包五十公斤的水泥，理論上一樣重，抱起來重量卻差很多。因為感覺是有重量的。」其實未必真的是感覺有重量，而是感覺因著不同的事物而有差別，「一日不見，如三秋兮」就是這個概念的有力證明。

歷久彌新說名句

「青青子衿，悠悠我心」，雖然是出自《詩經》，不過也許有更多人是從曹操的〈短歌行〉中認識此名句的。

〈短歌行〉是曹操在赤壁之戰前寫下的，當時曹操已經平定北方，也攻下劉表的荊州，在

〈讓縣自明本志令〉中，他稱自己「身為宰相，人臣之貴已極，意望已過矣」。既然如此，為何他在〈短歌行〉中又有「對酒當歌，人生幾何？譬如朝露，去日苦多」的感慨，以及難忘的「憂思」呢？隨後他也就公布了答案：「青青子衿，悠悠我心。但為君故，沉吟至今。呦呦鹿鳴，食野之苹。我有嘉賓，鼓瑟吹笙。」這裡的「青青子衿」指的就是賢才。「青青子衿，悠悠我心」此處表示曹操求才若渴的心情。也有人說這裡的「青青子衿」指的就是孫權。在赤壁之戰前，曹操已經「三分天下有其二」，只有孫權尚未平定，因此他寫這首〈短歌行〉是想向孫權招降，所以「但為君故，沉吟至今」。不過後來的歷史告訴我們，曹操〈短歌行〉的意圖並沒有達成，在赤壁之戰中，孫權和劉備攜手合作，讓曹操吃了個敗仗，也形成三國鼎立的局面。

現在用「青青子衿」一詞多半是借指學生，不過回到《詩經》，這位青青子衿可是一位少女渴慕的對象呢！這首〈子衿〉的意境與閩南語經典歌曲〈望春風〉恰有異曲同工之妙：「獨夜無伴守燈下／清風對面吹／十七八歲未出嫁／想到少年家。」這兩首情歌雖然相隔兩千多年，但都有所謂「樂而不淫，哀而不傷」的本色，表現出少女率真無邪的心思，這也就是為什麼《詩經》在現代讀來依然是津津有味，教人心生共鳴，因為人類的真實感情是不會隨著物質文明而改變的。

宜言飲酒，與子偕老。琴瑟在御，莫不靜好

名句的誕生

弋[1]言[2]加[3]之，與子宜[4]之。宜言飲酒，與子偕老。琴瑟[5]在御[6]，莫不靜好[7]。

～鄭風・女曰雞鳴

完全讀懂名句

1. 弋：音一，yī，以繩繫在箭尾來射鳥。
2. 言：此作語助詞。
3. 加：射中。
4. 宜：菜肴，這裡作動詞用，即做菜、烹煮之意。
5. 琴瑟：琴、瑟皆為古代弦樂器名；琴設五或七弦，瑟設二十五弦。
6. 御：用，指彈奏。
7. 靜好：和睦美好的意思。

語譯：射中了獵物，就拿來為你烹煮做菜。一起吃著菜餚，相對舉杯飲酒，與你作伴白頭到老。彈奏琴瑟的樂音悠揚，一切是那樣的和諧美好。

文章背景小常識

此為男女相悅之詩。描寫丈夫打獵，將獵物帶回家給妻子烹煮，然後一同享受佳餚，相對酌飲，濃情蜜意盡在這頓兩人共同努力得來的美食中。詩文將夫妻之間的融洽默契，藉由家常生活細節，樸實自然的描繪出來。

名句的故事

《禮記．曲禮下》提到「士無故不徹琴瑟」，意指琴瑟是士大夫日常修養的必備工具。《荀子．樂論》可說是一篇相當早以樂器為主題的說理論文，其中「君子以鐘鼓道志，以琴瑟樂心」，肯定鐘鼓琴瑟之樂，都具有調和人生理、心理與倫理的功能。不過，以上的士或君子，都是指周朝貴族、士大夫階層的人，在當時隸屬平民階級的普通百姓，還難以接近這類音樂。

《左傳．昭公元年》（西元前五四一年），記錄一段將修養君子心性的琴瑟樂音，比作女色的史事。時年，晉平公久病不癒，於是向秦國求醫，秦景公派一名叫醫和的大夫前往診治，醫和看了晉平公的症狀，發現病因實因喜好女色所引起。晉平公大惑不解，親近女色怎麼會病得如此嚴重？醫和便告訴他：「君子之近琴瑟，以儀節也，非以慆心也。」因為晉平公平時非常喜愛音樂，秦國大夫醫和投其所好，藉用琴瑟之音比喻女色，意思是說，君子接近女色，必須有所節制，不可放縱任憑喜悅之心。等醫和走出晉平公的病榻外，晉國大夫趙孟直稱他是位良醫，還贈送他許多貴重禮物返回秦國。

琴瑟除了本意指樂器、樂音之外，也象徵男女情感和諧融洽，如〈鄭風．女曰雞鳴〉的「琴瑟在御，莫不靜好」，即是藉琴瑟形容夫妻生活的美滿。當然，很少人有秦國大夫醫和那樣敏捷的頭腦，面對淫亂成疾的晉平公，竟可聯想到以「近琴瑟」與沉迷女色互作比喻，好讓患者不會因自身行為感到尷尬刺耳，可見醫和不但醫術了得，還善於拿捏說話的藝術！

歷久彌新說名句

琴瑟除指男女、夫妻情意和諧之外，也有人寓意在同性友人的情誼上，例如初唐詩人陳子昂的五言律詩〈春夜別友人〉，頷聯寫道：「離堂思琴瑟，別路繞山川。」這裡便是以琴瑟之音，表示友人之間的深厚情感，也突顯出離別的不捨之情。陳子昂可說是唐詩的一大改革者，他極力反對魏晉的綺靡之風，主張恢復《詩經》的風雅傳統，以及賦比興的作法。此詩約作於武則天光宅元年（西元六八四年），年方二十四的陳子昂，準備離開四川射洪的家鄉，遠赴河南洛陽，希望謀求一番發展。臨行前友人設宴為他送行，詩人為酬答友人的一片心意，席間有感而發，寫下了這首贈別友人的詩作。

比陳子昂年代稍晚的詩人李白，其樂府古詩〈長相思〉的前四句為：「日色欲盡花含煙，月明如素愁不眠。趙瑟初停鳳凰柱，蜀琴欲奏鴛鴦弦。」這是李白仿女子口吻寫下的閨情詩，描述女子對丈夫晝夜思念，她在夜晚愁不能寐，藉琴瑟傳情以排遣寄託。詩中的「趙瑟」、「蜀琴」直指女子地理位置所在，「鳳凰柱」、「鴛鴦弦」意味著琴瑟的質感貴重，也襯托出主人的高雅氣質。全詩描寫女子在月光下撥動相思琴弦，抒發無處宣洩的愁緒，不只是樂音，她的愁思也一樣綿長，貼切符合名為「長相思」的詩題。

後人認為這首詩是李白在外思念妻子所作，唐玄宗開元十五年（西元七二七年）李白與故相許圉師的孫女結婚，夫妻感情十分恩愛。之後李白長年居住外地，兩人因而聚少離多，李白將思妻情緒以「代言體」寫出，一方面想像妻子對自己的惦記，另一方面也把自己對妻子的情意挹注其中。

言念君子，溫其如玉。在其板屋，亂我心曲

名句的誕生

小戎[1]俴收[2]，五楘[3]梁輈[4]。游環[5]脅驅[6]，陰靷[7]鋈續[8]。文茵[9]暢轂[10]，駕我騏馵[11]。言念君子，溫其如玉。在其板屋[12]，亂我心曲。

～秦風．小戎

完全讀懂名句

1. 小戎：輕巧的兵車。
2. 俴收：車子兩頭的橫木收緊來，車子裡面可以放東西的地方變得很小，這裡是用來形容車子的輕巧靈便。俴，同「淺」。
3. 五楘：五色花紋的皮革。
4. 梁輈：古代車上用來駕馬的曲轅，突出於車前，形狀類似屋梁。輈音ㄓㄡ，zhōu。
5. 游環：就是靷環，繫在車軸上，拉車前進的皮帶。
6. 脅驅：是拉馬用的兩條皮帶。
7. 陰靷：就是車子靠手前面的擋板。
8. 鋈續：以白銅製作的環扣。鋈，音ㄨˋ，wù，白銅。
9. 文茵：有花紋的坐墊。茵，車上的坐墊。
10. 暢轂：長車轂。暢，長的意思；轂，音ㄍㄨˇ，gǔ，車輪中心的圓木。
11. 騏馵：騏是青黑色的馬；馵，音ㄓㄨˋ，zhù，左後腳白色的馬。
12. 板屋：以板為屋，西戎的風俗。

語譯：輕巧的兵車無法放很多物品，五色花紋的皮帶綁在駕馬的曲轅上。兩條皮帶固定在車槓上，讓車槓內外的馬不會亂跑。兵車的靠手板前穿著兩條有白金作成裝飾的皮帶，兵車裡面有花紋的坐墊，外有長長的車轂。拉著車的是一匹黑馬，還有一匹左後腳白色的馬。想起我的丈夫，性情像美玉一樣溫和，遠在西戎的板屋中，想起他叫我心亂如麻！

文章背景小常識

「秦風」是春秋時期秦國地區的民歌。根據《史記．秦本紀》記載，秦的祖先相傳是五帝之一的顓頊的後代孫女女脩。有一天，女脩在織布的時候，一隻鳥飛過，掉下了一顆蛋，女脩撿起蛋吃下，居然懷孕生下大業。大業娶了少典氏而生下伯益。相傳伯益五歲開始便協助大禹治水，並幫當時的君王舜馴養馬匹。舜認為伯益輔佐有功，就賜他嬴姓，以及黑色的旌旗飄帶。伯益就是古代嬴姓的祖先。

後來西周建國時，發生了「武庚之亂」，一些嬴姓氏族參與叛亂，被驅趕到西方的黃土高原。一直到周孝王時，面對犬戎強大的威脅，非常需要馬匹，周孝王便讓當時嬴姓的首領非子負責養馬。由於非子養馬有功，周孝王便將非子的異母弟弟嬴成，封於秦，號稱「秦嬴」，是周朝的「附庸」，意即還沒有資格向周天子直接進貢，仍稱不上是一個諸侯的封國。

「秦嬴」一直傳到秦仲，因幫助周室誅殺外敵西戎而死，秦仲的兒子莊公和兄弟討伐西戎也有功勳，因此周天子封秦仲的後代為「西垂大夫」。後來犬戎大破鎬京、誅殺周幽王，秦襄公便派兵護送周平王到雒邑，因而被周平王封為諸侯，秦國就正式成為西方的諸侯國。

名句的故事

《詩序》記載：「〈小戎〉，美襄公也。備其兵甲以討西戎，西戎方彊而征伐不休。國人則矜其車甲，婦人能閔其君子焉。」這裡認為〈小戎〉是在讚美秦襄公。秦襄公在周室有難之際，出兵攻打西戎，解救周室之危。

此外，這也是一首思念之詩，女子思念上戰場的男子。全篇共三章，每章前六句都對車馬兵械有非常詳盡的描述，從車轂、皮繩、坐墊、馬匹等等，詩人如數家珍，讓我們彷彿親臨現場細細打量。然而到了每章後四句，才赫然發現原來這只是借物讚人，女主人公拐了個大彎表達她「心慌意亂」的思念啊！有評論家認為〈小戎〉的特色就是「陰晴各異」，剛柔並濟。

歷久彌新說名句

玉以其質地堅韌、溫和，博取世人青睞，並與君子相比擬，擁有深度的文化價值。所謂「君子比德於玉」（《禮記．聘禮》），「君子無故，玉不離身」（《禮記．玉藻》），連孔子也一口氣道出玉的仁、義、禮、智等十一項美德：「溫潤而澤，仁也；縝密以栗，知也；廉而不劌，義也；垂之如墜，禮也；叩之，其聲清越以長，其終詘然，樂也；瑕不掩瑜，瑜不掩瑕，忠也；孚尹旁達，信也；氣如白虹，天也；精神見于山川，地也；圭璋特達，德也；天下莫不貴者，道也。詩云：『言念君子，溫其如玉。』故君子貴之也。」（《禮記．聘禮》）無怪乎，君子要「守身如玉」，才稱得上是真君子也！

春秋戰國時期最知名的「玉」，就是那塊「完璧歸趙」的「和氏璧」。秦昭襄王一聽到和氏璧，便願意以十五作城池的代價與趙惠文王交換。秦始皇滅掉趙國後，便將和氏璧作為傳國的玉璽，在上面刻下「受命於天，既壽永昌」八個字。漢朝王莽篡位之前，也沒忘記逼漢室交出這塊玉璽。據說，最後一個擁有和氏璧的君王是五代後唐的李從珂，他卻和這塊玉一起自焚了，之後和氏璧就下落不明。明朝的朱元璋曾表示最遺憾的就是，缺了一塊可以傳國的玉璽，指的就是和氏璧。

《紅樓夢》中的賈寶玉一生下來口中便銜了一塊「通靈寶玉」，相傳女媧煉石補天時遺留下來，凝聚了天地精華，它就像是賈寶玉的另一個「我」，也代表著他所受到的萬千寵愛。

當賈寶玉摔玉時，賈母的第一個反應是，什麼都可以摔，就是不可以摔這個玉，但賈寶玉對它卻是用「勞什子」來形容。賈寶玉與林黛玉的愛情、與薛寶釵的婚姻、他的平安禍福，都與這塊玉息息相關，是貫穿全書的重要象徵。

中國人對玉的崇尚，可從對它所賦予的思想、語言，更深入地剖析。例如稱皇族後裔或尊貴的人為「金枝玉葉」；必須確實信守的法條叫做「金科玉律」；先把自己的想法表達出來，以導引出他人的高論，就叫做「拋磚引玉」；而比喻一個人表裡不一、虛有其表就是「金玉其外，敗絮其中」。最後希望大家能效法古人對於「玉」的文化精神的追求，作為行為道德的典範，也就不枉費古人的「金玉良言」了。

豈曰無衣?與子同袍

名句的誕生

豈曰無衣?與子同袍[1]。王于興師[2],修我戈矛[3],與子同仇[4]!

~秦風・無衣

完全讀懂名句

1. 袍:寬大而夾層中有棉絮的外衣,指戰袍,行軍時白天為衣,夜晚當被。
2. 興師:出兵。
3. 戈矛:都是長柄的兵器。
4. 同仇:同伴。仇,通儔,伴侶。

語譯:怎麼說沒有衣服?我們大家同穿一件戰袍。天子要出兵征伐,磨好我的戈和矛,我和你同伴出征!

文章背景小常識

關於〈無衣〉的故事,有一說認為是關於秦莊公伐西戎的事情。根據《史記・秦本紀》記載,周宣王即位之後,封秦仲為大夫,派他去征討西戎,沒想到秦仲卻死於敵人之手。秦仲有五個兒子,周宣王乃召集他們,並派給七千個兵士,出征西戎,終於一雪前恥。

另一個說法是來自《吳越春秋》。楚國大夫伍子胥和他的父兄,都在楚國出仕。沒想到楚王聽信讒言,殺了他的父兄,他便決定逃往吳國。出亡之前,他對同僚申包胥說:「我一定要消滅楚國報仇。」申包胥卻回答他:「你能滅亡楚國,我就有辦法讓它復興。」

西元前五〇六年,伍子胥果然帶領吳國的軍

隊，攻入楚國的郢都，楚昭王匆匆出逃，申包胥則趕到秦國去求救兵。當時的秦桓公不肯出兵救楚，申包胥就在秦國的宮廷上痛哭了七天七夜，滴水未進。秦桓公對此大為感動，認為楚國有這樣的忠臣，還不至於滅亡，因此「為賦無衣之詩」，發兵救楚。

〈無衣〉是一首軍歌，表現秦國壯士們同仇敵愾的精神。詩人說，既然要出兵，身為秦國的軍人應該不計較眼前的困境，先把武器準備好、團結起來，才能打勝仗。

名句的故事

北周左光祿大夫樂遜在周武成元年時上疏，其中一項是「禁奢侈」。樂遜稱讚漢明帝的馬皇后，雖然貴為皇后，卻不穿綾羅綢緞而穿一般的絹服；魯國的季孫氏歷經三任國君，妻妾仍舊衣著儉樸，所以能夠鼓勵善良習俗。接著，樂遜才開始深入「禁奢侈」的重點。他認為軍隊舉足輕重，國家一旦行有餘力，切忌驕奢，務必要記得犒賞將士。他先舉出：「魯莊公有云：『衣食所安，不敢愛也，必以分人。』」接著又說：「《詩經》：『豈曰無衣？與子同袍。』皆所以取人力也。」（《周書．樂遜列傳》）這一番話就是要提醒皇帝，軍備人力之於時局的重要性，要能與士兵同甘共苦，不耽於享樂，國家才能強盛。

歷久彌新說名句

在《三國演義》第二十五回中提到，關羽迫不得已向曹操投降，而曹操對他是禮遇有加。一天，曹操看見關羽所穿的綠錦戰袍已經舊了，便送他一件新的。只是關羽把曹操給的新戰袍穿在裡面，外衣仍舊還是原來的綠錦戰袍。曹操感到不解，便笑問：「雲長為何如此節儉呀？」關羽回答：「我不是節儉，舊袍是大哥劉玄德所贈，穿著它就像看到大哥一樣；我不敢因為有了丞相的新戰袍，就忘了大哥的舊袍啊！」從這「與子同『舊』袍」的舉動中，可見關羽的俠義之氣與念舊之心。曹操聽了，嘴巴雖然稱讚，心中卻是非常的不高興。

有美一人，清揚婉兮。邂逅相遇，適我願兮

名句的誕生

野有蔓草[1]，零[2]露漙[3]兮。有美一人，清揚[4]婉[5]兮。邂逅[6]相遇，適我願兮。野有蔓草，零露瀼瀼[7]。有美一人，婉如清揚。邂逅相遇，與子偕臧[8]。

~鄭風・野有蔓草

完全讀懂名句

1. 蔓草：蔓延之草。
2. 零：降，落。
3. 漙：音ㄊㄨㄢˊ，tuán，此指露珠圓潤。
4. 清揚：眉目清秀。
5. 婉：美也。
6. 邂逅：不期而遇。
7. 瀼：音ㄖㄤˊ，ráng，露水很多的樣子。
8. 臧：音ㄗㄤ，zāng，善的意思。

語譯：田野間蔓生一片青草，落下圓潤的露珠。有一美麗的女子，長得是眉目清秀、嫵媚動人。我們不期相遇，她很合我的心意。田野間蔓生一片青草，落下濃密盛茂的露珠。有一美麗的女子，長得是嫵媚動人、眉目清秀。我們不期相遇，兩人甜蜜的在一起。

文章背景小常識

此篇與〈召南・野有死麕〉的情節相似，描寫男子向看中意的女子求愛，之後得到女子認同，兩人情投意合的自由結合。全詩共兩章，第一章寫男子在蔓生的草叢間，偶遇一女

子，驚豔她美麗的容貌，立刻認定是心目中的理想對象。第二章的地點同樣在叢生的蔓草裡，男子與心儀的美麗女子，已經愉快的在一起！

〈野有蔓草〉中提到蔓草上生有露水，東漢經學家鄭玄解釋：「蔓草而有露，謂仲春之時，草始生霜為露也。周禮仲春之月，令會男女之無夫家者。」表示此詩與〈召南．摽有梅〉時序一樣，都在仲春二月，又稱「媒月」，在《周禮．地官．媒氏》中也提到「中春之月，令會男女，於是時也，奔者不禁」，也就是在這一個月內，所有未婚男女在法律的允許下，可以大膽的自由求愛，結成夫妻，不受一般婚嫁禮俗的約束與規範。

名句的故事

西漢時期的文學家劉向，在其《說苑．尊賢》中記載一則故事。話說孔子到郯國時，路上不期而遇一位名為程子的賢士，兩人在座車上聊了一整天，相談甚歡。道別之際，孔子吩咐學生子路，拿束帛送給程子，作為兩人交情的禮物。子路心中不願，故意不回應老師，隔了一會兒，孔子再次吩咐子路。此時，子路不以為然的回答孔子：「由聞之，士不中而見，女無媒而嫁，君子不行也。」子路根據他所知曉的道理，兩位賢士若沒有第三者居中介紹而相識，女子若沒有媒人前來說親而婚嫁，這都是君子不會做的事情。也就是說，孔子與程子並沒有透過其他人介紹認識，但孔子卻堅持送禮給程子，子路認為這是不符合禮的行為。

孔子見子路這番頂撞，即將〈鄭風．野有蔓草〉首章六句念給子路聽，並告訴子路，程子是當今天下賢士，若今日不能贈程子禮物，恐怕往後就沒有機會再見面了。

〈野有蔓草〉本是描寫男子在路上，不期而遇一位美女，驚為天人，立即展開他愛的告白，孔子透過這首求愛詩，強調他與程子之間偶然相遇的那份欣喜機緣，彼此沒有中間人介紹，雖有違禮教規定，然而經過權衡，孔子認為自己的踰矩是不得已的。正如〈野有蔓草〉

的男女，在仲春之月自由相會，也是在禮教之外開放給未婚男女的年度集會，不受傳統聘媒禮俗的侷限，藉以鼓勵他們及時婚嫁。孔子注重禮，也教人守禮，但遇到特殊情況時，他則主張不應拘泥於禮。可見這位一代聖哲對禮的詮釋與實踐，絕非墨守成規，或是冥頑不知變通，而是有其圓融開明的作風！

歷久彌新說名句

西漢劉向編彙《楚辭》，其中〈九歌〉相傳是戰國楚人屈原根據楚地巫（女祭者）與覡（男祭者）的祀神樂曲改編而成，是一組祭神歌，共有十一篇，每篇分別對不同天神祭祀歌舞，最後一篇為整套祭典的尾聲。其中第六篇〈少司命〉有一段為：「滿堂兮美人，忽獨與余兮目成。入不言兮出不辭，乘回風兮載雲旗。悲莫悲兮生別離，樂莫樂兮新相知。」大意是，滿屋子貌美的人，你卻獨與我眉目傳情，進來不說話，也不道別便乘風載雲而去。人生最可悲的莫過生死離別，最快樂的莫過新識你這位知音。「美人」是指祭者，和這貌美祭者傳情意的則是祭典上的主角——少司命。

少司命是主宰人的命運之神，掌管人間子嗣，祂到底是男神或女神，一直眾說紛紜。不過在這篇祭辭中，祭者已將這位天神擬人化，描寫自己在眾美之中忽得天神青睞，那種喜悅好比新識一位知己。詩意纏綿動人，宛若一篇浪漫唯美的戀愛詩。東漢王逸作《楚辭章句》認為，〈九歌〉是屈原放逐江南後而作，詩人透過作祭神樂歌，抒發心中的沉鬱頓挫。

收在《楚辭》的另一作者宋玉，其〈九辯〉中云：「悲憂窮戚兮獨處廓，有美一人兮心不繹。去鄉離家兮徠遠客，超逍遙兮今焉薄。」宋玉與屈原皆為楚國人，年代稍晚，在仕途不得志下，藉辭賦表達被流放遠地的悲傷，以及離開家鄉的孤獨感。他以「有美一人」譬喻自己品德美好，內心卻愁思不斷，充滿無限感慨！〈鄭風．野有蔓草〉中的「有美一人」，除指美麗女子，古人也將「美人」一詞，代稱貌美男子或品德美好的人。

心乎愛矣，遐不謂矣？中心藏之，何日忘之！

名句的誕生

隰桑[1]有阿[2]，其葉有幽[3]。既見君子，德音[4]孔膠[5]。心乎愛矣，遐[6]不謂[7]矣？中心藏之，何日忘之！

～小雅・隰桑

完全讀懂名句

1. 隰桑：長在低濕之處的桑樹。隰，音ㄒㄧˊ，xí，低濕之地。
2. 阿：通「婀」，柔美貌。
3. 幽：通「黝」，微青黑色。
4. 德音：聲譽，美言。
5. 膠：牢固的意思。
6. 遐：通「何」。
7. 謂：告訴對方的意思。

語譯：溼地桑樹多柔美，葉子青青又黝黝。見著了那位人兒呀！他的品德十分堅毅。心裡多麼愛他啊，為何不向他傾吐呢？這份情我深藏在內心，不敢一日忘記！

文章背景小常識

〈隰桑〉一詩共分為四章，前三章描述女子對於情人奔放的愛戀，以歡樂、輕快地筆調，敘述女子見到愛人時心花怒放，詩人且用植物起興，以茂盛的桑葉比喻君子之美，並象徵兩人愛情與日俱進。

本篇名句採擷第三、四兩章，描述從外部到內部情感的轉折。最後一章語鋒一轉進入女子的內心世界，將原本熱烈外放的情愛濃縮為涓細小流、潺潺不絕縈繞於心，昇華為感人肺腑的千古情詩。全詩最動人的地方即在「心乎愛矣，遐不謂矣？中心藏之，何日忘之」，點出初戀女子欲訴衷腸卻又難以啟齒的嬌羞，最後將愛意悄悄深藏內心，永不忘懷，纏綿而真切，是〈隰桑〉打動人心、傳誦不墜的主要原因。

名句的故事

在南朝宋劉義慶的《世說新語．傷逝》中有名句：「聖人忘情，最下不及情。情之所鍾，正在我輩！」故事主人翁王戎由於喪子而陷入哀慟之中，朋友山簡安慰王戎說：「你失去的僅是一個懷抱中、不懂世事的孩子，怎可悲傷至此呢？」王戎於是回答他：「聖人之所以為聖人在於捨棄情愛，寄心大道，駑鈍之人則不懂何者為情，只有中庸如我們，才是情感所聚、最為重情的人呀！」

不同過去傳統士人對於情感的避諱，魏晉時期是中國第一個情感解放的年代，對於情的發揮回歸到人性、自然，不以大道為限，反省過去在禮制束縛下的「矯情」，也要求「緣情制禮」，將人情因素納入考量，影響所及，啟發了中國純文學、藝術的發達。

在《紅樓夢》一書中，曹雪芹也援用「情之所鍾，正在我輩」塑造秦鍾這個角色。秦鍾，鍾情也，生得眉清目秀、俊俏風流，是寧國府秦可卿的弟弟，與賈寶玉頗為意氣相投，常常互結遊玩。姐姐秦可卿由於私德有虧而上吊自盡，賈寶玉與秦鍾兩人送其靈柩到水月庵暫厝，秦鍾在尼姑庵中逢遇智能兒，兩人墜入情網，幽會纏綿。但此非現實可容，後來秦鍾生病回家休養，智能兒難耐孤寂，投奔情郎，秦父得知後氣得打了秦鍾一頓，自己也舊疾復發而一命嗚呼。秦鍾原本帶病又遭父親笞打，現在還背負著害死父親的自責，身體更為孱弱，不久便撒手人寰。曹雪芹筆下的鍾情之輩，果真是重情且不受規範的拘束，然而下場卻十分悲悽。

歷久彌新說名句

「中心藏之，何日忘之」可以說是愛情最高階的修行，愛在心頭有多深，啟齒表白就有多難，而小心翼翼存之的情意與相思也就有多長。凡是生為人總難免為「情」所苦惱，即便縱情天下、懷抱俠客浪子之心的謫仙詩人李白，對於情也曾在〈秋風詞〉中發出這樣的感慨：「秋風清，秋月明，落葉聚還散，寒鴉棲復驚。相思相見知何日，此時此夜難為情。入我相思門，知我相思苦，長相思兮長相憶，短相思兮無窮極。早知如此絆人心，還如當初不相識。」李白長年遊歷在外，對於相思牽絆人心之處有細微的體悟，因而寫下這闋詞。

金庸筆下扣人心弦的愛情武俠小說《神雕俠侶》，其中最為大家知曉的應是楊過與小龍女生死不渝的愛情，然而整本書將「情」發揮到極致的莫過於李莫愁。李莫愁因受到情郎背叛，性格變得扭曲，但她最常掛在嘴上的竟是：「問世間，情是何物，直教人生死相許。」即便在生命最後一刻，仍然反覆咀嚼。金庸將李莫愁塑造成敢愛敢恨的女魔頭，弱點就是衝不過情關，李莫愁的口頭禪不是喟歎，而是嘲諷與不解，「中心藏之，何日忘之」成為她一生卸不下的重擔。

愛情是人世間的考驗，自古以來多少文人騷客為之歌詠，歷史上多少英雄兒女過不了這一關。當代詩人席慕蓉於〈一棵開花的樹〉中寫下：「如何讓你遇見我／在我最美麗的時刻／為這／我已在佛前求了五百年／求佛讓我們結一段塵緣／佛於是把我化做一棵樹／長在你必經的路旁／陽光下／慎重地開滿了花／朵朵都是我前世的盼望／當你走近／請你細聽／那顫抖的葉／是我等待的熱情／而當你終於無視地走過／在你身後落了一地的／朋友啊／那不是花瓣／那是我凋零的心。」如果不是「中心藏之，何日忘之」，如何能求了五百年只願化作一棵樹，默默地守候著愛人，因他走過而顫抖、歡喜與悲傷，誰能說這不是一種愛情修煉呢？

殷鑒不遠，在夏后之世

名句的誕生

文王曰：咨[1]！咨汝殷商！人亦有言，顛沛[2]之揭[3]，枝葉未有害，本[4]實先撥[5]。殷鑒[6]不遠，在夏后[7]之世。

～大雅・蕩

完全讀懂名句

1. 咨：歎嗟之詞，同「唉」。
2. 顛沛：傾倒。顛，仆、倒；沛，拔起。
3. 揭：樹根翹起。
4. 本：根本。
5. 撥：斷絕的意思。
6. 鑒：通「鑑」，鏡子，有借鏡之義。
7. 夏后：指夏桀。

語譯：文王說：唉！可歎啊你們殷商！人們早有箴言說道：「樹木傾倒而根蹶起，枝條末葉雖未見傷害，但樹根實已毀壞了！」你們殷商借鏡不用遠求，就在夏桀之世呀！

名句的故事

唐太宗算是歷史上很能容納直諫的皇帝，他任用兄長的幕僚魏徵為宰相，魏徵對於任何不宜之處都不畏死地諫諍，常讓太宗氣得牙癢癢的。一次太宗得到一隻來自異域的珍禽「鷂」，他非常喜歡，早也逗、晚也逗，魏徵聽說後，便抱著厚厚的奏章來晉見皇上。唐太宗一看見魏徵來了連忙將鷂藏入衣袖中，怕被他瞧見。魏徵眼睛雪亮，不動聲色地逐一稟報公事，唐太宗心裡著急，卻也不敢打斷他的話，坐立難安地聆聽。過了好久，魏徵總算報告完畢，他一離去，唐太宗立即打開衣袖將鷂給捧了出來，但鷂早已悶死了。

從這則故事中可以看到，唐太宗對於臣子的敬畏與尊重，即便經常被魏徵的犯顏直諫氣得想處死他，最後總及時收回敕令，君臣和睦相處，共為國事，締造出唐代初期的「貞觀之治」。魏徵過世後，唐太宗感慨地說：「以銅為鏡，可以正衣冠；以古為鏡，可以知興替；以人為鏡，可以明得失。朕常保此三鏡，以防己過，今魏徵殂逝，遂亡一鏡矣！」（《貞觀政要．任賢》）唐太宗以銅、古、人三者為鏡的比喻，其源頭應該就是〈大雅．蕩〉的「殷鑒不遠，在夏后之世」，而運用更為廣闊深遠。

歷久彌新說名句

「顛沛之揭，枝葉未有害，本實先撥」，表示末節枝葉雖然尚未有傷害，但是根部已經受損，不可能復生。關於本末之說，道家《文子》中認為以修身養性的觀點來說，應該要維持適當的飲食、作息與喜怒的中庸態度，若太過強調外在的一切，有傷於內部的根本，因此說：「故羽翼美者，傷其骸骨；枝葉茂者，害其根荄。」即羽翼過於豐美會造成於骨骼過重的負擔，而枝葉太過濃密也將有害於樹根，並無利於物體本身，因此萬物都應求得適當、合乎法則的經營之道，末不壓本、本不倒末。

至於強調「末重於本」的例子，相對來得少，但也並非史無前例。清末西方強權入侵中國，有志之士要求變法圖強，最初由魏源提出「師夷長技以制夷」，到張之洞所謂「中學為體，西學為用」，前者是學習西方既有的「枝節」技術，後者則要求更進一步，以西方之學作為治世的手段，然而自強運動與維新運動都未能成功。民國之後，五四運動的訴求目標更傾向「全盤西化」。然而不管是「本重於末」、「本末相重」或是「末重於本」，似乎仍是一種沒有終點的循環過程。

維天之命，於穆不已

名句的誕生

維[1]天之命，於[2]穆[3]不已。於乎不顯？文王之德之純！假[4]以溢[5]我，我其[6]收之。駿[7]惠[8]我文王，曾孫[9]篤[10]之。

～周頌・維天之命

完全讀懂名句

1. 維：感嘆語。
2. 於：讚嘆詞。
3. 穆：美好的意思。
4. 假：授予。
5. 溢：通「益」，加的意思。
6. 其：將。
7. 駿：很大的意思。
8. 惠：順從，遵循。
9. 曾孫：泛指後代子孫。
10. 篤：堅持，信守執行。

語譯：啊！那就是天道，深不可測，永無窮盡！怎麼會不光明呢？文王的德行純正不亂！如果將它授予我，我願意全部接受，好好遵循文王的德行，後代子孫都要忠誠實行。

文章背景小常識

「頌」是《詩經》六義之一，也是《詩經》的最後一部分，包括周頌、魯頌、商頌，共計四十篇。相傳孔子在整理《詩經》的時候，為了區隔起見，分別冠上了周、魯、商，《毛詩正義》記載有：「言周者，以別商、魯也，周蓋孔子所加也。」它的內容包含祭祀、饗宴、讚美統治者的功勳等，主體是宗廟，可以入音律，彈奏時還能配合舞蹈。

周頌是「周室成功致太平德洽之詩，其作在周公攝政、成王即位之初」，這是西周初期詩人記載了政治清明、武功強盛的各種祭祀與禮讚詩歌，三十一篇。「魯頌」有四篇，是魯國國君推崇周王室、周公的作品，產生年代約公元前七世紀，可能是魯僖公時期。至於「商頌」有五篇，是殷商後代宋國君主的詩歌，產生年代約公元前七、八世紀之間。

「周頌」又區分為三部分，清廟之什、臣工之什、閔予小子之什。所謂的「什」，是因為《詩經》中的雅、頌以十篇為一卷，故稱為「篇什」，簡稱為「什」。而「清廟」乃祭祀周朝歷代祖先，〈維天之命〉即屬於此，內容是記載周公定天下、設都雒邑之後，帶領諸侯祭祀文王的事蹟。「臣工」是「諸侯助祭遣於廟也」，指在清廟中協助諸侯祭祀文王時所差遣的人，這部分內容是透過臣工的角色，敘述周朝祭祀典禮的事情。「閔予小子」是周成王的謙稱，他「嗣王朝於廟也」，以周成王的觀點，敘述他承繼大統的心情。

名句的故事

〈維天之命〉是設壇祭祀，向文王稟告天下太平了。根據《毛詩正義》記載，當時文王雖然承受天命，創建了周朝王國，但是戰亂仍舊頻繁，百姓生活尚未安定，天道無法實行，因此無法祭天。而周公剷平叛亂、制禮作樂、輔佐大統有成，特此設祭上告文王，讓文王知道自己的德性已經傳承下來了。

《中庸》便這樣解釋：「詩云：『維天之命，於穆不已！』蓋曰天之所以為天也。『於乎不顯？文王之德之純！』蓋曰文王之所以為文也，純亦不已。」意思是說天命是美好、深不可測的，而這就是天之所以為天的道理；文王的德性非常純正，無時無刻都在彰顯著，而這也是文王之所以為文王的原因。

詩人將「天命」與「文王」，前後作類比，突顯了文王之於周王朝的重要性，也突顯周人對於鬼神祭祀的崇拜。他們始終相信，祖先的靈魂有降禍賜福的能力，他們也相信，有周文王德澤的庇蔭，後代君王與子孫便能夠篤行文王之德，以統治國家大業。而「於穆不已」也成為歷代學者探討天命、天道時常用的詞語。

歷久彌新說名句

天命，天命，天其實是有「意志」地「運作」人的世界，如何運作呢？孔子說：「天何言哉？四時行焉，百物生焉，天何言哉？」（《論語．陽貨》）孔子認為只要看著四季的變化，就可以知道天的意志是什麼，而不應該去揣測天命之所在。到了漢代大儒董仲舒提出「天人相應」的道理，認為人應該要有所作為去發揮這個天命。

董仲舒在《春秋繁露》中說：「天之道，春暖以生，夏暑以養，秋清以殺，冬寒以藏。……聖人副天之所行以為政，故以慶副暖而當春，以賞副暑而當夏，以罰副清而當秋，以刑副寒而當冬。慶賞罰刑，異事而同功，皆王者之所以成德也。」「副」就是符合、相稱的意思，即是說天道以春、夏、秋、冬等四個不同屬性的季節呈現，那麼聖明的君王就配合時序來進行慶、賞、罰、刑，以管理天下，這就能發揮相應天命的功效，並成就一個王者的德行了。

近代中國哲學大師牟宗三先生曾經談到：「我們不想這個世界崩潰，是靠有一個於穆不已的天命在後面運用，不停止地運用，那麼，這個於穆不已的天命從哪裡證實呢？最重要的是從孔子所講的『仁』與孟子所講道德的心性。」牟先生解釋，彰顯天命的方法，就是去實踐孔子的仁、孟子的道德心性，「拿這個道德心性的創造性證實天命不已的那個創造性」，而人之所以為人而非禽獸，就是因為有此彰顯天道的能力呀！

高山仰止，景行行止

名句的誕生

陟[1]彼高岡，析[2]其柞[3]薪，析其柞薪，其葉湑[4]兮。鮮[5]我覯[6]爾，我心寫[7]兮。高山仰止[8]，景行[9]行止。四牡騑騑[10]，六轡如琴[11]。覯爾新昏[12]，以慰我心。

～小雅・車舝

完全讀懂名句

1. 陟：音ㄓˋ，zhì，登的意思。
2. 析：劈開。
3. 柞：音ㄗㄨㄛˋ，zuò，柞木，為小木幹有刺的小木。
4. 湑：音ㄒㄩˇ，xǔ，枝葉茂盛貌。
5. 鮮：善也。
6. 覯：遇見。
7. 寫：舒暢。
8. 仰止：仰望之。此「止」字作「之」解。
9. 景行：寬闊的大路。
10. 騑騑：音ㄈㄟ，fēi，馬行不止貌。
11. 如琴：形容琴瑟和諧。
12. 昏：「婚」之古字。

語譯：登上高高的山頂，砍伐柞木當柴燒呀！砍伐柞木當柴燒！柞木的葉子好茂盛。很高興讓我遇見了你，我的內心好舒暢！高山令人仰望，在寬敞大路上行走。四匹公馬奔走不停，六根韁繩調和像是一把琴，見到你並與你成親，我的內心好欣慰。

文章背景小常識

〈小雅．車舝〉（音ㄒㄧㄚˊ，xiá，今作轄）為新郎敘述新婚迎親之詩。全詩共有五章，此為第四、五章，第四章以柞木枝葉茂盛，示意新娘子氣質出眾，對於能贏得美人心，男子難掩歡喜之情；第五章以高山景行，喻比新娘子品德高尚，而駕馭馬車的六根轡繩，隨車子的行進搖擺，宛若琴絃波動，也象徵兩人婚姻和諧幸福！

名句的故事

〈小雅．車舝〉中的「高山仰止，景行行止」，本是詩中那位意氣昂揚的新郎，用來讚美新娘美好品德的形容語，這兩句話後來合衍成「景仰」一詞，又引申為對崇高德行之人的仰慕。《晏子春秋．內篇問下》記載了春秋時期，齊景公與宰相晏子的一段對話。齊景公問晏子，人性有賢與不賢，這樣還可以向他學習嗎？晏子引〈車舝〉中「高山仰止，景行行止」作為回答，晏子認為偉大的品德必為人們所尊崇，所以在眾多諸侯裡，為善努力不懈者，會受到其他諸侯尊敬，一群士大夫同時學習，最後德行高的人，將成為這群人的典範。

西漢史學家司馬遷，在《史記．孔子世家》寫下：「詩有之：『高山仰止，景行行止。』雖不能至，然心嚮往之。」司馬遷引〈車舝〉，作為對孔子崇高德行的敬仰，他自認無法抵達孔子品德境界，仍一心嚮往孔子以一介平民布衣，讓後人都奉行遵循其教化，不像歷來君王、權臣，活著的時候，看似榮耀顯赫，死後根本沒人記得，也什麼都不是了！

其後，司馬遷還到魯國孔子故鄉，參觀孔子廟堂，目睹孔子所遺留的車子、衣服、禮器，又看到當時讀書人，都按時到孔子老家學習禮儀。司馬遷對孔子更加尊崇，一直在魯國徘徊留連，想多沾染這位聖人之德的遺風。

歷久彌新說名句

西漢劉向《說苑．雜言》記有一則小故事。

有一個叫作南瑕子的人，看見程太子正在烹煮鯢魚，南瑕子曾經聽說「君子不食鯢魚（今稱娃娃魚）」，所以他將此說告訴了程太子，程太子一聽，反問南瑕子難道自以為是君子嗎？南瑕子聽出話中帶有嘲諷，連忙回答君子都是往上比，德行才會越來越寬廣，如果要往下比，路只會越走越狹窄。南瑕子緊接著引述〈車舝〉「高山仰止，景行行止」，向程太子辯解「吾豈敢自以為君子哉？志向之而已」，意思是說，我哪敢以君子自居呀？不過是先立下志向而已！南瑕子表示，就算自己現在還達不到君子境界，也要立下志向成為君子，並向崇高品德的人看齊。

《鹽鐵論》是西漢宣宗的臣子桓寬，將漢昭帝時期，朝廷臣子與賢良文學之士召開鹽鐵會議辯論，所彙整而成的論文集，內容涉及政治、經濟、軍事等重大議題，文章以論辯問答書寫，由兩方人馬各自展開說理與辯駁。在《鹽鐵論．執務》中，丞相田千秋認為堯舜之道，年代已離當時久遠，賢良文學人士的建言，意義雖然深遠，但要執行，必是困難重重，希望他們能以當務之急的政務，作改革建議，使百姓衣食無虞，才是眼前最重要的事。

接著，換賢良之士進行答辯，他們先引孟子曾說過，堯、舜所流傳的道理，並非遠不可及，只是後代人們以為遙遠就不願追隨，以此駁斥丞相先前話語！又引〈車舝〉所云「高山仰止，景行行止」作為佐證，闡明一般人雖不能達到先王之道，但若有心跟隨聖德步履，離聖人也會相去不遠。賢良們又舉孔門之中顏淵曾言道：「舜何人也？予何人也？有為者亦若是。」（《孟子．滕文公上》）證明思慕聖人賢德的心，是從善之人一生都不會停止的追尋，如此一來，要回到周成王、康王時代，國富民安的風俗可致，連堯、舜那樣偉大的聖德之道，也是唾手可及！

〈車舝〉中「高山仰止，景行行止」，原是情人眼裡出西施，看對方裡外一切都完美無瑕的讚美，後來演變為崇高品德的代名詞，這肯定是詩人寫詩當下，所意料不到的吧！

中文經典100句 01

台灣師範大學國文系 季旭昇 教授 總策畫
文心工作室 編著
定價 二〇〇 元

愛之欲其生，惡之欲其死

【名句的誕生】

子曰：「主忠信，徙義，崇德也。愛之欲其生，惡之欲其死；既欲其生，又欲其死，是惑也。」

～《論語・顏淵・十》

【完全讀懂名句】

孔子說：「親近忠信的人，讓自己趨近於道義，就是提高品德。喜歡一個人時，就希望他好好活著；厭惡一個人時，便希望他快快死去，既要他活著，又要他死去，這就是迷惑。」

【名句的故事】

孔子在衛國期間，曾發生一樁駭人聽聞大事，即衛國太子蒯聵刺殺生母南子，形跡敗露後，蒯聵逃到宋國。這之間是怎樣巨大的愛恨糾葛？

【歷久彌新說名句】

張愛玲說：「生得相親，死亦無恨。」應可作為她情感的註腳。只是時事更迭，她絕口不提過往的一切。德國劇作家布萊希特在〈頌愛人〉中，也描寫出愛惡的矛盾：「當時她見我就生氣，但愛我仍堅定不移。」既愛又恨，人類的情感令人疑惑啊！

中文經典100句03

台灣師範大學國文系 季旭昇 教授　總策畫
文心工作室 編著
定價 二四〇 元

落霞與孤鶩齊飛，秋水共長天一色

【名句的誕生】

落霞與孤鶩齊飛，秋水共長天一色。

～唐・王勃〈滕王閣序〉

【完全讀懂名句】

天邊落霞與江上孤鶩一同飛舞，碧綠秋水和蔚藍長天相映成趣。

【文章背景小常識】

〈滕王閣序〉的作者王勃的父親王福被貶至交趾擔任縣令，這篇文章就是王勃到交趾省親時，途中經過南昌，正趕上都督閻伯嶼新修滕王閣成，重陽日在滕王閣大宴賓客，王勃在席間寫成的。

【名句的故事】

在滕王閣大宴賓客的閻都督原是要向大家誇耀自己女婿的才學，宴會中，閻都督假意請大家為滕王閣作序，王勃竟然不推辭，還接過紙筆，當眾揮筆而書。閻都督老大不高興，拂衣離席，後來才打發人去看王勃寫些什麼。起先只覺老生常談，但聽到「落霞與孤鶩齊飛，秋水共長天一色」，都督不得不歎服道：「此真天才，當垂不朽！」

【歷久彌新說名句】

社會新聞的家庭暴力事件常可見「拳腳與棍棒齊飛，汗水共淚水一色」的消息；娛樂新聞則來個「那英與群英齊飛，星光共星島一色」。

名作家、建中資深國文教師 陳美儒、淡江大學中文系教授 曾昭旭 強力推薦

中文經典100句 04

台灣師範大學國文系 季旭昇 教授 總策畫
文心工作室 編著
定價 二四〇 元

以五十步笑百步，則何如？

【名句的誕生】

填然鼓之，兵刃既接，棄甲曳兵而走。或百步而後止，或五十步而後止。以五十步笑百步，則何如？

～梁惠王章句上

【完全讀懂名句】

戰場上擊戰鼓要求進攻，可才與敵軍剛一接觸，士兵們就紛紛扔掉鎧甲、拖著武器倉惶失措地開始逃跑，有的人跑了百步後停了下來，有的人則跑了五十步就停下來。若這時，跑五十步的笑話跑百步的，算是怎麼樣的一個情形呢？

【名句的故事】

「五十步笑百步」這個現今極為知名的典故，其實最早始自孟子，它的產生原由緣自於孟子所講述的一則寓言故事。孟子巧妙地以戰爭來做為比喻，表明人們看事物應當看到事物的本質與全局，不能只看表面和局部，因為雖然故事中跑五十步者沒有跑百步者逃得遠，但卻同樣都是畏戰而逃。

【歷久彌新說名句】

「五十步笑百步」與閩南俗諺中的「龜笑鱉無尾」有著異曲同工之妙，都是用來諷刺只看得到別人所犯錯誤，卻對自己所犯錯誤視而不見的人。在英語之中也有個類似的諺語「pot calling the kettle black」（鍋嫌壺黑），也是相同的意思。

臺北大學中國語文學系副教授 馬寶蓮 強力推薦

廣　告　回　函
北區郵政管理登記證
北臺字第000791號郵
資已付，免貼郵票

104 台北市民生東路二段141號2樓

英屬蓋曼群島商家庭傳媒股份有限公司城邦分公司　收

請沿虛線對摺，謝謝！

書號：BK9005	書名：詩經

請於此處用膠水黏貼

讀者回函卡

感謝您購買我們出版的書籍！請費心填寫此回函卡，我們將不定期寄上城邦集團最新的出版訊息。

姓名：________________________ 性別：□男 □女

生日：西元________年________月________日

地址：________________________

聯絡電話：________________ 傳真：________________

E-mail ：

學歷：□ 1. 小學 □ 2. 國中 □ 3. 高中 □ 4. 大學 □ 5. 研究所以上

職業：□ 1. 學生 □ 2. 軍公教 □ 3. 服務 □ 4. 金融 □ 5. 製造 □ 6. 資訊

□ 7. 傳播 □ 8. 自由業 □ 9. 農漁牧 □ 10. 家管 □ 11. 退休

□ 12. 其他________________

您從何種方式得知本書消息？

□ 1. 書店 □ 2. 網路 □ 3. 報紙 □ 4. 雜誌 □ 5. 廣播 □ 6. 電視

□ 7. 親友推薦 □ 8. 其他________________

您通常以何種方式購書？

□ 1. 書店 □ 2. 網路 □ 3. 傳真訂購 □ 4. 郵局劃撥 □ 5. 其他______

您喜歡閱讀那些類別的書籍？

□ 1. 財經商業 □ 2. 自然科學 □ 3. 歷史 □ 4. 法律 □ 5. 文學

□ 6. 休閒旅遊 □ 7. 小說 □ 8. 人物傳記 □ 9. 生活、勵志 □ 10. 其他

對我們的建議：________________________

____

____

【為提供訂購、行銷、客戶管理或其他合於營業登記項目或章程所定業務之目的，城邦出版人集團（即英屬蓋曼群島商家庭傳媒（股）公司城邦分公司、城邦文化事業（股）公司），於本集團之營運期間及地區內，將以電郵、傳真、電話、簡訊、郵寄或其他公告方式利用您提供之資料（資料類別：C001、C002、C003、C011 等）。利用對象除本集團外，亦可能包括相關服務的協力機構。如您有依個資法第三條或其他需服務之處，得致電本公司客服中心電話 02-25007718 請求協助。相關資料如為非必要項目，不提供亦不影響您的權益。】

1.C001 辨識個人者：如消費者之姓名、地址、電話、電子郵件等資訊。
2.C002 辨識財務者：如信用卡或轉帳帳戶資訊。
3.C003 政府資料中之辨識者：如身分證字號或護照號碼（外國人）。
4.C011 個人描述：如性別、國籍、出生年月日。

請於此處用膠水黏貼

國家圖書館出版品預行編目資料

中文經典100句——詩經 / 文心工作室　編著.
-- 初版. --臺北市 : 商周出版 : 家庭傳媒城邦分公司發行, 2005[民94]
面：　　公分.--（中文經典100句；5）

ISBN 986-124-435-2（平裝）

1. 詩經一選譯
831.12　　94011855

中文經典100句05

詩經

作　　者／文心工作室
（林宛蓉、胡雲薇、翁淑鈴、黃淑貞、蔡郁俐）
副總編輯／楊如玉
責任編輯／程鳳儀
發 行 人／何飛鵬
法律顧問／中天國際法律事務所　周奇杉律師
出 版 者／商周出版
台北市104民生東路二段141號9樓
電話：(02) 25007008　傳眞：(02)25007759、25007579
E-mail：bwp.service@cite.com.tw
發　　行／英屬蓋曼群島商家庭傳媒股份有限公司城邦分公司
台北市中山區104民生東路二段141號2樓
讀者服務專線：0800-020-299
24小時傳眞服務：02-2517-0999
讀者服務信箱E-mail：cs@rcite.com.tw
郵撥：19833503
戶名：英屬蓋曼群島商家庭傳媒股份有限公司城邦分公司
香港發行所／城邦（香港）出版集團有限公司
香港灣仔軒尼詩道235號3樓
電話：(852) 25086231　傳眞：(852) 25789337
馬新發行所／城邦(馬新)出版集團 Cite (M) Sdn. Bhd.
41, Jalan Radin Anum, Bandar Baru Sri Petaling,
57000 Kuala Lumpur, Malaysia.
Tel:(603)90578822 Fax:(603)90576622 Email: cite@cite.com.my

封面設計／徐璽
電腦排版／冠玫電腦排版股份有限公司
印　　刷／韋懋實業有限公司
總 經 銷／高見文化行銷股份有限公司
電話：(02)2668-9005　傳眞：(02)2668-9790　客服專線：0800-055-365

■2005年08月3日初版　　printed in Taiwan
■2013年(民102) 6月14日初版15刷
定價240元
 ISBN 986-124-435-2